Un romantique huis clos

W0366805

Éprise d'un rival

ANNE MARSH

Un romantique huis clos

Traduction française de
MADELEINE POULAIN

PASSIONS

HARLEQUIN

Collection : PASSIONS

Titre original :
THE INHERITANCE TEST

© 2023, Anne Marsh.
© 2023, HarperCollins France pour la traduction française.

Ce livre est publié avec l'autorisation de HARLEQUIN BOOKS S.A.

Tous droits réservés, y compris le droit de reproduction de tout ou partie de l'ouvrage, sous quelque forme que ce soit.
Toute représentation ou reproduction, par quelque procédé que ce soit, constituerait une contrefaçon sanctionnée par les articles 425 et suivants du Code pénal.

Si vous achetez ce livre privé de tout ou partie de sa couverture, nous vous signalons qu'il est en vente irrégulière. Il est considéré comme « invendu » et l'éditeur comme l'auteur n'ont reçu aucun paiement pour ce livre « détérioré ».

Cette œuvre est une œuvre de fiction. Les noms propres, les personnages, les lieux, les intrigues sont soit le fruit de l'imagination de l'auteur, soit utilisés dans le cadre d'une œuvre de fiction. Toute ressemblance avec des personnes réelles, vivantes ou décédées, des entreprises, des événements ou des lieux serait une pure coïncidence.

Le visuel de couverture est reproduit avec l'autorisation de :

© MIJIKO /GETTY IMAGES/ISTOCK/ROYALTY FREE

Tous droits réservés.

HARPERCOLLINS FRANCE
83-85, boulevard Vincent-Auriol, 75646 PARIS CEDEX 13
Service Lectrices — Tél. : 01 45 82 47 47 - www.harlequin.fr
ISBN 978-2-2804-8424-4 — ISSN 1950-2761

Composé et édité par HarperCollins France.
Imprimé en mai 2023 par CPI Black Print (Barcelone)
en utilisant 100% d'électricité renouvelable.
Dépôt légal : juin 2023.

FSC
www.fsc.org
MIXTE
Papier issu de sources responsables
FSC® C159065

Pour limiter l'empreinte environnementale de ses livres, HarperCollins France s'engage à n'utiliser que du papier fabriqué à partir de bois provenant de forêts gérées durablement et de manière responsable.

- 1 -

— Soit tu me prouves que tu es vraiment un Masterson dans les trois prochains mois, soit c'est terminé.

Declan Masterson n'avait jamais reculé devant aucun défi. Celui-là, en revanche, risquait de s'avérer plus difficile que les autres.

Le caractère de son père adoptif n'était pourtant pas une nouveauté pour lui. Depuis que J.J. était venu les chercher, lui et son frère Nash, dans l'une des familles d'accueil où ils avaient passé leur enfance, son système éducatif n'avait guère changé. Les bravades et autres menaces revenaient chaque fois qu'il estimait que Declan n'était pas à la hauteur. Dans l'esprit de J.J., son fils aurait dû se montrer aussi avide et sans scrupule que lui pour maintenir le nom des Masterson au faîte de la production hollywoodienne.

D'habitude, Declan réagissait à ses critiques en partant pour l'une ou l'autre de ces folles aventures qui avaient tant fait couler d'encre dans la presse à scandale. Il avait toutefois changé d'attitude depuis que J.J. l'avait officiellement désigné comme son héritier.

Il se laissa retomber contre le dossier de sa chaise pour mieux observer J.J. L'homme qui lui faisait face paraissait calme et décontracté, avec ses manches de chemise retroussées sur les bras, mais Declan n'était pas dupe. Sous-estimer son père aurait été une erreur.

— Que veux-tu dire par « c'est terminé » ?

— Viré, rétorqua J.J. d'un ton cassant. Tu ne seras plus le patron de Masterson Entertainment. J'ai déjà une offre pour racheter cette entreprise et je te garantis qu'ils n'auront pas besoin de toi.

Declan ne l'aurait jamais avoué à personne, mais les critiques de son père touchaient une corde sensible. Il avait passé deux ans sous sa coupe à apprendre les ficelles du métier. Fidèle à ses habitudes, J.J. ne lui avait pas facilité la tâche. Il ne devait son succès et tous les films qu'il avait produits qu'à son propre travail.

Bien sûr, grâce aux millions que sa carrière d'acteur lui avait fait gagner, Declan aurait pu claquer la porte et monter son propre studio de production. Cette solution n'en était pas une à ses yeux. Il devrait abandonner plusieurs projets de films qui le passionnaient et tout recommencer de zéro – une situation qu'il s'était juré de ne plus jamais revivre.

Affrontant le regard perçant de J.J., il tenta de plaider sa cause :

— J'ai triplé les revenus de ce studio depuis que je suis arrivé. Je suis doué pour ce métier, tu le sais aussi bien que moi.

— Tu as aussi tourné le nom des Masterson en ridicule avec tes incartades. Je ne sais même plus combien de fois tu as fait la une des journaux, entre la course de V.T.T. dans les Alpes, la plongée avec des requins et cette idée stupide d'escalader la plus haute façade de Las Vegas sans filin de sécurité.

Il avait aussi fait tourner le studio pendant deux ans et produit un blockbuster qui avait dépassé toutes leurs attentes en termes de revenus, mais de cela, son père ne parlait jamais. Ses succès étaient toujours éclipsés par sa réputation de play-boy du cinéma.

Declan avait beau tenter de se calmer, il ne parvenait pas à lutter contre l'effervescence qui le poussait à en faire toujours plus. Il avait besoin de se perdre dans des aventures plus dangereuses et excitantes les unes que les autres.

La plupart du temps, il canalisait son énergie dans son travail chez Masterson Entertainment, comme il l'avait fait auparavant en tant qu'acteur dans des films d'action à succès. Il ne pouvait cependant pas passer toute sa vie sur les plateaux de cinéma. Le reste du temps, il escaladait, skiait, naviguait à toute vitesse. Il s'était d'ailleurs fait une réputation de fameux compétiteur dans les régates à la voile. Lorsqu'il n'y avait pas de courses, pas de films ni de contrats à signer… Eh bien, oui, il y avait des femmes.

— Tout cela ne serait pas si grave, poursuivit J.J., si tu le faisais avec modération. Tu te donnes en spectacle à chaque fois. Quel besoin avais-tu d'escalader le balcon d'une actrice au beau milieu de la nuit pour la demander en mariage avec une bague achetée dans une station-service ? Sous le nez des photographes, qui plus est !

Declan ne put s'empêcher de rire.

— Les bijouteries étaient fermées. Que voulais-tu que je fasse ? De toute manière, ce n'est pas pour cette raison qu'elle a refusé.

Declan avait agi sur un coup de tête ce soir-là en faisant sa demande à Jessie St. Chiles, sa partenaire dans le dernier film qu'il avait tourné. Jessie et lui avaient une relation sans attaches depuis quelques semaines. Elle savait pertinemment qu'avec son passé familial complexe Declan n'était pas fait pour le mariage et n'avait en réalité aucune envie de se fiancer à qui que ce soit.

Ils en avaient ri ensemble et la soirée avait été plutôt amusante – du moins, jusqu'à ce qu'il découvre les photos dans tous les tabloïds du pays le lendemain matin.

— Il n'y a pas de quoi rire, grommela J.J. Lorsque les gens entendent ton nom, ils se demandent ce que tu as encore fait cette fois-ci.

— Et alors ? C'est toujours de la publicité, non ?

— Si tu étais l'un de nos jeunes talents, peut-être, mais cette attitude est inacceptable pour un P-DG Tu as complètement disparu des radars pendant deux semaines le mois dernier. Nous avons perdu un contrat à dix chiffres et pris du retard sur le projet de coproduction, tout cela parce que personne n'arrivait à mettre la main sur toi. Les associés ne te prennent pas au sérieux. Non, décidément, tu n'es pas un vrai Masterson.

Declan se retint de répliquer que le « vrai » Masterson, le fils biologique de J.J., n'avait pas été vu dans la région depuis des années. Son père et lui ne se parlaient même plus. Selon les versions de l'histoire, Revere avait soit claqué la porte du manoir familial à dix-sept ans, soit son père l'avait mis dehors.

J.J. se pencha alors en avant et posa une photographie sur le bureau. La jeune femme sur le cliché avait la tête légèrement tournée, les lèvres entrouvertes sur un demi-sourire. Ses cheveux châtains étaient attachés en une queue-de-cheval insignifiante et elle portait un polo blanc brodé d'un logo sur la poche droite, « Les Enfants de Martha ».

— Il s'agit de la fille de Bryant Palsgrave, un investisseur de Wall Street qui vient d'une vieille famille de la Nouvelle-Angleterre, expliqua J.J. Riche, discrète, et son frère pourrait bien être notre futur président.

— Charmant, commenta Declan d'un ton sec.

Il se demandait bien où son père voulait en venir. Rien dans ce personnage, dans ce mode de vie étriqué et ennuyeux des anciennes fortunes, ne lui parlait. Il était né dans un milieu ouvrier. Malgré son adoption dans une famille riche, il en avait gardé la fierté d'obtenir tout ce qu'il possédait à force de travail.

Declan se rappelait encore l'émerveillement qu'il avait ressenti en parcourant pour la première fois le quartier de Malibu. Tous les voisins des Masterson appartenaient de près ou de loin au milieu du cinéma, producteurs, acteurs ou écrivains à succès. Les villas à sept ou huit millions de dollars s'alignaient le long des trottoirs, et lorsque Declan traversait la rue pour aller jouer chez l'un ou l'autre de ses amis, il était sûr d'apercevoir un Oscar sur le manteau de la cheminée.

Interrompant ses réflexions, J.J. posa une coupure de presse par-dessus le portrait de la jeune femme. L'article faisait la promotion d'une régate en Nouvelle-Angleterre. En voyant la photo qui l'accompagnait, Declan ne put s'empêcher de rire. Les participants naviguaient à bord de minuscules quillards, équipés d'un seul mât et d'un très faible tirant d'eau. Il avait piloté des bateaux deux fois plus gros alors qu'il était encore adolescent.

— Cette course de charité a lieu à Martha's Vineyard le mois prochain, expliqua J.J. Les règles sont simples : une célébrité et un habitant du coin par bateau. Le gagnant remporte un prix d'un million de dollars pour l'association de son choix. Charlotte Palsgrave a besoin d'un partenaire et je dois une faveur à son père, alors…

— Tu plaisantes, coupa Declan avec sécheresse.

Il avait gagné des courses de plusieurs mois dans des conditions extrêmes, piloté les voiliers les plus chers du monde avec les marins les plus expérimentés. Jamais il n'accepterait de monter à bord d'une coquille de noix embellie pour rendre un service à une snobinarde qu'il ne connaissait même pas.

J.J. se pencha en avant, joignit les mains en pyramide et lui décocha un regard sévère.

— Tu vas gagner cette course pour Charlotte et prouver que tu es un vrai Masterson, bien élevé, charmant et discipliné. Je ne veux plus entendre parler de scandales. Tu vas me prouver que je peux compter sur toi, et en échange je refuserai l'offre d'achat pour Masterson Entertainment et tout sera à toi.

Ce n'est qu'une petite régate, se dit-il. *Quelques milles nautiques, une séance photo avec la princesse et tu seras de retour à Hollywood.*

— Gagne cette course et le studio t'appartiendra, insista J.J. C'est tout ce que tu as à faire.

Declan se demandait encore pourquoi son père avait décidé de vendre son entreprise. Il avait un besoin pathologique de tout contrôler et n'aimait rien tant que d'imaginer des défis pour « ses garçons », des épreuves impossibles à réussir qui prouvaient selon lui à quel point ils étaient indignes de la récompense qu'il leur faisait miroiter.

Nash s'était éloigné de tout cela cinq ans plus tôt et dirigeait à présent son entreprise dans l'industrie chimique. Lui-même avait commencé par suivre l'exemple de son frère, mais il était revenu chez Masterson Entertainment deux ans auparavant avec la promesse d'hériter un jour du studio.

Cette perspective semblait se rapprocher d'une manière

inattendue. Cependant, s'il avait appris une chose dans toutes ses années de métier, c'était bien qu'il fallait toujours mettre les promesses par écrit.

— Signe-moi un contrat, dit-il à J.J. Dans trente jours, si je gagne la régate, je deviens officiellement P-DG de Masterson Entertainment.

Une course qu'il ne risquait pas de perdre…

- 2 -

Le prince charmant et le vilain petit canard, songea Charlotte Palsgrave. *Tout le monde sait comment cette histoire se termine.*

Le problème pour Charlotte, justement, était qu'elle n'en savait strictement rien. Elle n'avait aucune idée de ce qui allait se passer et l'anxiété menaçait de la submerger. Elle inspira à fond, consciente qu'elle ne devait pas se mettre à pleurer devant la foule qui envahissait le Yacht Club. Son secret risquait d'être dévoilé au grand jour et elle ne pouvait pas se le permettre.

Depuis des mois, Charlotte vivait dans la crainte que quelqu'un apprenne la vérité. Une petite partie d'elle-même avait presque envie de tout avouer, de s'excuser, de reconnaître l'erreur colossale qu'elle avait commise.

Il était trop tard pour les regrets désormais. Cette régate représentait sa dernière chance de réparer les dégâts avant que d'autres personnes ne souffrent, et elle avait désespérément besoin que le prince charmant – en l'occurrence, Declan Masterson – vienne à son secours.

Si seulement elle avait su à quel point son conte de fées tournerait mal, elle aurait investi dans une meilleure paire de chaussons de vair.

Charlotte jeta un coup d'œil à ses pieds pour voir si la marraine fée l'avait visitée à son insu. Malheureusement, elle portait toujours ses vieilles baskets de toile bleu marine et aucun miracle ne s'était produit. Elle était toujours seule pour faire face à ses problèmes.

Dans ce genre de moments, elle avait bien du mal à faire taire la voix pleine de mépris de son père qui résonnait en continu dans sa tête, lui répétant qu'elle n'était pas à la hauteur. Elle parvenait d'habitude à ignorer la voix, parfois même à répliquer, mais cette assurance chèrement acquise s'évanouissait dès qu'elle devait affronter un événement social comme celui-ci.

Rarement Charlotte s'était sentie aussi peu à l'aise. Non seulement elle se trouvait au beau milieu du Yacht Club le plus exclusif de Martha's Vineyard, mais en plus elle allait embarquer dans trois semaines sur un frêle voilier et longer la côte du Massachusetts à une vitesse qu'elle osait à peine imaginer. Devoir faire tout cela en compagnie de Declan Masterson n'arrangeait pas ses affaires.

Elle avait l'habitude de suivre sagement le cours de la vie, guidée par ses plannings et son classeur plein de Post-its bien ordonnés, tandis que Declan préférait naviguer à pleine vitesse dans toutes les directions à la fois. Tout le monde le voyait comme un héros. Charlotte, pourtant, était convaincue qu'il se rangeait plutôt dans la catégorie des méchants.

Coulant un regard dans sa direction, elle vit que Declan était toujours entouré par une foule de navigateurs enthousiastes et de journalistes. Bien sûr, sa célébrité hollywoodienne y était pour beaucoup, mais son charme presque animal avait tendance à attirer le monde vers lui.

Il avait opté pour un style décontracté ce jour-là. Ses cheveux blonds ondulés étaient ébouriffés à force d'y passer la main, ses beaux yeux noisette pétillaient et une ombre de barbe soulignait la ligne puissante de sa mâchoire. Quant à sa bouche… Heureusement pour Charlotte, elle était agacée chaque fois qu'il l'ouvrait pour dire quelque chose. Autrement, elle aurait eu du mal à affronter l'étincelle de sensualité qu'elle ressentait chaque fois qu'il se trouvait près d'elle.

Jamais encore elle n'avait connu cette attirance immédiate envers quelqu'un qu'elle venait de rencontrer. Elle avait envie de savoir ce qui se passerait si elle se rapprochait de lui – beaucoup plus près, si possible.

Dieu merci, elle n'aurait pas à tester sa propre résistance ce jour-là. Les photographes ne voulaient voir que Declan. En le regardant décocher un sourire parfait à l'appareil le plus proche, elle se demanda pourquoi elle s'était embêtée à regarder des vidéos sur les meilleures poses à adopter devant les caméras. Peu lui importait, après tout. Elle ne comptait pas devenir influenceuse. Elle n'aimait pas se mettre en avant et son travail était plutôt dans les coulisses.

Charlotte dirigeait Les Enfants de Martha, une association qui organisait des camps de vacances pour les enfants placés en orphelinat. Ils pouvaient aller à la plage, faire du kayak, échanger des bracelets d'amitié et s'amuser comme les autres jeunes de leur âge.

Les camps d'été avaient été son refuge bien des années auparavant. Elle avait pu y échapper l'espace de quelques jours à un foyer tout sauf idyllique, et à présent qu'elle était de l'autre côté de la barrière, elle adorait voir les visages des enfants s'illuminer lorsqu'ils arrivaient en vacances.

— Charlotte, appela son ennemi aux cheveux dorés. Viens donc par ici.

Attirée par son magnétisme mystérieux, elle commença à avancer vers lui avant de se raviser.

Résiste, Charlotte.

— Je crois que tu n'as pas besoin de moi, mais merci.

Declan la fixa d'un air pensif, ce qui la déstabilisa. Les gens avaient plutôt l'habitude de regarder à travers elle comme si elle n'existait pas. Ses traits quelconques et ses cheveux châtains toujours coiffés de la même manière n'attiraient pas l'attention. Elle ne portait jamais de maquillage, préférait en général des tenues sportives et confortables et se sentait très bien ainsi.

Du moins, elle s'était sentie très bien jusqu'à ce que son ex-fiancé disparaisse de la circulation avec ses espoirs sous le bras, et la caisse des Enfants de Martha avec.

Charlotte s'était donc démenée pour pouvoir participer à la régate trois semaines plus tard. Malgré ses nombreux défauts, son père était très estimé à Martha's Vineyard, et il avait réussi à lui trouver un partenaire en un temps record. La célébrité de Declan les aiderait à récolter de l'argent pendant les événements qui précédaient la régate. Plus important encore, il savait réellement naviguer.

Elle n'avait aucun doute sur l'issue de la course. Pour peu qu'elle réussisse à le convaincre de choisir son association, le budget annuel des Enfants de Martha serait bientôt restauré.

— Allez, viens, l'interpella Declan en lui décochant un clin d'œil. Les photos seront bien plus jolies si tu es dessus, et puis, après tout, nous sommes coéquipiers.

Charlotte leva les yeux au ciel.

— L'horloge tourne, Hollywood, répliqua-t-elle sèchement. Il ne nous reste que trois semaines avant le départ. Rejoins-moi à bord pour notre séance d'entraînement, quand tu auras fini de poser.

Il secoua la tête et tendit la main vers elle. Ses bras bronzés et musclés contrastaient avec le blanc de son T-shirt, et ses cheveux emmêlés, son regard malicieux semblaient insinuer qu'il sortait tout juste du lit et qu'il n'y avait pas beaucoup dormi.

Charlotte détourna le regard, priant pour qu'il ne devine pas qu'elle s'imaginait avec lui dans le lit en question.

— Juste une photo, marmonna-t-elle en ignorant toujours sa main tendue.

De toute évidence, Declan ne passerait pas à autre chose tant qu'elle n'aurait pas cédé, et elle avait désespérément besoin de cette séance d'entraînement. Elle n'avait pas le pedigree de Declan en ce qui concernait la navigation et ses relations avec l'océan étaient plutôt mitigées. Elle adorait le contempler depuis la plage, mais la dernière fois qu'elle s'était risquée dans les vagues, elle avait failli se noyer.

Declan agita une nouvelle fois la main dans sa direction. Charlotte songea que, s'il lui faisait encore un clin d'œil, elle penserait sérieusement au meurtre.

Pense d'abord aux enfants, se rappela-t-elle. *Une fois la course gagnée, tu feras ce que tu voudras.*

Elle traversa le ponton et se tint maladroitement à côté de lui. Declan prit aussitôt le contrôle de la situation, passa un bras autour de ses épaules et l'attira vers lui pour faire face aux photographes. Les appareils cliquetèrent et il laissa aussitôt retomber son bras. L'un des journalistes protesta, mais il secoua la tête.

— Vous avez entendu la dame. Une seule photo, pas plus.

Il se détourna pour passer sa chemise en lin blanc

abandonnée sur le dossier d'une chaise. Lorsqu'il enfila ses lunettes de soleil, la montre de luxe qu'il avait gagnée lors de sa dernière course scintilla à son poignet.

— Declan, avez-vous déjà choisi l'association pour laquelle vous concourez ? demanda un reporter.

— Nous nous sommes décidés pour un refuge animal.

— *Nous* n'avons rien décidé du tout, intervint Charlotte en fronçant les sourcils.

De toute évidence, les admirateurs en délire ne l'écoutaient pas. Tous les yeux étaient rivés sur Declan reboutonnant sa chemise.

— Naturellement, les Enfants de Martha restent mon premier choix, reprit-elle avec plus de fermeté. Nous vous tiendrons au courant.

Declan l'écoutait avec attention, lui, mais ne semblait pas comprendre ce qu'elle disait. Il lui avait déjà proposé six associations de défense animale chaque fois qu'elle avait évoqué les Enfants de Martha.

— Nous allons en rediscuter, conclut-il en lui décochant un grand sourire.

Il s'éloigna à grandes enjambées, ce qui signifiait qu'il arriverait avant elle sur leur voilier et prendrait le contrôle de la barre comme de tout le reste. Charlotte poussa un soupir de frustration. Si elle avait été plus courageuse, elle aurait couru vers lui, donné un grand coup d'épaule et, plouf ! un mètre quatre-vingt quinze de muscles se seraient retrouvés dans l'eau huileuse du port de plaisance.

Même l'apparence parfaite de Declan Masterson n'aurait pu résister à un pareil traitement. Son arrogance en aurait certainement pris un coup, et si elle n'avait pas eu tellement besoin de gagner cette course, elle l'aurait probablement fait. Ou pas, d'ailleurs…

En général, elle préférait rester calme et gentille et ne poussait pas les gens à l'eau, même s'ils le méritaient. Elle allait donc rester concentrée sur son objectif et réparer la plus grosse erreur de sa vie.

Tout s'était passé si vite qu'elle avait à peine eu le temps de réfléchir. Lorsque le beau George Moore s'était présenté devant le comité de l'association six mois plus tôt, il avait impressionné tout le monde par son humour et sa motivation évidente à travailler pour les enfants. Charlotte l'avait aussitôt embauché comme comptable et lui avait laissé le champ libre sans même vérifier ses références. George semblait si parfait qu'elle ne l'avait pas cru nécessaire.

Très vite, ils avaient partagé ce qui ressemblait à un coup de foudre immédiat. Il l'avait emmenée dîner dans les meilleurs restaurants du Vineyard et Charlotte s'était laissé emporter dans ce tourbillon de romantisme. George avait fait sa déclaration au bout de quelques semaines et l'avait emmenée choisir une bague.

Lorsqu'elle lui avait annoncé la nouvelle, son père avait ricané, incapable de croire qu'un homme aussi séduisant que l'était George puisse être attiré par une fille au physique insignifiant comme la sienne. Par défi, autant que par envie d'y croire, elle avait plongé tête la première dans ces fiançailles et commis la pire erreur possible.

Sans un bruit, George avait filé avec l'argent de son compte en banque et celui de l'association. Elle avait cru à son romantisme tout du long alors qu'il ne cherchait qu'à faciliter son délit. La fraude serait rendue publique lorsque le juge d'instruction ouvrirait le dossier, Charlotte le savait, mais elle tenait à faire tout son possible pour réparer les dégâts avant que les gens soient au courant.

Fermant les yeux, elle inspira à fond et se concentra sur le bruit des vagues, les cris des mouettes au loin. Les rayons chauds du soleil ne parvenaient pas à détendre ses muscles crispés comme ils le faisaient d'habitude. Elle secoua la tête et se mit à trotter le long du quai pour rattraper Declan.

Lorsqu'elle arriva à sa hauteur, il s'arrêta pour lui jeter un coup d'œil circonspect.

— Qu'est-ce qui ne va pas, Charlotte ?

— Rien du tout.

— Quelque chose te tracasse, je le vois bien. Je suis sûr que nous pouvons régler ça.

Agacée, elle secoua la tête.

— Est-ce que tout est si facile pour toi ? Non, ne réponds pas, ajouta-t-elle aussitôt. Restons concentrés sur notre programme. Il faut que nous choisissions une association aujourd'hui.

— Je t'ai fait plusieurs propositions que tu as rejetées.

— Tes suggestions étaient parfaitement ridicules.

— Dans ce cas, persuade-moi, rétorqua-t-il avec un grand sourire. Je suis tout ouïe. Pourquoi es-tu si intéressée par les Enfants de Martha ?

— Parce que je suis la directrice de l'association, tu ne crois pas ? Parce que ces enfants méritent de vivre un été plein d'aventures, de pique-niques à la plage et de sorties en canoë. Parce que tu voudrais donner un million de dollars pour la défense des *cochons d'Inde* ?

— Les cochons d'Inde sont des animaux fantastiques.

— Pas assez pour leur donner autant d'argent, s'exclama-t-elle, furibonde.

Charlotte abandonna tout espoir de dignité et poursuivit à toute allure son chemin sur le ponton. Comme par hasard, leur bateau se trouvait tout à la fin. Le rire moqueur de Declan retentit à ses oreilles tandis qu'elle retirait ses chaussures, s'immobilisait tout au bord et…

Un grand pas, Charlotte. Tu peux le faire. Un grand pas au-dessus de l'eau.

— Bien essayé.

Deux mains solides encerclèrent sa taille et la ramenèrent doucement sur le ponton. Elle retint à grand-peine un cri de surprise. Declan l'avait chatouillée, sans compter autre chose qu'elle n'était pas près d'admettre.

— Tricheur, marmonna-t-elle en tentant de reprendre sa respiration.

— Tu peux parler.

L'espace d'un instant, elle se demanda s'il était déjà au courant – comment ? par qui ? – jusqu'à ce que les lèvres de Declan effleurent son oreille et qu'elle cesse complètement de penser. Avec un petit rire, il s'écarta d'elle et sauta prestement sur le pont du bateau.

Charlotte sentit sa tête tourner. Pourquoi les gens riches et généreux de Martha's Vineyard appartenaient-ils au Yacht Club ? Pourquoi ne s'adonnaient-ils pas au tennis, à la pétanque, à l'observation des oiseaux ? Elle aurait mille fois préféré compter des hérons pendant toute une journée pour recevoir le prix.

Les vagues d'un bleu profond heurtèrent le ponton déjà instable. Au moins, elle n'était pas obligée de plonger. Elle n'aurait jamais réussi à mettre la tête sous l'eau.

— Vas-y par petits pas, conseilla Declan en lui tendant la main. Peux-tu m'expliquer pourquoi tu t'es inscrite à une régate si tu as peur de l'eau ?

— Je n'ai pas peur, répliqua-t-elle en levant la tête fièrement. Et toi, peux-tu m'expliquer pourquoi tu es venu gagner une course sans aucun intérêt au lieu de vivre ta meilleure vie à Hollywood ?

- 3 -

Charlotte Palsgrave aimait visiblement prétendre que tout allait bien, mais Declan n'était pas si aveugle que cela. Il avait pris des cours d'arts martiaux durant sa brève carrière de cascadeur et savait comment lire le langage corporel de ses adversaires. Sa nouvelle partenaire était pétrifiée d'angoisse, légèrement impolie et contre toute attente, curieusement séduisante.

Il n'avait pourtant pas eu l'occasion de l'observer beaucoup. Lorsque Charlotte n'essayait pas de se fondre dans le décor, c'était pour se disputer avec lui, et même dans ces moments-là, elle se limitait à de brèves joutes verbales ou à de simples œillades agacées. Une chose était certaine : elle ne l'aimait pas du tout.

Il s'agissait d'une nouveauté pour Declan. La plupart des gens étaient attirés par la richesse qu'il étalait comme une protection, ou par sa célébrité. Ils voulaient des anecdotes sur les stars à la mode, sur les fêtes décadentes de Malibu ou ses rencontres avec les fans les plus acharnés.

Charlotte, quant à elle, semblait se moquer royalement de toutes ces histoires. Elle l'avait classé comme inintéressant dès la première seconde et ne se privait pas de le montrer. Lui, en revanche, luttait de toutes ses forces pour ne pas l'effleurer dès qu'il passait près d'elle.

S'il ne faisait pas attention, son attirance risquait de devenir un problème.

— Assise, lui ordonna-t-il en lui tendant un gilet de sauvetage.

Charlotte émit un petit « ouaf » moqueur et alla s'asseoir à l'endroit qu'il lui désignait, là où elle risquait le moins de gêner les manœuvres. Il l'ignora avec soin et leva l'ancre pour commencer leur séance d'entraînement. Guider ce petit voilier entre les yachts luxueux du port de plaisance serait un jeu d'enfant pour lui, mais il voulait tout de même rester concentré et ajuster le gréement au mieux.

Ses pensées ne semblaient pourtant pas lui obéir et revenaient sans cesse à Charlotte. Il avait rencontré son lot de jolies femmes, mais elle était différente, et il comprenait enfin ce que les gens voulaient dire par « la beauté n'est pas qu'à l'extérieur ». Son physique était objectivement plutôt banal, des yeux noisette, des cheveux châtains et une silhouette dans la moyenne, mais quelque chose en elle lui donnait envie de la regarder encore et encore.

Martha's Vineyard se mit à défiler sous ses yeux tandis que le petit bateau prenait de la vitesse. Il contempla les plages immaculées, les villas de luxe et le ciel bleu, revigoré par le bruit familier du vent contre les voiles. L'après-midi aurait été parfaite s'il n'avait pas eu l'impression de se plier une énième fois aux ordres de son père.

Le voilier se coucha sous l'effet du vent et Declan entendit une inspiration brusque derrière lui. Lorsqu'il se retourna, il vit Charlotte agrippée à son éternel classeur comme si sa vie en dépendait, le regard fixé sur l'horizon.

Il tendit la main pour libérer le pauvre classeur et le ranger dans le compartiment étanche entre ses pieds. Charlotte pâlit et s'accrocha aussitôt à la ligne de vie.

— Tout va bien ?

— Parfaitement bien.

Son visage ne mentait pas aussi bien qu'elle, et Declan songea qu'elle aurait sans doute préféré le jeter à l'eau avec l'ancre attachée aux chevilles plutôt que d'avouer qu'elle avait peur. Il fallait vraiment qu'elle soit déterminée pour tenir pendant leurs séances d'entraînement. De toute évidence, elle lui cachait ses véritables motivations.

— Tu voulais discuter tout à l'heure, je crois, lança-t-il avec un petit sourire. Il me semble que c'est le moment.

— Tu veux qu'on parle… *Maintenant* ?

— On pourrait aussi piquer une tête, si tu préfères.

Elle fit la grimace et rétorqua :

— Très bien. Dans ce cas, choisissons notre association. Ce sera les Enfants de Martha et c'est tout. Pas de hérissons, de cochons d'Inde ni aucun autre animal que tu pourrais inventer.

— Il me semble que je dois être un minimum d'accord, tu ne crois pas ?

Declan n'avait, au fond, aucune raison de refuser. Le personnel des Enfants de Martha semblait faire du très bon travail, sans parler du fait que, en tant qu'enfant adopté, la cause lui tenait déjà à cœur. Il ne comptait cependant pas céder aussi rapidement. Cette mission pour J.J. était passablement ennuyeuse et seules ses disputes avec Charlotte venaient mettre un peu de piment dans son quotidien.

— Qu'est-ce que tu peux m'offrir en échange ? demanda-t-il en s'adossant nonchalamment contre le mât.

Charlotte leva les bras au ciel d'un air exaspéré avant de se raccrocher aussitôt à la ligne de vie.

— C'est une course de charité, Hollywood. Tout ne tourne pas autour de ton petit nombril. Je sais que tu adores être au centre de l'attention, mais est-ce que tu ne pourrais pas essayer de faire quelque chose de bien, pour une fois ?

Declan commençait à en avoir assez. Entre son père et Charlotte, tout le monde semblait décidé à lui faire comprendre qu'il devait changer, qu'il n'était pas assez bien comme il était.

Il était pourtant persuadé que Charlotte elle-même en serait incapable. Elle qui détestait attirer l'attention, se mettre en avant, que se passerait-il si elle essayait de sortir de sa zone de confort ?

— Puisque je m'apprête à faire quelque chose qui est, d'après toi, contre ma nature, je crois que je ne devrais pas être le seul.

Elle le fixa d'un air soupçonneux.

— Qu'est-ce que tu veux dire ?

— Si je change, tu changes aussi. Si je deviens un gentil en acceptant de donner mon prix aux Enfants de Martha, tu arrêtes de te cacher en permanence et tu fais un relooking complet – coiffure, maquillage, tout le bazar. Je peux même t'apprendre quelques trucs sur les photos et l'attitude à avoir devant les journalistes. Le jour du gala, tu seras la star de la soirée et je te promets que ton association aura ce million de dollars. Marché conclu ?

— Absolument pas.

Horrifiée, Charlotte secoua la tête avec véhémence. Son ennemi juré croisa les bras sur sa poitrine et se pencha vers elle, ses yeux noisette pleins d'une interrogation silencieuse.

— C'est la pire idée du siècle. Pourquoi est-ce que je te donnerais une autre opportunité de te moquer de moi ?

— Parce que tu as besoin d'un million de dollars pour ton association.

— Je vais déjà largement les mériter, marmonna-t-elle. Je te rappelle que je dois te supporter pendant un mois.

— Un mois sur un voilier avec une star de cinéma, c'est si difficile ? Est-ce que tu sais combien de personnes rêveraient d'être à ta place ? Je te rappelle que tu n'as pas été *choisie* pour naviguer sur ce bateau, ma chère. On t'a admise dans la course pour la simple et bonne raison que ton père fait partie du Yacht Club.

Charlotte sentit son visage s'empourprer. Elle aurait aimé lui donner tort mais, malheureusement, c'était impossible.

— Je ne sais pas quel est ton problème, Hollywood. Je ne suis pas là pour prendre la place de qui que ce soit. Je suis là pour soutenir une association qui essaie de réduire l'écart entre les enfants qui ont tout et ceux qui n'ont rien.

— En faisant des feux de camp et des bricolages ? demanda-t-il avec un petit rire moqueur. En tout cas, j'espère qu'il y aura un prix spécial pour le sentimentalisme.

Elle bondit sur ses pieds, se rassit aussitôt lorsqu'elle vit à quel point la surface de l'eau était proche. L'indignation et les vagues ne faisaient décidément pas bon ménage, pas plus qu'elle et ce stupide charmeur hollywoodien qui prenait le soleil sur le voilier comme s'il était dans son jardin, l'air aussi confiant que possible. Rien ne semblait pouvoir le déstabiliser. Comment s'y prenait-il ?

— Je suis là pour les bonnes raisons, insista-t-elle en vérifiant la fermeture de son gilet de sauvetage.

— Ah oui ? Et quelles raisons, au juste ?

— Quelles raisons ? Eh bien, je vais te les montrer.

Furieuse, elle sortit son téléphone de sa poche, ouvrit l'application « Photos » et brandit l'appareil sous le nez de Declan.

— Voici Jimmy, qui adore les cabanes dans les bois parce que tout est calme et que personne ne se fait tirer dessus au milieu de la nuit. Et là, c'est Jay. Jay ne mange pas trois repas par jour à la maison, alors les hot-dogs à volonté sont l'image qu'il se fait du paradis. La petite fille à côté, c'est Maggie. Comme tu le vois, elle n'est pas non plus un cochon d'Inde tout mignon, mais une enfant de dix ans. Elle vient au camp d'été pour avoir le droit de vivre quelques semaines comme si elle avait vraiment dix ans, au lieu d'être le parent de sa mère qui est atteinte d'une sévère dépression et ne peut pas sortir du lit.

— Charlotte…

Declan ferma brièvement les yeux et poussa un grognement frustré.

— Est-ce que tu fais vraiment, uniquement cette course pour les enfants ?

— Presque uniquement.

Elle n'aimait pas mentir et, de toute manière, sa fierté et la peur qu'elle avait de décevoir son père entraient aussi dans l'équation. Elle détestait l'idée de perdre chez elle et devant tous les gens qu'elle connaissait.

Les lèvres de Declan esquissèrent un sourire en coin, le genre de sourire qui ne pouvait rien annoncer de bon.

— Je ne suis toujours pas convaincu. Qu'est-ce qui

me dit que tu ne fais pas tout ça juste pour essayer de me draguer ?

Que... Quoi ?!

— Tu es incroyable, Hollywood. Comment peux-tu croire une seule seconde que ton… ton aura de star, ou je ne sais pas quoi d'autre, serait suffisante pour me faire grimper sur le plus petit bateau du monde au milieu du plus grand océan du monde ?

— L'Atlantique est le deuxième plus grand océan, corrigea-t-il. Tu devrais vérifier tes sources, Charlotte – et reconnaître que tu m'aimes bien. Juste un peu. Allez, avoue.

— Ni un peu, ni beaucoup.

— Quelle menteuse tu fais, répliqua-t-il d'un ton joyeux. Je ne devrais vraiment pas te faire confiance.

— Est-ce que personne ne te dit jamais « non » ? C'est une régate, espèce d'imbécile, pas une tentative de séduction. Je me fiche royalement de toi.

Furieuse au-delà de ses limites, Charlotte ressentit soudain le besoin de faire quelque chose, n'importe quoi pour calmer ses nerfs. Elle se laissa glisser le long de la banquette et tendit la main pour donner un coup sur la barre. La trajectoire resta obstinément la même. Elle tenta de se déplacer pour avoir une meilleure prise, mais Declan refusa de bouger et elle fut obligée de passer par-dessus son épaule, son gilet de sauvetage cognant contre son torse.

Qu'il sentait bon… Charlotte n'avait pas fait exprès de le remarquer, loin de là, mais ce mélange d'eau de Cologne boisée et de son odeur typiquement masculine était impossible à ignorer. Apprécier son parfum ne voulait pas dire qu'elle appréciait l'homme qui le portait. Il était bien trop différent du héros de cinéma qui l'avait fait fantasmer une ou deux fois, ou plutôt quelques centaines de fois, si elle voulait rester honnête avec elle-même.

— Alors, tu es sûre que tu ne veux pas de moi ?

Declan croisa les mains derrière sa tête et s'écarta pour la laisser passer, tout en donnant un léger coup de genou à la barre. Cette fois, comme par magie, le bateau vira.

— Parfaitement sûre, grommela-t-elle. De toute façon, tu dois être au courant de ce qui s'est passé avec mon ex-fiancé, vu la façon dont les rumeurs se propagent à Martha's Vineyard.

Declan secoua la tête.

— Disons que notre relation s'est terminée d'une manière assez publique. Peut-être pas autant que la tienne avec cette actrice, mais en tout cas George a tout simplement pris la fuite. Je suis vaccinée des hommes jusqu'à nouvel ordre. Tu peux rester tranquille, personne ne pensera que nous sommes autre chose que des coéquipiers.

— C'est lui qui t'a quittée, alors ?

— Rapidement et publiquement.

Cette partie-là de l'histoire n'était même pas la pire, mais elle ne pouvait pas lui raconter le reste.

— Dans ce cas, nous avons quelque chose en commun, conclut Declan avec un sourire. Est-ce que tu es d'accord avec ma proposition ? Un relooking pour toi contre l'argent pour ton association ?

— Je suis parfaitement bien comme je suis.

Declan poussa un grognement et, avant qu'elle ait eu le temps de réagir, l'attira devant lui et referma les jambes autour des siennes. Elle s'apprêtait à protester lorsqu'il prit ses mains pour les poser sur la barre.

— Tourne-la vers la gauche pour aller à droite, vers la droite pour aller à gauche, expliqua-t-il en joignant le geste à la parole. Fais des petits mouvements, pas trop brusques.

Charlotte se concentra sur ses gestes, sur la sensation du bois sous ses mains, oubliant presque la chaleur de ses paumes contre sa peau.

— Évidemment que tu es bien comme tu es, reprit-il au bout d'une minute. Seulement, nous avons tous les deux besoin de réinventer notre image. J'en ai assez que les gens pensent à cette scène ridicule du balcon dès qu'ils me voient, et toi, tu dois en avoir assez d'être associée à George le crétin.

Il s'écarta d'elle et avança vers la proue du bateau pour équilibrer leur poids. Charlotte sentit la chaleur monter à son visage et son cœur se mit à battre furieusement dans sa poitrine. Bien sûr, ce n'était que la frayeur due au tangage avant que Declan ne s'installe – rien à voir avec une quelconque attirance.

— Tu penses vraiment qu'un relooking m'aidera à redorer mon image ? C'est un peu superficiel, non ?

— Je te garantis que les gens réagissent à ce genre de choses. Certains seront simplement curieux. D'autres croiront que tu sais réellement ce que tu fais sur un bateau, puisque tu as le physique de l'emploi.

— Autrement dit, tu crois que la confiance en soi est la clé de tout le reste ? Mon professeur de primaire avait affiché cette phrase sur le mur de la classe.

— Il avait bien raison.

Declan lui sourit de nouveau, sans artifice cette fois, d'un sourire chaleureux et sincère qui lui donna envie de se jeter à son cou.

— Dis oui, Charlotte.

Un essaim de papillons se mit à voleter dans son ventre, une sensation qu'elle ne reconnaissait que trop bien.

Stop, se morigéna-t-elle. *Arrête ça tout de suite.*

— Alors ? demanda à nouveau Declan, donnant un autre coup de genou à la barre.

Elle n'avait plus aucune idée de l'endroit où ils allaient. Pour ce qu'elle en savait, ils étaient peut-être en route vers Madagascar, et elle commençait à avoir faim. Elle s'écarta légèrement et alla s'asseoir sur la banquette pour laisser la place à Declan.

Il reprit aussitôt les commandes et, pour la première fois de la journée, elle se sentit reconnaissante. Elle en avait assez appris sur la navigation ce jour-là. Un bon cheeseburger l'attendait à la maison, peut-être même une part de tarte, si la boulangerie était encore ouverte.

Elle laissa échapper un gémissement et, lorsque Declan se retourna vers elle, se contenta d'un haussement d'épaule. Elle ne pouvait tout simplement pas rester de marbre en pensant à une part de tarte aux myrtilles.

— En temps normal, j'interpréterais ça comme un « oui », commenta-t-il avec un petit sourire.

— C'est bon, Declan. Je suis d'accord.

— Est-ce que tu veux me serrer la main ? Ou mieux, sceller notre accord par un baiser ?

— Je te demande pardon ?

— Du calme, rétorqua-t-il avec un petit clin d'œil. C'était juste pour te tester.

— Je crois que j'ai été suffisamment mise à l'épreuve aujourd'hui.

Lorsqu'il eut fixé la trajectoire vers ce qu'elle espérait être le port, Charlotte récupéra son classeur, prit un stylo dans son sac et cocha les cases « Apprendre à naviguer » et « Choisir une association » dans sa liste de choses à faire. Tout en bas de la page, elle ajouta « Relooking ».

Declan se moqua de son organisation, mais elle l'ignora royalement. Elle savait qu'elle avait encore du travail à faire sur elle-même. Au moins, contrairement à beaucoup de gens, elle avait pris conscience de ses problèmes et faisait de son mieux pour les résoudre. La dernière chose dont elle avait besoin était bien une attirance envers un charmeur comme Declan Masterson.

Non, décidément, elle ne pouvait pas s'intéresser à lui au-delà de ses capacités nautiques. Il restait une star, un aventurier, un chercheur d'adrénaline – rien qui pouvait lui convenir. Elle allait profiter de son expertise pour gagner la course et rien d'autre. Jamais, plus jamais elle ne craquerait pour un séducteur.

- 4 -

Depuis sa première cascade dans son premier film, deux mots avaient gouverné la vie de Declan : « risque » et « récompense ». Il avait gagné sa place à Hollywood grâce à son travail, mais surtout à son étonnante capacité à jauger le rapport entre ces deux mots. Il était à présent tout proche de diriger l'un des meilleurs studios de production du monde. Certes, il n'était pas né Masterson, mais il comptait bien passer haut la main la dernière épreuve de J.J.

La villa colossale qu'il louait à Martha's Vineyard aurait pu faire croire à toutes les vieilles fortunes locales qu'il était né dans le même milieu qu'eux. Cinq cent mètres carrés d'un intérieur décoré dans un style rustique à la pointe de la mode, une vue splendide sur l'Atlantique, une piscine entourée de luxuriants buissons d'hortensias et d'herbes hautes… Il aurait pu louer le domaine pour tout l'été, voire l'acheter, mais il n'aurait pas encore été satisfait.

Rien, pour lui, n'était jamais suffisant. Braver les vagues les plus hautes, naviguer au milieu des blocs de glace ou plonger dans le cénote sous-marin le plus profond du monde, plus rien ne parvenait à retenir son attention.

Declan soupira et jeta un coup d'œil à l'équipe qui attendait Charlotte à l'autre bout du salon. En deux jours, il avait eu le temps de recruter des stylistes, une esthéticienne et même un professeur de maintien pour l'aider à peaufiner sa démarche. Il ne manquait plus que la star du jour.

De son enfance tourmentée, Declan avait gardé le réflexe d'être toujours en alerte. Il fut donc le premier à sentir la présence de Charlotte. Lorsqu'il se retourna, il vit qu'elle restait hésitante sur le seuil, comme si elle n'osait pas entrer. La princesse de Martha's Vineyard avait tenu sa promesse.

D'après ses dernières informations, Charlotte n'avait que quatre ans de moins que lui, soit vingt-neuf ans. Son éducation n'avait cependant rien à voir avec la sienne. Elle était une vraie fille de bonne famille, discrète et réservée, et ses ancêtres comptaient des noms illustres dont il se moquait royalement.

À présent, elle se tenait dans un coin reculé du salon où elle imaginait probablement que personne ne pouvait la voir. Elle observait la pièce en jouant avec les pointes de sa queue-de-cheval. Ses cheveux châtains tombaient au milieu de son dos, et même avec des petites ballerines, elle était plus grande que la plupart des femmes qu'il connaissait.

Son expression concentrée lui rappela celle qu'elle avait sur le bateau, cherchant à analyser le moindre détail de chaque situation. Il eut soudain envie de bousculer toute cette prudence pour voir quelle Charlotte ressortirait du jeu.

Dans son pantalon de yoga noir et son coupe-vent flanqué du logo des Enfants de Martha, elle faisait encore tout son possible pour se fondre dans le décor. Nul doute qu'elle se serait fait manger tout cru si elle avait dû passer une soirée dans son univers à lui. Heureusement, elle n'aurait pas à le faire, mais il était bien décidé à la sortir de l'ombre où elle se cachait – aussi bien plus tard que maintenant.

Lorsqu'il se dirigea vers elle, Charlotte suivit son approche d'un air circonspect.

— Declan.

— Princesse.

— Ce n'est pas mon prénom, Hollywood.

— Votre Majesté, alors ? proposa-t-il.

— Si je te jette à l'eau dès la ligne d'arrivée franchie, personne ne m'en voudra.

— Au contraire, tout le monde t'en voudra, répliqua-t-il avec un grand sourire. Je suis plutôt populaire par ici.

— De toute évidence, *tout le monde* ne te connaît pas en dehors du grand écran.

— Allez, trêve de discussions. Une nouvelle version de toi-même t'attend.

Charlotte poussa un grognement.

— Explique-moi encore comment un relooking va nous aider à gagner la régate.

Malgré le ton renfrogné, sa voix féminine et chaleureuse lui donnait envie d'ignorer les stylistes pour l'emmener dans sa chambre, une activité strictement interdite puisqu'il tentait de réformer son image de play-boy. De toute façon, Charlotte ne l'aimait pas. Elle était raffinée, bien élevée et ne faisait jamais rien spontanément. Il était tout le contraire.

Incapable de résister, il prit ses deux mains dans la sienne et lui sourit. Charlotte et lui étaient complètement différents. Pourtant, inexplicablement, il aimait de plus en plus la taquiner et passer du temps avec elle. Il avait l'impression de voir un paquet-surprise chaque fois. Sous ses vêtements amples et discrets, elle avait une silhouette tout en courbes féminines, et de longues jambes qui n'avaient pas besoin de talons pour les mettre en valeur.

Declan n'était sorti avec personne depuis sa ridicule demande en mariage au balcon de l'actrice. Les opportunités ne lui manquaient pas, mais pour une raison ou une autre, les relations sans lendemain ne lui suffisaient plus, comme tout ce qui l'avait autrefois comblé. Le sourire s'effaça de son visage. Il n'avait aucune intention de changer, seulement de gagner. Pourtant…

— Essaie de me faire confiance, dit-il doucement à Charlotte, se surprenant lui-même.

— Jamais de la vie.

Sa voix recelait une sécheresse inhabituelle et il se demanda à quoi était due cette attitude défensive. Son ex-fiancé, peut-être ? En y repensant, il trouvait incroyable qu'un homme ait pu quitter une femme pareille. Comment ne pas adorer cette beauté tranquille, cet esprit brillant, ce sens de l'humour caustique qu'elle essayait de cacher ?

Charlotte tira sur sa main, le ramenant à l'instant présent.

— Explique-moi quel est ton plan.

— Mon plan, c'est de gagner.

Libérant ses mains, il posa la sienne au creux de son dos pour la guider vers l'armée de stylistes et autres maquilleuses qui attendaient au bout du salon. Lorsque l'une d'elles commença à sortir des vêtements d'un portant, Charlotte lui décocha un regard mauvais. Elle se mit à jouer avec la manche d'un pull en cachemire que lui tendait la styliste.

— Rien de tout cela n'évoque l'association, Declan. D'ailleurs, qui va payer pour tous ces vêtements ?

— Moi, bien sûr. Considère que ce sont des frais

professionnels. Cette régate est aussi un événement social, ne l'oublie pas. Tu ne peux pas aller à la soirée de gala avec un legging. Si tu veux que les gens nous soutiennent, il faut te vendre correctement.

— Tu parles, grommela-t-elle. Tout ça n'est qu'une vengeance de ta part.

— Ah, vraiment ?

— Bien sûr que oui. Non seulement tu es coincé avec moi, mais en plus tu m'en veux parce que tu ne pourras pas donner un million de dollars aux pauvres cochons d'Inde.

Declan se retint de rire.

— La plupart des femmes adoreraient passer un moment comme celui-ci, tu sais ?

— Eh bien, je ne suis pas comme la plupart des femmes.

Il ne pouvait qu'être d'accord sur ce dernier point.

Charlotte avait prononcé ces mots légèrement, comme s'ils n'avaient pas d'importance, mais Declan connaissait bien cette nonchalance forcée. Il avait joué ce rôle trop de fois pour ne pas le reconnaître. Quelqu'un avait dû lui faire croire qu'être différente était un mauvais choix, alors que, bien souvent, la différence était une force.

Tout ne semblait pas si parfait qu'il l'avait cru dans le royaume de Charlotte. Il ressentit une envie inhabituelle de dévier de son plan, de la laisser tranquille, de ne pas faire d'elle une réponse parfaite et publique aux demandes de J.J. Pour ne pas se donner le temps de réfléchir, il la poussa vers la petite pièce qui allait servir de cabine d'essayage.

La gentillesse était une faiblesse qu'il ne pouvait pas se permettre alors qu'il était si proche de la ligne d'arrivée.

Dix minutes plus tard, Charlotte n'avait toujours pas

réapparu. Il toqua brièvement à la porte. Son impatience n'avait rien à voir avec une envie de la voir, de savoir comment elle se sentait, bien sûr. Ce relooking était simplement une étape de son plan et il était pressé de passer à la suite.

— Sors de là, Princesse.

Un bruit de tissu se fit entendre de l'autre côté de la porte, et il ne put s'empêcher d'imaginer ce qui se passait.

— Je ne m'appelle *pas* Princesse, rétorqua-t-elle d'un ton agacé en ouvrant la porte.

Declan s'adossa contre le mur pour mieux la regarder. Cette version de Charlotte était tout simplement magnifique. Elle portait un pantalon de lin blanc qui épousait ses hanches avant de s'évaser jusqu'à ses chevilles, et un pull-over court et noir qui découvrait une minuscule bande de peau au-dessus de la ceinture.

— Ce pull a dû rétrécir à la machine, marmonna-t-elle en tirant obstinément sur l'ourlet.

Il immobilisa ses mains avec douceur, effleurant la peau douce de son ventre au passage. Une chaleur familière se répandit aussitôt en lui. Faisant de son mieux pour l'ignorer, il écarta légèrement Charlotte et se mit à fouiller dans les portants de vêtements. Certes, elle était superbe ainsi, mais il ne voulait pas qu'elle se sente mal à l'aise. Il finit par dénicher un cardigan en cachemire couleur crème et un foulard en soie.

Remarquant soudain la pile des vêtements de Charlotte sur le lit, un T-shirt rose à motifs de petits poissons sur le dessus, il eut une idée.

— Essaie ton T-shirt avec ce pull, lui ordonna-t-il.

— Tu es styliste, maintenant ?

Il se tourna ostensiblement vers le mur pour la laisser se déshabiller. Lorsqu'elle lui prit le T-shirt des mains, il dut faire un effort colossal pour ne pas remarquer la chaleur de son corps si près du sien, son odeur subtilement féminine.

— Alors, c'est plus confortable ?

— C'est mieux.

Il se tourna de nouveau vers elle. Charlotte se tenait là, les mains abandonnées sur les côtés, comme si elle ne savait trop quoi en faire. Une myriade d'idées toutes plus agréables les unes que les autres lui vint à l'esprit. Au lieu de les partager, il tendit la main pour nouer son T-shirt rose à la taille, faisant attention à ne pas découvrir sa peau. Il l'aida ensuite à enfiler le cardigan et recula d'un pas pour observer l'ensemble.

Curieusement, une petite partie de lui-même aurait aimé faire tout cela pour quelqu'un de spécial, une petite amie qu'il aurait voulu gâter pour lui montrer à quel point elle était belle à ses yeux. Il commençait à être fatigué des jeux de séduction continus de Hollywood.

Dans un sens, diriger Masterson Entertainment l'aiderait à mettre cet univers de côté. Il pourrait enfin produire des films qui reflétaient sa vision, ses valeurs, au lieu de celles de quelqu'un d'autre. Il aurait enfin sa place dans la vie. Une bonne fois pour toutes, il ferait partie de son monde.

La femme qui se tenait devant lui avec raideur faisait partie de *ce* monde, celui de Martha's Vineyard, du Yacht Club et des bonnes manières. Sa démarche brusque et directe avait presque un côté attendrissant. Charlotte mettait le cap sur ses objectifs et n'en déviait pas une seconde. Elle avait déjà eu cette détermination dans son legging ; à présent, sa tenue raffinée mettait sa personnalité en valeur, comme un joli cadre autour d'un tableau.

Declan s'empressa de quitter la pièce, laissant Charlotte plier bien proprement les vêtements qu'elle n'emporterait pas. Il était déjà installé sur l'immense canapé du salon lorsqu'elle ressortit. Pour s'empêcher d'aller vers elle, il interpella aussitôt les stylistes, qui l'entourèrent en bataillon rangé et l'empêchèrent de la voir.

Elle n'est pas pour toi, idiot. Mets-toi ça dans la tête.

Charlotte faisait souvent des cauchemars. La plupart du temps, elle se voyait entrer nue dans une pièce pleine de monde, perdre toutes ses dents d'un coup comme dans un dessin animé ou, bien pire, ne pas être capable de remplacer l'argent que George avait volé et priver les enfants de leur camp d'été. Jamais elle n'aurait pensé que l'après-midi passé la veille chez Declan à apprendre le glamour hollywoodien deviendrait le plus affreux de tous ses rêves.

Comme si la transformer en mannequin ne suffisait pas, il lui avait aussi réservé des cours de démarche et de pose pour les photos. Elle devait même faire des devoirs à la maison, à savoir s'entraîner à sourire devant son miroir, en plus de leurs séances d'entraînement sur le bateau.

Charlotte s'était à peine approchée du bord de la mer depuis ce jour catastrophique où elle avait failli se noyer. Elle devait s'armer de tout son courage, en plus du gilet de sauvetage bien trop mince à son goût que Declan lui avait acheté, pour monter à bord du voilier. Il ne faisait jamais de commentaire, mais nul doute qu'il était déçu par la coéquipière que le destin avait mise sur sa route.

Que se passerait-il si elle n'y arrivait pas ? S'il finissait par se lasser de son ignorance et demandait un autre partenaire ? Le comité accepterait sans problème un changement pour la star de la régate, elle n'en doutait pas une seconde.

Charlotte secoua la tête, pensa aux enfants de l'association et s'obligea enfin à sortir du lit. Ses muscles courbaturés par les séances d'entraînement protestèrent aussitôt. Elle marcha précautionneusement jusqu'à la fenêtre et jeta un coup d'œil au-dehors. De l'autre côté de la pelouse, la villa de son père resplendissait au soleil, dix fois plus grande que la maison d'invités qu'il lui louait contre une somme modeste.

Elle rêvait parfois d'avoir un logement bien à elle et plus d'indépendance. Malheureusement, en tant que directrice d'une association à but non lucratif, son salaire ne lui aurait jamais permis de louer un appartement à Martha's Vineyard. Elle aurait dû être reconnaissante à son père de lui permettre de vivre sur l'île toute l'année.

Declan semblait croire qu'elle était une fille de riche, avec un accès illimité au compte en banque de son père. La vérité n'aurait pas pu être plus différente. Elle travaillait dur pour gagner sa vie, et jamais elle n'aurait accepté la charité de personne. Si seulement George avait pu appliquer la même idée et ne pas accepter la charité qui était promise à d'autres que lui…

Lorsqu'elle passait du temps avec Declan, elle avait du mal à se rappeler la promesse qu'elle s'était faite de ne plus jamais faire confiance à un homme trop rapidement. L'aisance avec laquelle il déplaçait son corps musclé le long du bateau était beaucoup trop séduisante. Malgré toutes leurs différences, elle ne pouvait s'empêcher d'y penser toute la journée, sans parler de la nuit.

Jamais encore elle n'avait ressenti un tel désir pour quelqu'un, un tel besoin de se retrouver dans ses bras. Des images toutes plus interdites les unes que les autres défilaient dans sa tête. Elle savait pourtant qu'elle devait rester concentrée sur l'association. Justement ce matin, elle devait remplir une demande de financement et une montagne d'autres papiers. Declan était une distraction qu'elle ne pouvait pas se permettre.

Cette semaine-là, elle aurait dû être en train de payer la caution du camp de vacances, d'acheter des paquets de marshmallows et de planifier une excursion en kayak. Sa gorge se serra à l'idée du tort qu'elle avait causé aux enfants. Envahie de nouveau par l'anxiété, elle se détourna de la fenêtre et s'assit à son bureau.

Elle devait cesser de penser à lui. Declan la regardait comme jamais personne ne l'avait regardée, comme si elle comptait vraiment, elle qui avait cherché toute sa vie à éviter l'attention des autres. Ce simple fait le rendait plus dangereux que tous les méchants de Hollywood réunis.

- 5 -

Charlotte se tenait en face de son père dans le restaurant où ils déjeunaient chaque semaine. Avec sa cuisine moderne et sa terrasse nichée au milieu d'un jardin de style anglais, c'était l'endroit préféré de plusieurs présidents, sans compter Bryant Palsgrave lui-même.

Elle savait qu'elle aurait dû au moins apprécier la délicieuse salade de betteraves au miel qui se trouvait dans son assiette, mais elle n'arrivait pas à avaler une seule bouchée. Passer du temps avec son père n'était jamais une partie de plaisir. La conversation roulait sur le même thème que d'habitude, à savoir les nombreuses manières dont elle l'avait déçu.

Bryant Palsgrave était retraité d'une brillante carrière à Wall Street depuis cinq ans. Pourtant, il portait toujours un costume trois pièces chaque fois qu'il sortait, assorti à une cravate Hermès bleu poudré. Charlotte lui en offrait une à chaque fête des pères. Il les aimait, et elle avait appris à ne jamais chambouler les habitudes avec lui.

Maintenir la paix familiale avait été sa mission depuis le jour où sa mère était partie de la maison. Elle n'avait que sept ans à l'époque. Deux ou trois fois, elle avait songé à entrer en contact avec Shanna Palsgrave, mais elle avait renoncé aussitôt. Sa mère n'avait jamais pris de ses nouvelles et cette attitude parlait d'elle-même.

— Alors, quelle est la prochaine étape pour les

Enfants de Martha ? demanda son père en piquant avec sa fourchette le filet de saumon qu'un serveur venait de poser devant lui.

Bryant avait déjà regardé sa montre intelligente deux fois depuis le début du repas. Charlotte aurait voulu croire qu'il vérifiait son rythme cardiaque ou le nombre de pas dans sa journée, mais elle savait très bien que son père s'ennuyait avec elle, comme toujours.

— Nous sommes en train de préparer le camp d'été annuel.

— Tu devrais voir plus grand.

Il esquissa un geste de mépris, ses traits prenant l'expression désapprobatrice qu'elle ne connaissait que trop bien. Charlotte savait que son père aurait préféré la voir mener une grande carrière dans la finance à New York. Au pire, si elle avait vraiment voulu se lancer dans la philanthropie, elle aurait dû le faire après avoir épousé un homme riche avec de belles aspirations politiques, qui aurait pu inviter son beau-père à des fêtes huppées à Washington.

Son frère aîné, par exemple, était associé depuis deux ans dans un grand cabinet d'avocats à Boston. Il était propriétaire de son appartement et cherchait à acheter une maison au Vineyard pour loger sa famille qui ne cessait de croître. Bryant était persuadé qu'il siégerait à la Cour Suprême dans quelques années.

La vie modeste de Charlotte ne cadrait pas avec les ambitions paternelles. Elle préférait sa tranquillité et le sentiment d'être utile aux enfants près d'elle, mais son père ne se lassait pas de la critiquer chaque semaine, sous prétexte qu'il voulait ce qui était le mieux pour elle et pour les enfants. Il ne comprenait pas sa réticence à faire encore plus grand, plus cher, plus brillant.

— L’association n’a pas le budget pour voir plus grand, finit-elle par répondre, la gorge serrée à l’idée de l’endroit où était passé le budget en question. Notre objectif est de rester impliqués dans la vie locale et dans notre communauté.

— Pourquoi vous limiter au Massachusetts ? Il y a des orphelins partout.

— J’aime mon travail tel qu’il est.

Charlotte murmura un remerciement au serveur, qui avait discrètement remplacé son entrée à peine entamée par le poulet qu’elle avait commandé. Pendant ce temps, son père s’était lancé dans une logorrhée à propos des possibilités d’agrandissement des Enfants de Martha, sa voix montant crescendo au fur et à mesure de son explication.

— « Plus grand » ne signifie pas toujours « mieux », répondit-elle lorsque son père s’interrompit enfin pour prendre une bouchée de saumon. Il y a déjà assez de travail à faire ici, papa.

Ignorant son intervention, il se remit à discourir et elle coupa un morceau de son poulet grillé en soupirant. Avant de venir déjeuner, elle avait passé la matinée à essayer de calmer l’enthousiasme de sa directrice adjointe, qui voulait lancer le recrutement des animateurs pour le camp d’été. Il ne leur restait tout simplement pas assez d’argent pour le faire et elle avait dû remettre le recrutement à plus tard.

Même après avoir cessé de se verser son salaire, Charlotte voyait bien que l’association serait bientôt en déficit. Son adjointe s’inquiétait et elle n’était pas la seule. Dans un futur proche, elle allait devoir dire la vérité à son personnel et cette perspective la glaçait.

Une légère bousculade vers l’entrée du restaurant

attira soudain son attention. Lorsqu'elle se retourna, elle comprit aussitôt l'origine des murmures à travers la salle. Declan se tenait sur le pas de la porte.

Son cœur trop impressionnable loupa un battement. Il était vraiment beau et, à en juger par les regards de toutes les dîneuses, elle n'était pas la seule à le penser. Une serveuse vint le renseigner et il la suivit d'un pas confiant jusqu'à la table des Palsgrave.

— Charlotte et moi avons rendez-vous cet après-midi, déclara-t-il lorsqu'il arriva à leur hauteur.

Voilà qui était nouveau, et certainement pas inscrit sur le planning qu'elle avait glissé dans son classeur « Spécial régate ». Declan et elle se voyaient quelques heures par semaine après son travail pour naviguer. Le reste du temps était occupé, à son grand dam, par les « sessions relooking » qu'il avait tenu à continuer.

Pour elle, il ne s'agissait que d'une perte de temps, mais elle avait fait une promesse et devait s'y tenir. Elle prenait chaque semaine des cours de démarche et de posture avec un coach. En outre, Declan lui apprenait à poser pour les photographes, imitant tour à tour une dame de la haute société ou une jeune influenceuse. Il ne rechignait pas à se moquer de lui-même.

— Allons-y, déclara-t-il en esquissant un geste vers la sortie comme s'il était tout à fait normal d'abandonner Bryant Palsgrave au milieu de son plat.

Son père commençait à bouillir d'indignation. Dans l'espoir de calmer le jeu, elle expliqua :

— Declan m'apprend à naviguer.

— Vous risquez d'être encore sur l'île dans quelques années, jeune homme. Notre Charlotte n'est pas une Kate Middleton.

Ha ha, très drôle, songea Charlotte qui cherchait

désespérément quelque chose à répondre. Declan la sauva en croisant les bras sur sa poitrine d'un air renfrogné. Visiblement, la comparaison ne l'impressionnait guère.

— Charlotte n'a pas besoin d'être qui que ce soit d'autre qu'elle-même. Elle est tout à fait capable de gagner.

— Elle n'a pas été capable de retenir George Moore, par contre, rétorqua son père d'un ton joyeux. Son fiancé, ajouta-t-il au cas où Declan n'aurait pas été au courant de l'histoire. Il a pris la fuite, le pauvre. Il en avait assez supporté.

— Tant pis pour lui, affirma Declan d'un ton qui semblait sincère. Charlotte, tu as bientôt fini ?

— Je vais demander à ce qu'on m'emballe le reste.

Jamais elle n'aurait osé faire une chose pareille devant son père d'habitude. Les Palsgrave ne mangeaient pas de restes de nourriture, c'était la règle, mais elle avait retrouvé l'appétit et son poulet était délicieux. Declan appela un serveur et son assiette disparut aussitôt.

— Très bien, allons-y, fit-elle en se levant si précipitamment qu'elle faillit renverser sa chaise.

Declan lui jeta un coup d'œil interrogateur, mais il se contenta d'un hochement de tête, ce dont elle fut reconnaissante. En temps normal, elle aurait commencé à s'excuser, mais que pouvait-elle dire ? « Désolée que mon père soit insupportable » ?

D'un autre côté, Charlotte ressentait moins que d'habitude cette honte, cette anxiété, cette propension à s'excuser de tout en permanence. Elle s'accorda un instant de réflexion et se trouva presque joyeuse. Que lui arrivait-il ?

Un petit sourire amusé joua sur les lèvres de Declan. Même s'il ne disait rien, il était bien plus observateur que ce qu'elle aurait cru au départ. Elle lui rendit son sourire et savoura le court trajet jusqu'à la sortie avec sa main posée dans le creux de son dos. Le geste était peut-être vieux jeu, mais il lui donnait l'impression d'être accompagnée, d'avoir enfin quelqu'un pour la soutenir.

À l'extérieur, un luxueux coupé noir les attendait. Declan tendit un pourboire au voiturier avant d'ouvrir la portière du côté passager pour elle.

— Je te promets que je ne vais pas tout gâcher, lui dit-elle lorsqu'il se fut installé au volant. Je vais gagner cette course.

— Tout ne dépend pas de toi, Charlotte.

— Ah bon ? Serais-je devenue une skippeuse de génie sans m'en apercevoir ?

— Tu fais tout ton possible.

Sa voix grave et chaleureuse la fit frissonner. L'espace d'un instant, elle fut sur le point de suggérer qu'ils abandonnent l'océan pour aller s'entraîner à des choses plus intéressantes.

— Tout mon possible, ce n'est pas assez.

— Ça l'est à mes yeux.

Declan marqua une pause, démarra la voiture et reprit :

— Si je faisais une erreur sur le bateau, est-ce que tu m'en voudrais ?

— Bien sûr que non. Cela dit, tu sais aussi bien que moi que ça n'arrivera pas.

— Je fais autant d'erreurs que le reste du monde.

Elle se contenta d'un haussement d'épaules et reporta son attention sur le spectacle qui se déroulait derrière la vitre ; les superbes paysages de l'île sous le soleil de l'été. Declan gara la voiture sur le parking de la marina bien plus vite qu'elle ne l'aurait souhaité. L'instant d'après, ils marchaient le long du ponton, toujours entouré d'eau sur trois côtés et toujours aussi terrifiant.

Declan lui jeta un coup d'œil circonspect et elle s'empressa de forcer un sourire sur ses lèvres. S'il continuait, elle allait devoir se faire tatouer une phrase comme « tout va très bien » sur le front.

— Est-ce que tu veux finir ton déjeuner d'abord ?

— Non, ça ira. On peut y aller.

En plus du reste, elle ne voulait pas prendre le risque d'être malade devant lui. Le bateau était déjà devant eux et elle s'efforça de se concentrer. Si elle laissait son esprit divaguer, elle allait penser à Declan, à son corps musclé tout près du sien, comme si un physique agréable et un caractère plus prévenant qu'elle ne l'aurait cru étaient une base suffisante pour la faire craquer.

Sauf que ça l'est, non ?

Charlotte ferma les yeux et inspira à fond. Cette attirance n'était qu'un désir parfaitement normal et elle ne devait pas chercher plus loin. Il n'y avait pas de sentiments dans cette histoire, pas de lien entre eux, seulement l'envie de battre leurs adversaires. Declan était là pour naviguer et elle l'utilisait pour ses compétences. Finalement, elle se félicitait de voir les choses avec une telle objectivité.

— Votre carrosse vous attend, madame, l'interpella Declan qui avait déjà sauté à bord.

Il lui tendit les mains pour l'aider à monter, sourit lorsqu'elle refusa, et leva l'ancre. Charlotte enfila son gilet de sauvetage en se demandant si elle n'aurait pas dû en mettre un deuxième. Si son corps prenait le contrôle de ses pensées, il n'y aurait jamais trop de tissu pour mettre de la distance entre Declan et elle.

- 6 -

S'efforçant de chasser des pensées qui n'auraient probablement pas plu à Charlotte, Declan s'absorba dans le pilotage du voilier tandis qu'elle notait des observations sur le réglage du gréement dans leur petit carnet de bord imperméable.

Elle adorait tout mettre par écrit. Même si leur séance du jour n'avait pas été prévue à l'avance, elle avait tout de même accepté de monter à bord. Son moment préféré avait été celui où elle avait retiré ses ballerines et roulé le bas de son pantalon moulant.

S'il en jugeait par son expression tendue et la manière dont elle tripotait les lanières de son gilet de sauvetage, Charlotte n'avait toujours pas vaincu sa peur de l'eau. Il était presque tenté de lui demander d'où celle-ci provenait. Cela dit, vu la tête qu'elle faisait chaque fois qu'il essayait d'aborder le sujet, il préférait se taire.

Après quelques minutes d'un silence confortable, Charlotte se mit à lui crier des ordres, essayant visiblement de naviguer par procuration. Elle avait l'air très sérieux et il prit sur lui pour ne pas éclater de rire. Après tout, elle faisait de son mieux, et il avait même repéré un manuel de navigation pour débutants dans son sac.

Si sa motivation lui faisait plaisir, elle n'était pas nécessaire pour autant. Il pouvait gérer le pilotage du bateau sans problème. Certes, les grands monocoques qu'il avait l'habitude de manœuvrer étaient assez différents de leur petit voilier, mais le principe de base restait le même. L'océan était le seul endroit où il se sentait chez lui.

Malgré sa peur de l'eau, Charlotte faisait une bonne coéquipière. Rien ne semblait l'embêter, ni les paquets de mer, ni le sel qui faisait gonfler ses cheveux, ni le soleil qui rosissait ses joues. Elle suivait ses instructions avec efficacité et bougeait parfois d'elle-même pour ajuster leur poids sur le bateau en fonction du vent.

Declan voyait maintenant à quel point il l'avait sous-estimée. Ses préjugés avaient fait d'elle une gamine riche, une petite fille bien sage sans beaucoup de qualités, alors qu'elle avait eu le courage de reprendre à elle toute seule la direction des Enfants de Martha lorsque le directeur précédent avait quitté le navire. La vie de Charlotte n'était manifestement pas un long fleuve tranquille.

Lorsqu'elle lui montra du doigt un couple d'oiseaux de mer qui suivait le voilier, il ne put s'empêcher de comparer son sourire détendu à l'état de stress dans lequel il l'avait trouvée avec son père un peu plus tôt. Il revit le regard méprisant que Bryant Palsgrave avait posé sur elle, sur lui aussi d'ailleurs.

Une rapide recherche sur Internet lui en avait appris davantage sur la rupture entre Charlotte et son ex-fiancé. La plupart des articles se concentraient sur George, qui semblait apprécier les caméras, étant donné le nombre de photos de lui qu'il avait trouvées. Était-ce pour cela qu'elle détestait autant se mettre en avant ? Il aurait aimé qu'elle puisse se voir à travers ses yeux, apprécier combien elle était intelligente, digne de confiance et sûre de ce qu'elle voulait dans la vie.

Pourquoi ressentait-il ce besoin de le lui faire

comprendre ? Pourquoi son cœur se serrait-il chaque fois qu'il pensait à ce qu'elle avait dû subir ?

Il commençait à ruminer cette question lorsque Charlotte, se relevant de son siège, tendit la main pour attraper une corde qui pendait devant elle.

— Charlotte, attention.

Décidée comme toujours à faire les choses par elle-même, elle ignora son avertissement et tira sur la corde. Celle-ci fila aussitôt jusqu'en haut du mât.

— Oups, commenta-t-elle, la main en visière pour regarder vers le ciel. Ça ne faisait pas partie du plan.

— Si c'était le cas, ton plan n'était pas fameux.

Charlotte soupira avant de demander :

— Comment est-ce que je peux rattraper les dégâts ?

— Tu peux me laisser faire, tu sais.

— Ma bêtise, ma responsabilité, répliqua-t-elle en secouant la tête.

— Ne t'inquiète pas. Une petite pause et nous pourrons repartir dans cinq minutes.

Declan amena les voiles et réduisit progressivement leur vitesse. Elle avait beau être têtue, il ne laisserait pas Charlotte se mettre en danger pour autant.

Se déplaçant avec le plus de légèreté possible, il remonta à la proue et déroula l'ancre. Le voilier décrivit un demi-cercle autour de la chaîne avant de s'immobiliser. L'air soupçonneux, Charlotte demanda :

— Est-ce qu'on est coincés ici ? Je travaille demain matin.

— Ne t'en fais pas pour ça, je te ramènerai toujours à la maison, répliqua-t-il en retirant prestement ses chaussures.

Suivant le regard de Charlotte, il ajouta :

— Tu vois, je peux même te faire un strip-tease, si tu le demandes gentiment.

Elle leva les yeux au ciel.

— Trêve de plaisanterie, Hollywood. Qu'est-ce que tu fabriques ?

— Je récupère notre drisse.

— Tu ne vas pas grimper là-haut, tout de même ? Et si tu tombes ?

— Je ne vais pas tomber, Charlotte. C'est promis.

Le mât de leur voilier ne mesurait pas plus de six mètres. Il avait grimpé bien plus haut, était même tombé de plus haut du temps où il était cascadeur.

— Arrête, lui ordonna-t-elle. Je n'ai pas pour habitude de faire payer les autres pour mes bêtises.

Elle se dressa sur ses pieds avec détermination, oubliant manifestement que le bateau bougeait encore. Il tendit les bras pour l'empêcher de tomber et ne put s'empêcher de l'attirer plus près que nécessaire. La sensation de son corps contre le sien était merveilleuse, même lorsqu'elle décida de ponctuer ses paroles par un index planté dans sa poitrine.

Sachant à quel point elle détestait le conflit, il garda un ton de voix très calme et s'efforça de la rassurer :

— Charlotte, je maîtrise la situation. Ce n'est pas grave que tu aies tiré sur la corde. C'était juste une petite erreur, d'accord ? Ce n'est pas grave.

— D'accord, répondit-elle d'une voix hésitante.

Declan aurait voulu lui faire comprendre qu'elle avait le droit de se tromper comme tout le monde. Lui-même faisait des erreurs, beaucoup même, la plus récente ayant été d'accepter ce pacte infernal avec J.J. Diriger Masterson Entertainment lui avait semblé indispensable parce qu'il se battait depuis des années pour obtenir l'approbation de son père. S'il s'était détaché de tout cela plus tôt, les choses auraient été différentes.

Sa seconde erreur avait été de laisser voir à J.J. à quel point il voulait l'entreprise familiale. Depuis deux ans, il travaillait d'arrache-pied au studio. Il avait développé tout un vivier de nouveaux talents et pris des risques en signant plusieurs projets dont personne ne voulait. À présent, toute une équipe comptait sur lui pour ne pas perdre leurs emplois. Il devait absolument gagner cette course et il le ferait coûte que coûte, ce qui le menait à sa troisième erreur : Charlotte.

Il détestait l'idée de la mêler aux petits arrangements de J.J. Bien sûr, elle avait quelque chose à gagner dans tout cela puisqu'elle avait besoin de l'argent pour son association, mais il redoutait de la voir prise au milieu de ses propres intérêts dans le studio.

Tout à ses pensées, il n'avait pas remarqué qu'il serrait Charlotte de plus en plus contre lui, assez lentement cependant pour qu'elle puisse se dégager – ce qu'elle n'avait pas fait.

— Tu m'insupportes, marmonna-t-elle sans pour autant faire le moindre geste.

Une vague heurta le flanc du bateau et les secoua très légèrement, mais assez pour que Charlotte perde l'équilibre. Il passa les bras autour de sa taille pour la rattraper. Même à travers le gilet de sauvetage, son corps était doux et chaud contre le sien.

— Tout va bien ?

Elle se contenta d'un hochement de tête.

— Je veux te l'entendre dire.

Mieux encore que toutes les réponses du monde, Charlotte se haussa sur la pointe des pieds et posa les lèvres sur les siennes. Ses deux mains encadrèrent son visage et l'attirèrent vers elle. Sans se faire prier, il glissa les paumes dans son dos et, lentement, assez lentement pour lui laisser le temps de changer d'avis, effaça l'espace entre eux.

Il l'embrassa doucement, avec précaution, ignorant les signaux de son propre corps qui lui intimaient d'en réclamer davantage. Le bateau tangua légèrement et elle se recula pour le regarder dans les yeux.

— Oui… ?

— Oui.

Il l'attira plus près et l'embrassa encore, puis Charlotte se lova contre lui.

— C'était juste pour te faire taire, l'informa-t-elle.

— Tout ce que tu veux, Charlotte.

Visiblement, sa princesse en voulait davantage. Elle laissa échapper un gémissement de surprise lorsqu'il revint l'embrasser, jouant avec elle, mordillant doucement sa lèvre inférieure. Il lui répondit par un grognement affamé et savoura la sensation de son corps pressé contre le sien. Enroulant ses cheveux autour de sa main, il se laissa aller au baiser le plus merveilleux qu'il avait jamais vécu.

Lorsque enfin il reprit son souffle, Charlotte avait les yeux fermés, les joues roses, l'air plus détendue que jamais. Il n'était pas prêt à la lâcher. Ses lèvres effleurèrent de nouveau les siennes et, cette fois, ce fut elle qui l'embrassa, avec un désir et une confiance en lui qu'il n'aurait pas cru possible.

Ils s'écartèrent l'un de l'autre et restèrent un long moment à se regarder, Charlotte se mordant la lèvre d'un air pensif.

— Waouh, murmura-t-elle. C'était une bonne chose d'évacuer ça une fois pour toutes.

— Je ne crois pas que nous en ayons fini, rétorqua-t-il en tendant la main pour dégager une mèche rebelle de son visage. Tu n'as qu'à me dire ce que tu veux, *tout* ce que tu veux.

Elle retourna s'asseoir sur son siège habituel et retira l'élastique de ses cheveux pour se refaire une queue-de-cheval impeccable. Quand elle eut terminé, elle se tourna vers lui et lui ordonna, d'une voix moins ferme que ce qu'elle aurait probablement voulu :

— Répare-moi ce bateau, capitaine.

Tout ce que tu veux...

Charlotte se répéta en boucle les cinq petits mots si dangereux que Declan venait de lui dire. Il avait déjà grimpé en haut du mât comme s'il s'agissait d'un jeu d'enfant. Cinq minutes plus tard, le bout manquant était retrouvé et Declan redescendait vers elle.

Sa manière de gérer toutes les situations avec calme lui donnait l'impression d'être en sécurité. Elle ne savait pas quoi faire de cette sensation, ni de son envie irrépressible qu'il gère *sa* situation – pour toujours, si possible.

Une fois à terre, Declan renoua le bout et vérifia qu'il tenait bien avant de se retourner vers elle.

— À toi de jouer maintenant.

— Que… Pardon ?

— Tu peux le faire, Charlotte.

Peu convaincue, elle alla tout de même s'installer à la barre.

— Est-ce que tu veux qu'on en parle, ou bien préfères-tu me tenir à distance comme tu fais avec tout le monde ? demanda-t-il en s'asseyant près d'elle.

— Je ne tiens pas les gens à distance.

— Si, mais ce n'est pas mon problème. Pas vraiment.

Elle se concentra sur un point à l'horizon et inspira profondément.

— Mon passé avec les hommes est un peu compliqué. Je suis sûre qu'on t'a déjà raconté toute l'histoire, mais pour résumer, j'ai rencontré mon ex-fiancé à l'association et tout est allé beaucoup trop vite. Nous sommes sortis ensemble pendant deux mois avant qu'il me fasse sa demande. Bêtement, j'ai cru qu'il était le prince charmant des contes de fées et j'ai dit oui.

Declan ne paraissait pas sur le point de se moquer d'elle. Au lieu de cela, il acheva de fixer un nœud sur la ligne de vie avant de l'encourager à continuer d'un signe de tête. Elle en avait pourtant déjà trop dit à son goût.

— Je serai le dernier à te juger, finit-il par dire en pressant son épaule contre la sienne. Tu connais déjà l'histoire désastreuse de ma demande en mariage. Que s'est-il passé ensuite ?

— George a changé d'avis. Je n'étais pas celle qu'il voulait, alors il est parti du jour au lendemain.

— S'il revenait, est-ce que tu accepterais ? Je suis sûr qu'il finira par se rendre compte de son erreur.

La main de Declan se posa doucement sur la sienne, et elle la fixa un moment avant de répondre :

— Non, il ne reviendra pas. Et toi, est-ce que tu gardes l'actrice dans un coin de la tête ? Est-ce que vous allez vous remettre ensemble ?

— Je ne serais pas là en train de t'embrasser si je croyais une chose pareille. Parfois, les erreurs sont juste des erreurs.

— Mon erreur était de croire que George m'aimait. Il était tellement charmant que c'était facile de lui faire confiance, de tout quitter pour lui. J'ai appris de mes erreurs. Toi et moi…

— Nous avons une course à gagner, l'interrompit-il doucement. Je comprends.

— Exactement. Je préférerais que…

Elle s'arrêta net, consciente que formuler des souhaits ne la mènerait nulle part.

— Peu importe, reprit-elle rapidement. Nous ne pourrions jamais être ensemble de toute façon. Je suis une fille ennuyeuse qui restera sur cette île toute sa vie, et l'idée me convient très bien.

— Et moi alors ? demanda-t-il d'un air sincèrement curieux.

— Toi, tu es le prince charmant hollywoodien qui nous fait l'honneur d'une visite. Les gens s'attendent à ce que tu sortes avec une fille de ton monde. Ta copine devrait être belle, sûre d'elle et avoir une carrière brillante.

— Alors, je suis juste une amourette de vacances ?

— Nous venons de deux univers complètement différents, Declan. Une fois la course terminée, je resterai là et tu rentreras à Hollywood, avec… Je ne sais pas avec qui, mais…

Il l'empêcha de terminer sa phrase en se penchant pour déposer un baiser sur ses lèvres. Il l'avait prise par surprise, mais elle n'avait pas la moindre envie qu'il s'éloigne. Cet homme lui faisait décidément un effet magique. Son parfum, sa peau réchauffée par le soleil, tout l'attirait dans ses bras.

— Pour l'instant, je suis là, murmura-t-il d'une voix rauque.

Elle hocha la tête et songea qu'elle allait devoir marquer un autre point. L'instant d'après, Declan l'embrassait de nouveau et la soulevait du sol comme si elle ne pesait pas plus lourd qu'une plume avant de l'installer sur ses genoux. Elle s'apprêtait à protester lorsque, sans qu'elle comprenne comment, le bateau se mit à voler à la surface de l'eau.

Le vent arrivait en face d'eux à une vitesse stupéfiante. Elle avait les larmes aux yeux, le cœur battant à tout rompre, mais elle passait l'un des meilleurs moments de sa vie. Elle se rendit compte au bout d'un long moment qu'elle souriait jusqu'aux oreilles.

— Qui essaies-tu de battre ? cria-t-elle.

— Personne, mais je suis sûr qu'on va gagner.

— Tu es complètement fou.

Il l'attira contre son torse et murmura contre son oreille :

— Est-ce que tu me fais confiance ?

— Suffisamment, répondit-elle, presque surprise.

Le bateau filait par-dessus les vagues à une vitesse folle. Pourtant, avec les bras de Declan autour d'elle, Charlotte n'aurait voulu se trouver nulle part ailleurs.

- 7 -

Jamais Charlotte n'aurait cru qu'elle devrait un jour fouler un tapis rouge. Enfant, elle avait joué des dizaines de fois à défiler vêtue d'une robe de princesse ou d'une tenue de star, mais la réalité était bien plus effrayante et beaucoup plus bruyante. Elle n'était pourtant pas encore descendue de la limousine qu'elle avait partagée avec son père pour se rendre à l'hôtel où avait lieu la réception.

Bien trop tôt à son goût, le chauffeur ralentit pour se garer à côté des nombreuses voitures de luxe qui stationnaient sur le parking. Les gens de Martha's Vineyard adoraient ce genre de réception. La façade de l'hôtel avait été décorée de guirlandes lumineuses et de cascades de fleurs pour l'occasion. Il y avait même des spots dirigés vers le ciel et, bien sûr, le fameux tapis rouge, flanqué d'une horde de journalistes aux appareils crépitants.

Charlotte jeta un dernier coup d'œil à sa tenue. Au moins, elle ressemblait trait pour trait aux princesses de son enfance. La styliste lui avait déniché une robe à franges vintage des années 1920, de la couleur exacte d'une pivoine, sa fleur préférée. Les rangées de minuscules strass roses virevoltaient autour d'elle au moindre mouvement. Pour un peu, elle aurait eu l'impression de marcher au milieu des embruns, comme sur le voilier.

Sa vie ne serait plus jamais la même si elle sortait de cette voiture. Elle entrerait dans la salle de bal, tout le monde la verrait, tout le monde parlerait. Les gens s'intéresseraient plus que jamais aux Enfants de Martha, risqueraient plus que jamais de découvrir la vérité sur ce qui s'était passé. La limousine n'était pas encore garée. Elle avait encore le temps de changer d'avis, mais le voulait-elle vraiment ?

Soudain, à travers le tissu fin de sa minaudière, elle sentit son téléphone vibrer. Son père fronça les sourcils tandis qu'elle lisait le message de Declan.

Je vais être en retard, Princesse. Rendez-vous à l'intérieur. Tu peux le faire !

Declan aurait dû arriver en même temps qu'elle et la conduire le long du tapis rouge. Maintenant, puisque son père allait passer par une entrée latérale plus discrète, elle allait devoir le faire seule.

— Declan arrive un peu plus tard, expliqua-t-elle à son père.

Bryant secoua la tête.

— Il ne s'intéresse pas vraiment à toi, Charlotte. Pourquoi le ferait-il ? Tu n'es qu'un accessoire pour lui. Bientôt, il aura une nouvelle actrice à son bras, puis encore une autre. Ce type est incapable de se poser et il ne le fera certainement pas avec toi.

— Peut-être que ça me convient très bien, rétorqua-t-elle.

Son père lui jeta un coup d'œil moqueur, mais elle l'ignora, ou fit de son mieux pour l'ignorer. Elle avait encore du travail sur certains points.

La voiture s'immobilisa enfin et quelqu'un ouvrit la portière. Aussitôt, les flashs des appareils photo l'aveuglèrent. Elle se remémora les leçons de Declan : « Souris, ne réponds pas aux questions, va tout droit. »

Au-dehors, une armée d'employés aux discrets costumes noirs orientait les célébrités et empêchait les journalistes et autres curieux de s'approcher trop près. Elle apercevait désormais l'autre bout du tapis rouge et le perron tout en marbre de la salle de bal.

Un pied devant l'autre, Charlotte.

Elle avait réussi à faire un demi-pas lorsque l'une des employées s'approcha d'elle pour lui crier des instructions. Comment le simple fait de marcher et s'arrêter pouvait-il devenir si complexe ? Elle prit une grande inspiration, se souvint qu'elle avait une robe de princesse et que son prince charmant, bien que temporaire, l'attendait quelque part.

Elle ne put s'empêcher de rire en pensant à Declan déguisé en prince de conte de fées. En marchant d'un pas décidé jusqu'au perron, le visage souriant d'un amusement sincère, elle sut que ce serait *cette* photo que les journalistes publieraient le lendemain.

Declan gara sa voiture de sport sur le parking des employés avant d'entrer dans l'hôtel par la porte de service. Le gala était déjà bien entamé. Une myriade de robes de soirée et une petite fortune en bijoux emplissait la salle, et rien qu'au premier coup d'œil il distingua une bonne douzaine de visages célèbres.

Masterson Entertainment avait dû affronter un problème épineux ce jour-là. Sur le tournage d'un film à gros budget, alors même que le réalisateur devait tourner la scène de cascades finales, il avait plu depuis une semaine et l'endroit était méconnaissable. La scène avait donc dû être entièrement repensée.

Malheureusement, au moment de tourner, la pluie s'était arrêtée comme par magie et le cascadeur s'était blessé. Il avait donc fallu en trouver un autre et utiliser des bornes d'incendie pour recréer la pluie.

Les négociations l'avaient retardé, mais il était là à présent, cherchant Charlotte dans la foule. Il avait déjà entendu dire que son tapis rouge s'était passé à la perfection. Malgré son absence, elle ne s'était pas défilée et avait fait preuve du même courage tranquille que lorsqu'elle devait monter sur le bateau.

Il finit par la repérer près d'un petit groupe d'invités et ne put s'empêcher de sourire. Décidément, le rose était sa couleur. La coiffeuse avait relevé ses cheveux en une élégante torsade qui mettait en valeur son cou et ses épaules. Sa robe moulait merveilleusement ses courbes et montrait ses jambes élancées, avec ses rangées de brillants qui scintillaient dès qu'elle se tournait pour saluer quelqu'un.

Il avait l'habitude de la traiter de princesse pour la taquiner. Ce soir, sans aucun doute, Charlotte était une reine.

Attrapant une flûte de champagne sur le plateau d'un serveur, il l'offrit à Charlotte et posa l'autre main dans le creux de son dos.

— Tu n'aurais pas dû.

— Ah oui ? Je suis sûr que tu as envie de faire une liste avec toutes les raisons.

Elle secoua la tête, mais finit par répondre à son sourire. Il l'entraîna un peu à l'écart du groupe et demanda :

— Alors, quel est le plan de bataille ?

— Tu me demandes vraiment mon avis ?

— C'est toi la reine de l'organisation. Nous sommes une équipe, souviens-toi.

— C'est vrai.

Elle promena un regard critique autour de la pièce avant de reprendre :

— D'après le règlement, nous avons droit à une minute d'avance sur les autres par tranche de dix mille dollars récoltés avant la course. Soit on va directement vers les gros donneurs, soit on essaie de parler au plus de groupes possible.

— Ou alors, on peut faire en sorte qu'ils viennent vers nous.

— Euh… Comment ça ? Tu as apporté un mégaphone ? En général, les gens ont plutôt tendance à s'enfuir quand on leur demande de mettre la main au porte-monnaie, rétorqua-t-elle d'un air moqueur.

Voyant qu'elle avait terminé son champagne, il lui prit sa coupe des mains pour la rendre au serveur qui passait par là.

— Fais-moi confiance, répondit-il en la prenant dans ses bras. Et suis-moi.

Il resserra sa prise autour de sa taille et la fit basculer sur son genou. Déstabilisée, Charlotte s'agrippa au revers de sa veste, mais son regard resta plongé dans le sien. Lui non plus ne pouvait cesser de la regarder. Elle était magnifique, la peau de son dos nu incroyablement douce sous ses mains, et il mourait d'envie de lui montrer tout ce qu'il avait envie de faire avec elle si seulement ils avaient pu être seuls.

Il effleura brièvement ses lèvres des siennes avant de la ramener contre lui. Levant le bras, il la fit tournoyer rapidement, sa robe virevoltant autour d'elle dans une pluie de paillettes.

— C'était superbe.

— Merci, murmura-t-elle d'un air peu convaincu.

Le cliquetis d'un appareil-photo se fit entendre juste à côté d'elle. Charlotte se figea et son sourire disparut aussitôt. Le public la rendait toujours aussi nerveuse, comme si elle devait jouer un rôle pour être à la hauteur de ses attentes, alors qu'elle était absolument parfaite comme elle était.

Les photographes appelèrent leurs deux noms et les firent poser ensemble, d'un côté, de l'autre, souriant tantôt l'un à l'autre et tantôt aux appareils. Personne ne leur demanda de poser séparément. Visiblement, ce baiser avait fait tout l'effet escompté.

— C'était ridicule, marmonna Charlotte.

— Peut-être, mais attends une minute. Tout le monde va venir vers nous.

Il fallut à peine quelques secondes pour que sa théorie se confirme. De plus en plus d'invités venaient vers eux, se présentaient, se faisaient prendre en photo avec eux. Declan savait que sa présence était du pain bénit pour les organisateurs. Plus les médias s'intéressaient à la soirée, plus les associations auraient une chance de récolter des fonds.

Charlotte fit preuve d'un talent inattendu pour repérer les bonnes personnes à qui parler. À sa décharge, elle ne se dirigeait pas seulement vers les invités les plus riches, mais semblait avoir un instinct pour la conversation qu'il n'aurait pas cru possible chez une femme aussi réservée.

La nouvelle cible vers laquelle elle l'entraîna était un jeune couple fraîchement arrivé en vacances à Martha's Vineyard. La jeune femme dirigeait une entreprise de cours de yoga en ligne tandis que son mari était gestionnaire d'un fonds de placement à Wall Street. Lorsqu'il remarqua, bien après Charlotte, le ventre légèrement rebondi de la dame, il comprit comment elle allait orienter la conversation.

— Declan adore les petits, vous savez. C'est pour cela qu'il a décidé de soutenir les Enfants de Martha.

— C'est sûr, renchérit-il aussitôt, mais je trouve injuste que tous les enfants n'aient pas les mêmes chances dans la vie. C'est là que l'association intervient.

Après dix minutes d'une conversation pleine d'attendrissement et de souvenirs de camps de vacances, leurs interlocuteurs sortirent leur téléphone et firent un don en ligne sur l'application dédiée. Ils prirent quelques photos tous les quatre avant de se souhaiter une bonne fin de soirée.

— Tu es trop forte, déclara-t-il en lui tendant une coupe de champagne bien frais.

— Garde ton admiration en tête, rétorqua-t-elle avec une grimace. Tu risques de m'aimer beaucoup moins dans une seconde.

Il suivit son regard et repéra un homme d'âge moyen qui venait vers eux, souriant, vêtu d'une élégante queue-de-pie.

— Alors, vous êtes prêts ? demanda l'inconnu.

— Je suis toujours prêt, mais j'aimerais bien savoir à quoi exactement.

— À mener la prochaine danse, bien sûr.

Charlotte se contenta d'un hochement de tête. Elle n'avait absolument pas l'air surpris.

— Tu organises des choses derrière mon dos maintenant ?

— Considère que c'est une revanche pour toutes les fois où tu m'as surprise, répliqua-t-elle avec un petit sourire en coin.

L'organisateur les mena vers le centre de la piste de danse. Pour une fois, Declan n'en menait pas large.

— Tu sais danser, Hollywood ?

— Plus ou moins. J'ai fait de la valse, du tango, et même de la danse irlandaise dans un pub à Dublin, mais je ne peux pas dire que je m'en rappelle.

— Qu'est-ce que tu dirais d'une salsa ?

Son expression devait parler d'elle-même, et Charlotte éclata de rire. Elle posa la main gauche sur son épaule et plaça la droite contre sa paume. Jusque-là, tout allait bien. Lorsque la musique commença, une mélodie latine pleine de percussions et bien trop rapide à son goût, il passa son bras libre autour de sa taille et se demanda si elle allait le laisser se débrouiller seul alors que toute la salle les regardait.

— Un-deux-trois, cinq-six-sept, lui murmura-t-elle à l'oreille. Deux pas rapides, un pas lent. Commence avec ton pied gauche. Et surtout, Hollywood…

— Oui ?

— Remue tes hanches.

Il remarqua la tension nouvelle dans son corps, de légers mouvements qui indiquaient que la danse allait commencer. L'amusement qui illuminait son visage la rendait si belle qu'il lui pardonnait tout. Son sourire était taquin, presque sensuel et il se serait emmêlé dans ses pas s'il avait été moins concentré, mais ses années de cascades dangereuses lui avaient tout de même laissé de bons réflexes.

— Ne me fais pas croire que c'est ta première salsa.

— La toute première, je te promets.

Il lui décocha un clin d'œil avant de la faire tournoyer sous son bras, puis dans l'autre sens, n'ayant aucune idée de ce qu'il faisait. Le résultat semblait plutôt bon et ils étaient toujours dans le rythme. Charlotte leva un sourcil dans sa direction et ce fut à elle de le surprendre, lâchant sa main pour esquisser un pas seule, remuant les hanches d'une manière qui lui fit perdre instantanément le peu de bon sens qui lui restait.

Le désir envahit chaque cellule de son corps. Il ne pouvait détacher ses yeux de son visage, de ses courbes magnifiques qu'il rêvait de sentir sous ses mains. Charlotte la discrète savait *vraiment* danser. Pour une fois, elle semblait oublier leur public et s'amuser.

— On ne va pas trop mal ensemble, commenta-t-elle lorsqu'il imita ses mouvements, le visage rieur.

Ses yeux pétillaient, elle profitait de ce moment rien qu'avec lui et elle avait l'air heureuse. Ils dansaient, tout simplement, et ils étaient bien l'un avec l'autre. Perdre la magie de ce moment lui sembla soudain intolérable.

La musique alla crescendo et toute une fanfare de cuivres s'ajouta aux percussions. Beaucoup d'autres couples les rejoignirent. La piste de danse devint un océan de robes tournoyantes, mais il ne voyait que Charlotte.

Lorsque les dernières notes de la chanson retentirent, elle leva les yeux vers lui, un grand sourire aux lèvres.

— Alors, tu vois que tu sais danser.

— J'ai simplement eu la meilleure des professeures.

Il l'attira de nouveau contre lui, se pencha vers elle et posa les lèvres sur les siennes. Ils n'avaient jamais reparlé de ce qui s'était passé sur le bateau et il ne savait pas à quoi s'attendre, mais là aussi, le moment fut magique. Charlotte se haussa sur la pointe des pieds pour lui rendre son baiser. Elle l'embrassa comme elle avait dansé avec lui, tantôt rapidement, tantôt plus longuement et sensuellement.

Ce rythme infernal transforma bientôt son désir en

une passion brûlante. Il taquina ses lèvres du bout de la langue et, lorsqu'elle les entrouvrit, le reste du monde disparut. Il se moquait complètement des gens autour d'eux. Rien d'autre ne comptait que leurs respirations haletantes et ce désir possessif qui courait dans ses veines.

Une salve d'applaudissements le ramena à la réalité. L'organisateur s'approchait d'eux, suivi de près par un reporter. Charlotte recula d'un pas et le regarda d'un air confus.

— C'était juste pour les photographes, n'est-ce pas ?

Il reconnut la nuance défensive dans sa voix et comprit qu'il n'aurait pas dû l'embrasser en public. Elle lui avait dit clairement qu'elle ne voulait pas sortir avec qui que ce soit, encore moins avec lui. Sur un ton qu'il s'efforça de rendre léger, il répliqua :

— Bien sûr. Je crois qu'on leur a offert un beau spectacle.

Le problème pour Declan était que, de son côté, il n'avait pas fait semblant. Pas vraiment.

- 8 -

Depuis longtemps, Declan n'était plus impressionné par les étalages de richesse. La propriété des Palsgrave ne lui faisait donc ni chaud ni froid. En revanche, le ciel de velours piqueté d'étoiles aurait mérité qu'il sorte un moment de sa voiture pour le contempler, mais Charlotte et lui n'étaient malheureusement pas seuls. Un photographe se cachait dans les buissons qui bordaient le jardin.

— Il y a un paparazzi devant la maison, dit-il à Charlotte, reconnaissant envers les vitres teintées de sa Mercedes. Il attendait probablement que tu rentres de la soirée pour prendre une photo de nous.

Declan sortit son téléphone et envoya un message à son équipe de sécurité. De toute évidence, Charlotte allait avoir besoin de protection maintenant que les rumeurs sur eux avaient commencé à courir.

— Ne t'inquiète pas, dit-elle en haussant une épaule. Je ne suis pas assez intéressante pour eux.

— Tu l'es pour moi.

— C'est une sorte d'intérêt par procuration, alors ? Si tu m'aimes bien, eux aussi ?

— Quelque chose dans ce genre. En tout cas, il va falloir que nous sortions, Charlotte.

— En effet, il va falloir que *je* sorte, rétorqua-t-elle

en levant les yeux au ciel. Je n'avais pas l'intention de dormir dans ta voiture.

Décidée comme toujours à faire les choses par elle-même, sans l'attendre elle sortit. Une série de flashs se déclencha et il la vit se figer sur place. Faisant le tour de la voiture le plus vite possible, il ferma sa portière tout en se plaçant entre elle et l'appareil-photo le plus proche.

— Allez, viens, lui dit-il en tirant doucement sur son bras. Je vais marcher avec toi jusqu'à la porte.

Les photographes appelaient son nom à présent, lui demandant de se tourner vers eux. Il y en avait au moins deux que Declan n'avait pas vus au premier abord. Visiblement, ils avaient trouvé moyen de se cacher au seul endroit du jardin que les lumières n'atteignaient pas.

— Charlotte, vous sortez avec Declan maintenant ?

— Est-ce que vous êtes fiancés ?

— Allez-vous déménager à Los Angeles ?

— Et le bébé, c'est pour quand ?

Charlotte se retourna brusquement, l'air furieux, mais il l'attira contre lui pour l'empêcher de répondre. Il ne fallait jamais engager la moindre interaction avec les journalistes.

— Quelle entrée est la plus rapide à atteindre ? murmura-t-il à son oreille. La porte de devant ?

Le gravier de l'allée se mit à crisser derrière eux, annonçant de nouveaux arrivants. Charlotte se raidit et son visage devint encore plus pâle qu'à l'habitude. Comprenant qu'elle serait incapable de le guider, il l'entraîna le long des marches du perron et lui prit sa minaudière dans l'espoir de trouver ses clés.

— C'est celle-ci ?

Elle hocha la tête et Declan ouvrit la porte, puis la referma derrière eux le plus vite possible. Il fut presque surpris de ne pas trouver un valet pour les accueillir. Connaissant Bryant Palsgrave, et vu le style monumental de son hall d'entrée, la chose n'aurait pas été incongrue.

Il entendit Charlotte marmonner un juron derrière lui et sursauta. Même dans ses moments de panique sur le bateau, il ne l'avait jamais entendue dire la moindre grossièreté.

— Comment osent-ils dire de pareilles stupidités ?

— C'est leur travail, tu sais. Ils cherchent à obtenir une réaction de ta part. Ils ont déjà eu de belles photos de toi en robe de soirée, alors maintenant, ils veulent quelque chose de plus croustillant.

— Alors, ils inventent des fiançailles ? Un bébé, même ?

— Je sais que ça n'a pas beaucoup de sens, soupira-t-il. Mais c'est toujours comme ça.

Il resta sans bouger un peu plus longtemps qu'il n'aurait dû, retournant les questions des photographes dans sa tête. Il n'aurait pourtant pas dû réfléchir à ces sujets. Le reste du temps, d'ailleurs, il ne le faisait jamais. Le mariage et la famille n'étaient pas pour lui.

Il n'avait jamais eu d'exemples de mariage heureux dans la vraie vie. Lorsque J.J. les avait adoptés, Nash et lui, il était déjà divorcé depuis plusieurs années. Ses parents biologiques s'étaient séparés avant même sa naissance et Nash avait un père différent. Encore aujourd'hui, il se souvenait de la rancœur du petit garçon de huit ans passant d'une famille d'accueil à une autre, puis faisant tous les efforts possibles pour se sentir chez lui dans le monde des riches – ce qui n'était toujours pas le cas.

Une frustration familière l'envahit et il fut à deux doigts de prendre la fuite. Il détestait la villa prétentieuse de

Bryant Palsgrave, n'aspirait qu'à rejoindre son chez-lui dans les montagnes de Santa Monica.

Charlotte fit un mouvement derrière lui et il revint à la réalité. Après tout, ce n'était pas sa faute si son père était un insupportable richard, mais c'était bien sa faute à lui si elle se trouvait pourchassée par les paparazzi.

— Écarte-toi de la fenêtre, lui conseilla-t-il.

Elle lui jeta un regard mauvais, mais s'en éloigna.

— Nous ne sommes pas dans un de tes films, Declan. Les filles comme moi ne sortent pas avec les hommes comme toi.

— Qu'est-ce qui ne va pas chez moi ?

Nul doute que Charlotte avait une longue liste de tous ses défauts dans son classeur, songea-t-il en la suivant dans un salon immense. Les poutres apparentes du plafond contrastaient avec le mobilier entièrement blanc, canapés, fauteuils, jusqu'à la peau de mouton qui s'étalait devant la cheminée en brique massive. Les baies vitrées donnaient sur la piscine entourée d'une pelouse taillée au cordeau et, au-delà, sur les vagues de l'Atlantique.

Il avait du mal à s'imaginer quelqu'un assis dans ce salon. La pièce ressemblait plutôt à un décor de film, et là-dessus il savait de quoi il parlait.

Charlotte se laissa tomber sur un canapé, retira ses escarpins avec un grognement avant de lui répondre :

— Tu es tellement… Tellement *Hollywood*, et moi, je suis tout le contraire.

Il s'assit à côté d'elle et, prenant son pied droit sur ses genoux, se mit à le masser doucement.

— Je ne sais pas ce que tu t'imagines sur l'industrie du cinéma, Charlotte, mais ce n'est pas une raison pour que nous ne puissions pas sortir ensemble – tant qu'on parle de sexe, je veux dire. C'est juste de l'amusement et rien d'autre.

— C'est ce que tu penses ? demanda-t-elle en se laissant retomber contre les coussins du canapé. Le sexe, c'est seulement de l'amusement ?

— Si tu ne t'es pas amusée au lit jusqu'à maintenant, c'est ennuyeux, la taquina-t-il.

Charlotte lui fit la grimace.

— Eh bien, désolée, mais les journalistes vont être déçus. Pas de fiançailles, pas de bébé et pas de sexe pour le public.

— Et si c'est en privé, tout va bien ? rétorqua-t-il en lui souriant. Il me semble justement qu'il n'y a personne d'autre que nous.

— Tu es un peu opportuniste sur les bords, non ?

Elle se remit sur ses pieds et il l'imita par respect.

— Les journaux vont inventer que nous sommes ensemble, de toute façon. C'est une histoire qui fera vendre.

— C'est surtout faux et ridicule.

— Peut-être pas, contra-t-il en réfléchissant à mesure qu'il parlait. Je suis sûr que ça nous ferait de la bonne publicité. Les gens adorent les histoires d'amour.

— Tu voudrais que nous fassions croire à tout le monde que nous sommes ensemble pour essayer d'avoir plus de dons ?

— On n'a même pas besoin de dire quoi que ce soit. Laissons les journalistes inventer leurs salades, sans nier ni confirmer, et les gens finiront par se désintéresser de nous une fois la course terminée.

— Et risquer de me faire larguer publiquement une deuxième fois, même si c'est pour de faux ? Hors de question, déclara Charlotte d'un ton ferme. Je suis déjà passée par là, Hollywood, et je n'ai même pas eu un T-shirt souvenir.

— Si ce n'est qu'une question de T-shirt, je suis sûr que les choses peuvent s'arranger.

Décidément, elle allait devoir le tuer. Elle enterrerait son corps au fond du jardin et on n'entendrait plus jamais parler de lui. Declan Masterson ? Non, désolée, je ne sais pas où il était passé.

Charlotte se mit à faire les cent pas devant la baie vitrée, essayant d'ignorer à quel point elle avait envie d'accepter sa proposition, même si ce n'était que du sexe, et même si c'était la pire idée du monde.

— Très bien, reprit Declan. Nous pouvons toujours essayer de trouver une autre solution, mais les photos de nous à la soirée sortiront quand même, sans compter celles qu'ils ont prises ici.

Charlotte ferma les yeux, espérant qu'elle était en train de faire un cauchemar. Elle aurait voulu dire à Declan de quitter Martha's Vineyard et de ne jamais y remettre les pieds. Malheureusement, elle devait gagner une régate avec lui.

— On ne peut pas remonter le temps, Charlotte. J'en suis désolé. La seule chose qu'on peut faire, c'est utiliser tout cela à notre avantage. Nous n'aurons pas à jouer la comédie longtemps. Après la course, nous reprendrons chacun notre vie et tout ira bien.

— Tout ira bien pour toi. Tu auras un pays entier entre toi et la rupture, alors que je resterai ici, à devoir l'expliquer tous les jours aux gens que je croiserai.

— Nous ne sommes pas obligés de rompre officiellement, si ? Nous pourrions simplement dire que nous nous sommes éloignés.

Bien sûr, ça suffira à convaincre tout le monde...

— Prends le temps d'y réfléchir, d'accord ? En attendant, je vais te reconduire chez toi. Tu habites dans la maison d'invités, c'est ça ?

— Je suis capable de traverser le jardin toute seule.

Declan soutint son regard, l'air inhabituellement sérieux.

— Les paparazzi ont peut-être escaladé le mur à l'heure qu'il est. Je ne suis pas sûr que mon équipe de sécurité arrive avant eux.

— Je n'ai pas besoin d'un baby-sitter, et encore moins d'un garde du corps.

— Je sais que tu le penses, dit-il d'un ton calme. Crois-moi, j'ai l'habitude de ce genre de vie. Je ne veux pas que tu te mettes en danger. Mes employés sont discrets, et à moins qu'ils soient obligés d'intercepter un journaliste sous ton nez, tu ne les verras même pas.

Génial. Maintenant, elle se sentait ingrate envers lui – et pourtant...

— Rien de tout cela ne serait arrivé si tu n'avais pas insisté pour que je fasse ce stupide relooking.

— Si, ce serait arrivé. Tu veux savoir pourquoi ? Je n'ai jamais rencontré quelqu'un qui me fasse cet effet, Charlotte. Je ne sais pas comment gérer ce qui m'arrive avec toi. Ce qui est sûr, c'est que, tôt ou tard, j'aurais fini par t'embrasser.

Elle voulut répondre, mais ses muscles ne lui obéissaient plus. Ses derniers mots résonnaient encore en boucle dans sa tête lorsqu'elle se retrouva dans le jardin avec lui. Les lavandes se balançaient doucement sous la brise marine et, au loin, on entendait la rumeur de l'océan.

— Tu peux y aller, maintenant, finit-elle par lui dire. La mission de sauvetage est terminée.

Declan lui décocha son fameux sourire en coin.

— Je n'ai même pas droit à un baiser de bonne nuit ? Tu pourrais au moins me dire que c'était un beau discours, quand même.

— L'idée était plutôt de faire taire les rumeurs.

— Les photographes ne peuvent pas nous voir ici, tu sais. C'est peut-être notre dernière chance avant un moment.

Face à son silence, Declan baissa les yeux vers elle et l'étudia un long moment.

— Tu es en train de croire que je veux t'embrasser pour la seule raison que tout le monde nous croit ensemble.

— Non, mentit-elle en enfouissant son visage contre son torse.

— Je vais te faire une suggestion, Charlotte, lui dit-il avec une note sérieuse dans la voix qu'elle n'avait encore jamais entendue. Et si tu arrêtais d'imaginer ce que je pense ? Si tu me laissais te le dire, tout simplement ?

— Qu'est-ce que tu me dirais ?

Sa main vint caresser ses cheveux et elle l'entoura de ses bras. Son corps si proche du sien était rassurant, agréable, comme s'il était fait pour qu'elle se love contre lui.

— Ce serait plus simple de te le montrer, murmura Declan.

Son visage se rapprocha du sien, lentement, et un silence délicieux s'installa entre eux. Ce moment était le dernier de l'*avant*. Après cela, elle le savait, les choses ne seraient plus jamais pareilles.

— Est-ce que je peux ?

— Oui, répondit-elle dans un souffle. S'il te plaît.

Il l'embrassa lentement, avec douceur, comme s'il voulait faire durer le moment bien plus longtemps qu'un baiser. Charlotte laissa sa langue caresser la sienne et s'entendit gémir contre ses lèvres. Les mains de Declan s'enfouirent dans ses cheveux et ils s'embrassèrent encore et encore jusqu'à ce qu'elle s'écarte de lui, haletante, peinant à reprendre son souffle.

— Mon Dieu, Charlotte, murmura-t-il d'une voix rauque. Je ne sais pas ce que tu me fais.

— Declan…

Il l'interrompit en posant de nouveau ses lèvres sur les siennes. Aussitôt, une vague de panique et de culpabilité déferla en elle. Qu'était-elle en train de faire ? Laisser Declan naviguer avec elle et la faire tournoyer sur une piste de danse était une chose, mais l'embrasser sans aucune retenue, chez elle, comme s'ils étaient vraiment ensemble ? Tout cela était bien trop réel.

Des images de sa relation avec George affluèrent à son esprit. Là aussi, elle était allée beaucoup trop vite. Les choses auraient peut-être tourné autrement si elle avait été capable de prendre du recul. George ne l'avait jamais aimée, et de son côté, elle avait probablement aimé l'image qu'elle se faisait de lui davantage que l'homme qu'il était.

Declan la serra fort contre lui et l'embrassa avec plus de ferveur que jamais. Cette fois, elle fut incapable de réfléchir. Elle ne pouvait plus que ressentir, et il lui faisait ressentir bien trop de choses à la fois. Ses lèvres douces, son corps puissant contre le sien, sa chaleur rassurante…

Sans qu'elle s'en soit rendu compte, ils avaient dû s'écarter pour reprendre leur souffle. Declan la regardait avec une expression qu'elle ne pouvait définir. Son pouce caressait lentement sa joue, et lorsqu'il passa sur ses lèvres, elle sentit le goût légèrement salé de sa peau.

Elle en voulait plus. Elle voulait tout de lui, et elle ne s'était jamais sentie aussi déstabilisée de sa vie.

Tout cela devait s'arrêter. Elle devait se mettre dans la tête, une bonne fois pour toutes, que les princes charmants comme lui ne s'intéressaient pas aux filles comme elle.

— Il n'y a pas de photographes ici, finit-elle par dire en se dégageant de son étreinte. Pas besoin de faire semblant.

— Tu crois vraiment que je faisais semblant ?

Elle soupira, incapable de soutenir son regard.

— Toi et moi, c'est une mauvaise idée. Tu embrasses incroyablement bien et j'aime beaucoup ça, mais…

Je t'aime beaucoup, toi, ajouta une petite voix dans sa tête.

— Mais ? demanda Declan, les sourcils froncés.

— Je ne peux pas prétendre que je suis quelqu'un d'autre.

— Tu n'en as pas besoin.

— Et le relooking, alors ?

— C'était seulement la cerise sur le gâteau, Charlotte. Je te promets que tu n'avais pas besoin de tout ça pour être belle.

Il paraissait sincère, comme d'habitude, mais elle ne parvenait pas à le croire. Sa confiance en elle ne s'était pas améliorée à ce point.

Declan la regarda dans les yeux, prit sa main. Elle la dégagea rapidement pour ouvrir sa porte d'entrée.

— Je ne suis pas George, dit-il avec une note de frustration dans la voix.

— Je sais.

— Tu n'es pas non plus Jessie, Dieu merci.

— Alors, quoi ?

— Alors, nous sommes Declan et Charlotte.

Son cœur se serra d'angoisse. Cette fois, elle devait vraiment fuir. Avant de refermer la porte, elle le regarda une dernière fois et répondit :

— Je ne suis pas prête pour ça, Declan. Je ne peux tout simplement pas l'être.

- 9 -

Charlotte ne se sentait pas plus prête le matin suivant. Comme si toutes ses émotions de la veille n'avaient pas suffi, elle se rendit compte en ouvrant son placard qu'elle n'avait plus de café. La journée ne pouvait certainement pas commencer de cette manière.

Se souvenant que la styliste de Declan lui avait ordonné de ne plus jamais sortir de la maison en legging, elle enfila l'une de ses nouvelles tenues avant de se diriger vers sa voiture d'un pas décidé. Elle avait à peine tourné le coin de la villa lorsqu'un homme se matérialisa devant elle.

— Bonjour, mademoiselle Palsgrave.

L'inconnu portait un costume et une cravate noire impeccable. Vu sa carrure, elle se demanda s'il était un rugbyman déguisé ou un videur de boîte de nuit égaré dans les environs.

Son sourire le plus aimable aux lèvres, elle lui demanda :

— Êtes-vous l'un des adjoints du juge d'instruction ? J'ai déjà dit tout ce que je savais à vos collègues sur l'affaire des Enfants de Martha.

— Ce n'est pas cela, dit l'homme sans se départir de son professionnalisme. M. Masterson m'a envoyé ici.

Elle le fixa un long moment sans comprendre.

— Je suis agent de sécurité, mademoiselle Palsgrave. Je m'appelle Ryan.

— Je vous garantis que je n'ai pas besoin de vous.

— Êtes-vous allée devant la maison depuis hier ?

Elle s'arrêta net lorsque Ryan l'imita, elle se rendit compte qu'il avait marché à son rythme sans même qu'elle ne le voie.

— Très bien, Ryan. Que se passe-t-il ?

— M. Masterson craignait qu'il y ait encore plus de journalistes ici ce matin, étant donné qu'ils étaient déjà là hier soir.

— S'il a raison, il va avoir de gros problèmes.

Ryan laissa échapper un éclat de rire avant de reprendre son sérieux.

— Je crains qu'il ne se trompe que rarement, mademoiselle. J'aimerais faire le point sur la situation avec vous et réfléchir à des solutions si vous comptez sortir de la propriété aujourd'hui.

— Écoutez, Ryan, soupira-t-elle en lui montrant le mug isotherme qu'elle tenait à la main. Je veux juste du café. Je vous assure que je suis une personne très ennuyeuse et que ces photographes se lasseront rapidement.

Le garde du corps sortit son téléphone de sa poche et tapota l'écran pour faire défiler une série de photos montrant la villa depuis la rue. Charlotte compta trois, puis six, puis sept inconnus en jean et T-shirt, portant des caméras dernier cri à l'épaule. Tous fixaient la porte d'entrée avec bien plus d'intérêt que ce qu'elle méritait.

— Je ne vais pas survivre sans café, gémit-elle.

Plus précisément, elle aurait eu besoin de sa Sainte Trinité personnelle – café, chocolat et muffins – mais elle doutait qu'un homme bâti comme Ryan l'était connaisse l'existence des sucres rapides. L'agent tapota sur son portable et, l'instant d'après, le sien se mit à vibrer.

Comment prends-tu ton café ?

Ignorant la douce chaleur qui montait en elle rien qu'à

voir le nom de Declan sur son écran, elle se concentra sur son indignation à l'égard de Ryan.

— Je rêve, ou bien vous m'avez dénoncée ?

— Mon travail est d'assurer votre sécurité.

Puisqu'elle ne pouvait argumenter sur ce point, elle se consola en répondant à Declan que, puisqu'il voulait être son faux petit ami, il aurait dû savoir quel était son café préféré.

Je peux en prendre un de chaque sorte, mais ce sera deux fois plus long. Il paraît que tu es impatiente. Ryan me supplie de venir à son secours.

Elle jeta un coup d'œil furibond à son nouvel ennemi, qui lui bloquait toujours l'accès au monde extérieur d'un air aussi impassible que le portail.

— Vous devriez le laisser faire, commenta-t-il placidement. M. Masterson sait comment gérer la presse.

— M. Masterson, comme vous dites, a escaladé un balcon en slip sous le nez des paparazzi. Je doute que cette histoire fasse de lui un expert.

— Je ne travaillais pas ce jour-là, expliqua Ryan en haussant une épaule.

— Hier soir non plus, si j'en crois votre logique.

— En effet.

— Très bien, je vois que je n'ai pas le choix. Quel genre de café prendrez-vous ?

Après une courte bataille, Ryan consentit qu'elle passe commande pour lui aussi. Charlotte transmit leurs demandes à Declan et il lui répondit qu'il arriverait dans dix minutes. L'instant d'après, il lui envoya la seule photo qui pouvait la rendre heureuse ce matin-là, celle de son endroit préféré au monde : le camion-boulangerie de Gitty.

Si tu en prends une demi-douzaine, je t'embrasse encore.

Elle n'avait pourtant pas prévu d'échanger sa vertu contre des muffins, mais ceux-là en valaient la peine. Gitty et elle étaient amies depuis l'école primaire et ses pâtisseries n'avaient fait que devenir plus délicieuses avec le temps. Rassérénée par cette perspective, elle invita Ryan à la suivre de nouveau jusqu'à l'arrière de la maison. Elle s'était à peine installée sur une chaise longue près de la piscine qu'il avait de nouveau disparu. Décidément, cet homme-là possédait des talents qui auraient pu le faire entrer dans les services secrets.

En attendant Declan, elle se mit à lire les dernières nouvelles sur son téléphone. La soirée de la veille avait fait couler beaucoup d'encre. Sur la plupart des sites « people », on trouvait la vidéo de leur danse, mais ce furent les photos qui l'étonnèrent le plus. Elle s'y reconnaissait à peine.

L'un des clichés en particulier la montrait en plein milieu d'un éclat de rire. La lumière des projecteurs les nimbait d'une sorte de halo doré et les perles de sa robe s'étaient prises dans le creux du bras de Declan. Quant à l'expression de son visage…

Radieuse, envolée au septième ciel, charmée par l'homme qui la tenait dans ses bras.

— J'aurais dû le pousser à l'eau tant que j'avais encore une chance, marmonna-t-elle.

Sagement, Ryan s'abstint de tout commentaire. Un brouhaha de voix s'éleva alors depuis l'autre bout du jardin. Parmi elles, elle reconnut le nom de Declan répété en boucle et plusieurs variantes des questions qu'ils avaient reçues la veille. Une éternité sembla s'écouler avant qu'il les rejoigne, guidé par la gouvernante de son père, portant les tasses de café d'une main et un carton à pâtisseries de l'autre.

Declan lui tendit aussitôt son café et posa le carton devant elle. Elle faillit le déchirer en l'ouvrant. Il avait tenu sa promesse et six muffins l'attendaient dans la boîte, accompagnés d'une part généreuse de brownie au caramel.

— Je serais presque tentée d'accepter ses excuses, déclara-t-elle aux muffins, même si vous êtes venus avec votre ami le brownie et que ma ligne n'en avait vraiment pas besoin.

Charlotte mordit dans un muffin et faillit pousser un gémissement de bonheur. Lorsque Declan éclata de rire, elle comprit qu'elle l'avait fait.

— Pourquoi le brownie en plus ? demanda-t-elle, la bouche pleine.

— Les muffins sont juste du gâteau déguisé en nourriture saine, rétorqua-t-il avec un petit sourire.

— Mais... Ce n'est pas un gâteau, dit-elle en fronçant les sourcils.

Declan brandit un sac en papier qu'elle n'avait pas remarqué jusqu'alors, probablement parce qu'il l'avait caché derrière son dos.

— Je garde la part de gâteau pour te soudoyer.

Il tendit son café à Ryan avant de s'installer en face d'elle, les mains autour de son propre mug, le regard sérieux. Charlotte sentit sa gorge se serrer.

— Est-ce que la situation est si catastrophique que ça ?

— Tout dépend de comment tu vois les choses – toi et toi seule, ajouta-t-il. Ni moi, ni ton père, ni personne d'autre. Ces articles peuvent aussi nous aider. Ils attirent l'attention sur notre équipe, et puisque les gens adorent le romantisme, ils ont plus de chances de nous donner de l'argent.

Declan prit une gorgée de café avant de poursuivre :

— Franchement, à part si l'un de nous deux était un vrai membre de la royauté, je ne vois pas comment l'histoire pourrait leur plaire davantage.

— Je ne peux pas t'aider là-dessus, fit-elle avec une grimace. Nous n'avons pas beaucoup de châteaux en Nouvelle-Angleterre.

Declan lui jeta un coup d'œil circonspect.

— Tu es le nouveau centre d'intérêt des journalistes, ce qui signifie qu'ils iront chercher la moindre petite information sur ta vie. Il faut que tu sois prête. Cela dit, à moins que tu n'aies fait quelque chose de vraiment stupide…

— Comme grimper toute nue à un balcon, proposa Ryan.

— … Tout devrait bien se passer, conclut Declan.

Si un journal apprenait qu'elle était sortie avec un futur condamné pour fraude et vol, elle serait fichue. Devait-elle rompre la promesse de silence faite au juge d'instruction et tout avouer à Declan dès maintenant ?

Pas encore, lui murmura la voix de la lâcheté. *Tu n'auras peut-être même pas besoin de le lui dire*.

— Je ne comprends pas comment tu fais pour vivre comme ça tous les jours, épié dans tes moindres faits et gestes.

— C'est le prix à payer pour faire le métier qui me passionne, répondit Declan en haussant une épaule. La plupart du temps, les choses n'arrivent pas en une nuit. L'attention monte petit à petit et on ne s'en rend pas vraiment compte jusqu'à ce qu'on voie sa photo sur Internet, le lendemain d'une course en urgence au supermarché où l'on est resté en pyjama. Ryan est le meilleur pour écarter discrètement les photographes.

— Je vois. Combien me coûterait un Ryan ?

Declan adressa un imperceptible signe de tête au garde du corps, qui s'évanouit de nouveau dans l'ombre.

— Ne t'inquiète pas de ça, Charlotte. Je m'occupe de tout.

— Est-ce qu'ils sont toujours aussi intrusifs ?

— Pas forcément, répondit Declan avec un sourire. D'ailleurs, il y a un côté positif.

Il sortit son téléphone et ouvrit l'application dédiée à la régate. Pour figurer les dons enregistrés par chaque équipe, les organisateurs avaient imaginé d'attribuer un thermomètre à chaque bateau, qui se remplissait à mesure que l'argent augmentait. Le leur était déjà complètement plein. Pourtant, Charlotte était certaine d'avoir vu le curseur environ à la moitié quelques heures avant la soirée. Leur petite stratégie avait manifestement porté ses fruits.

— Dis-moi ce que tu veux faire, reprit Declan. Je sais que c'est une question difficile lorsqu'on est entouré de paparazzi. Sache que si tu veux tout arrêter, c'est possible.

— Tu… Tu te retirerais de la course ?

Son regard soutint le sien sans vaciller.

— Si c'est ce que tu veux, oui. Je peux faire une déclaration publique et demander aux organisateurs de te trouver un autre partenaire.

— Pourquoi as-tu accepté de participer au départ ?

— J.J. me l'a demandé. C'était important pour lui, et disons que faire ce qu'il voulait avait quelques avantages pour moi.

Charlotte se donna une demi-seconde de réflexion.

— Je ne veux pas que tu risques une dispute avec ton père.

— Ne t'inquiète pas de ça, insista-t-il. Dis-moi juste ce que tu veux, toi.

Si elle se lançait vraiment là-dedans, la liste allait être longue, songea Charlotte.

— Je ne peux pas dire que la perspective d'être observée en permanence me plaise. D'un autre côté, je crois que je vais arrêter d'accorder autant d'importance à ce que les gens pensent. Il est temps que je vive pour moi.

— Bravo, s'exclama Declan avec un grand sourire. En tant que faux petit ami, je te propose un pique-nique sur la plage pour fêter ça.

Devant la maison, les journalistes s'étaient multipliés comme des lapins, en beaucoup moins mignons. Charlotte fut réellement soulagée d'avoir Ryan avec eux. Il s'interposa entre les appareils photo et elle comme un véritable mur humain. En moins de temps qu'elle ne l'aurait cru possible, Declan l'avait installée dans sa voiture.

— Prête ? demanda-t-il en s'asseyant côté conducteur.

— Au point où j'en suis, je serais prête à rouler comme une folle pour leur échapper.

Declan mit le contact et elle essaya de ne pas imaginer le moment où elle devrait rentrer chez elle. De toute manière, avec lui, elle avait presque du mal à s'inquiéter. L'attirance qui faisait des étincelles entre eux ne laissait pas de place pour d'autres pensées.

Tout occupée à faire la liste des choses qu'elle admirait chez lui – elle avait déjà compté ses bras musclés sous son T-shirt et son sens de l'humour –, elle ne s'était pas aperçue que Declan ralentissait pour se garer devant ce qui semblait être l'entrée de service de l'un des hôtels de luxe de Martha's Vineyard. Il baissa la vitre et aussitôt, sans même échanger une parole, l'un des employés sortit et lui tendit un panier de pique-nique.

L'échange avait été si discret que Charlotte jeta un coup d'œil par-dessus son épaule, s'attendant presque à voir surgir un espion du F.B.I.

Declan redémarra et se gara cinq minutes plus tard devant une plage privée. Si Charlotte avait eu un doute sur la question, les panneaux « interdit » dans tous les sens et le vigile qui gardait l'entrée étaient une preuve suffisante. L'homme les laissa passer avec un signe de tête, mais elle eut tout de même l'impression d'être une intruse.

— Je suppose que la plage appartient à une star de cinéma de ta connaissance ? demanda-t-elle.

— Un producteur, plus exactement. Nous travaillons souvent ensemble et je lui ai dit que j'avais besoin d'un petit service.

Charlotte étouffa un soupir. Elle aimait sa vie comme elle était, mais ce genre de moments lui rappelait que Declan tutoyait des stars alors qu'elle avait à peine une chance de les apercevoir lorsqu'elles venaient en vacances sur l'île.

La plage était une longue bande de sable fin nichée entre l'océan et les dunes. À part quatre chaises longues en face de la mer, il n'y avait rien d'autre que du bleu à perte de vue et des falaises escarpées à quelques kilomètres de distance.

Elle retira aussitôt ses sandales pour sentir le sable chaud sous ses pieds, puis désigna les chaussures de Declan.

— Enlève-les, lui ordonna-t-elle.

— Décidément, tu as envie de me déshabiller.

Elle éclata de rire tandis que Declan jetait négligemment ses chaussures sur une chaise longue, avant de prendre ses sandales pour les poser avec plus de précaution à côté des siennes.

— Alors, quel est le plan ? lui demanda-t-il. Je suis sûr que tu en as un.

Décidément, il commençait à la connaître un peu trop.

— Je pensais qu'on pourrait marcher un peu. Ensuite, retour ici pour dévorer ce que tu as apporté.

— Bien, madame.

Declan prit sa main le plus naturellement du monde et ils commencèrent à longer le bord de l'eau. Au bout de quelques minutes, elle se dégagea avec regret pour attacher ses cheveux emmêlés par le vent. Ce n'était pas un joli chignon, seulement une attache rapide qu'elle aurait faite en temps normal pour traîner à la maison, mais il se contenta de sourire et leva la main pour glisser une mèche rebelle derrière son oreille et dit :

— Ça te va bien.

Jamais elle n'aurait cru être si touchée par un geste aussi simple.

Lorsqu'ils revinrent vers l'entrée de la plage, Charlotte se sentait revigorée par l'eau fraîche de l'océan sur ses chevilles et affamée. Elle repéra un SUV noir garé près du coupé de Declan. Ryan ne devait pas être loin, même si elle ne pouvait pas le voir.

— Commençons par le dessert, déclara-t-elle lorsqu'ils se furent installés sur la couverture que l'hôtel leur avait prêtée. Juste au cas où nous serions interrompus.

— Interrompus par les photographes, tu veux dire ? demanda-t-il avec un sourire grivois.

— Bien sûr. Allez, donne ce panier.

— On dirait que tu as un peu faim, non ?

Elle lui jeta un regard d'avertissement. Declan s'empressa d'ouvrir le panier et sortit une boîte en plastique remplie de ce qui ressemblait à une énorme part de gâteau au chocolat. Ses yeux avaient dû se mettre à briller, et Declan commenta :

— Je sais comment gagner ton cœur maintenant.

— C'est ta faute, répliqua-t-elle sans quitter le gâteau des yeux. C'est toi qui as commencé en m'apportant des muffins, un brownie *et* un cupcake géant pour le petit déjeuner.

Declan ouvrit le couvercle de la boîte et lui tendit une fourchette recyclable. Pour quelqu'un qui détestait l'organisation, il s'en sortait plutôt pas trop mal. Elle laissa échapper un soupir de bonheur lorsqu'elle prit sa première bouchée de gâteau, moelleux et tiède, et il éclata de rire.

— Quoi ? demanda-t-elle, la bouche pleine. J'ai du soleil, la mer et le meilleur gâteau que j'aie jamais mangé. Qu'est-ce qui pourrait être mieux ?

— J'aurais bien une idée, mais…

— Non, l'interrompit-elle en pointant sa fourchette dans sa direction. Plus de conversation sur le sexe.

— Comme si c'était mon genre, fit-il d'un air indigné.

Non seulement ça l'est, mais ça commence à devenir mon genre aussi, songea Charlotte avec une pointe de désespoir.

Elle aurait aimé que la petite brise qui soufflait sur la plage parvienne à faire redescendre sa libido enflammée. Malheureusement, c'était peine perdue. Elle ne pouvait que manger sa part de gâteau tandis que la source de tous ses tracas fourrageait dans le panier. Il en sortit un plateau entier de sandwichs frais au homard, puis une autre boîte contenant encore des fraises bien mûres et des cupcakes vanille-chocolat, ses préférés.

Après lui avoir servi une assiette, il s'installa près

d'elle et commença à lui raconter des anecdotes sur sa carrière au cinéma.

— Pourquoi as-tu décidé de devenir cascadeur ? Je sais que tu as dû répondre cent fois à cette question, mais…

— Je ne te l'ai jamais dit, à toi, répondit-il avec un sourire. J'ai toujours été du genre cascadeur, même enfant. Je passais mon temps à escalader les toits et à dévaler les collines à vélo sans les mains.

— Tu faisais vraiment des choses comme ça ?

— Oh que oui. J'ai sauté une fois du toit de mon école primaire, plusieurs fois depuis la fenêtre de ma chambre, et même du clocher de l'église de mon quartier.

Elle le fixa, médusée.

— Comment as-tu fait pour ne pas te rompre le cou ?

— J'avais des bons réflexes et beaucoup de chance. Au bout d'un moment, tout le monde a pensé que je ferais aussi bien de mettre tout cela à profit en devenant cascadeur pour de vrai, ce qui ne tombait pas mal étant donné le métier de J.J.

Bien après avoir terminé leur repas, ils étaient encore en train de discuter. Charlotte commençait à se rendre compte que passer du temps avec lui était vraiment agréable. Declan lui posait des questions sur son travail en ayant l'air sincèrement intéressé. Il lui expliqua tout l'entraînement nécessaire pour réaliser des cascades avec le plus de sécurité possible, et elle vit qu'il reconnaissait facilement les erreurs qu'il avait pu faire.

Son humilité était un trait qu'elle découvrait chez lui et elle s'en voulut de l'avoir jugé sans même le connaître. Lorsqu'il lui raconta certains de ses projets, avec des réalisateurs de rêve dans des endroits merveilleux, elle eut du mal à ne pas rougir de son quotidien banal.

— Qu'est-ce que tu fais avec moi, à manger un pique-nique comme si c'était une activité intéressante ?

— Je te nourris.

En parfait gentleman, il lui offrit le dernier cupcake de la boîte.

— D'accord, mais pourquoi ? insista-t-elle.

— Tu avais faim, j'avais faim et il fallait bien que je te délivre des paparazzi, qui assiègent ta maison à cause de moi. Pourquoi es-tu toujours aussi soupçonneuse ?

— Je ne le suis jamais assez, marmonna-t-elle. C'est bien mon problème.

— Alors, tu me fais confiance ?

— Certainement pas. Simplement, j'ai l'habitude de croire tout ce qu'on me dit sans même vérifier. J'ai tendance à croire naïvement que tout le monde me veut du bien.

Elle leva les mains au ciel, oubliant l'existence du cupcake, qui laissa une traînée de glaçage sur sa joue.

— Tu vois ? Je ne suis pas sortable. Tous les relookings du monde ne suffiraient pas à transformer le vilain petit canard en cygne.

— Charlotte, grommela-t-il en essuyant du doigt le maquillage au chocolat qu'elle s'était fait.

Son pouce glissa le long de sa joue, s'attarda sur sa lèvre inférieure. Elle sentit son cœur louper un battement.

— Je confirme, murmura Declan. Tu es parfaitement, merveilleusement insortable.

Il l'attira contre lui et posa enfin les lèvres sur les siennes.

- 10 -

Charlotte oublia tout. Ses peurs, ses angoisses, les raisons pour lesquelles elle n'aurait pas dû embrasser Declan, plus rien n'avait la moindre importance. Elle n'était qu'un amas de sensations toutes plus délicieuses les unes que les autres. La chaleur brûlante au creux de son ventre s'étendait partout où ils se touchaient, et ils se touchaient partout.

Lorsqu'elle le repoussa contre la couverture, il la fit rouler par-dessus lui, son sourire annonçant des merveilles. Elle osait à peine imaginer comment les choses pourraient devenir encore meilleures. Pourtant, pressée contre lui comme elle l'était, son désir était impossible à ignorer et ne laissait aucun doute sur ce qui allait se passer.

Les yeux dans les siens, sans une once d'hésitation, il murmura :

— J'ai envie de toi, Charlotte.

— Moi aussi.

Sa voix se perdit dans sa gorge tandis qu'elle resserrait les jambes autour de ses hanches, son intimité brûlante effleurant la dureté délicieuse de Declan à travers leurs vêtements. Elle pouvait se dégager, elle le savait. Il ne la serrait pas trop fort contre lui. Voilà qui allait devoir changer.

Lorsqu'il reprit la parole, elle revint aussitôt à la réalité.

— Tu es sûre ? demanda-t-il, son regard cherchant le sien.

— Attends, tu veux dire… *Ici* ?

Le sable était tiède sous eux, la plage apparemment déserte et jamais de sa vie elle n'avait voulu quelqu'un aussi fort, mais l'idée des paparazzi qui pouvaient les retrouver, peut-être même d'autres personnes, suffit à la faire paniquer.

— Seulement des bisous aujourd'hui, conclut Declan avec un sourire.

— Ça m'a l'air d'être un bon plan.

Declan leva la main et effleura le coin de sa propre bouche du doigt. Une dernière miette de glaçage au chocolat y était restée. Lorsqu'il se lécha le pouce, ses yeux noisette ne lâchant pas les siens, elle crut perdre la tête. Il fallait qu'elle mette de la distance entre eux avant de faire des choses qu'elle risquait de regretter.

Comme s'il lisait dans ses pensées, Declan secoua la tête et l'attira plus près encore. Sa main se glissa sous son cardigan et caressa doucement le bas de son dos.

— Tu es toute douce, murmura-t-il contre son oreille.

Elle frissonna lorsqu'il remonta du bout des doigts vers sa taille, explora ses courbes avec une lenteur qui manqua de la rendre folle. Sans prévenir, il l'entoura de son bras et la fit basculer au-dessous de lui. Ses jambes s'entrouvrirent pour lui laisser la place sans même qu'elle s'en rende compte. Declan se pencha pour déposer une pluie de baisers dans son cou, puis ses lèvres s'attardèrent davantage et elle ferma les yeux, perdue dans la chaleur de son baiser.

— Waouh, murmura-t-elle lorsqu'il s'écarta pour la regarder.

— C’est ce que j’aurais dit aussi, répondit Declan. Si je vais trop vite, dis-le-moi, surtout. Je ne veux rien faire si tu n’es pas prête.

— Crois-moi, je suis plus que prête.

Soudain, une ombre de doute voila son euphorie.

— Et toi ? lui demanda-t-elle, hésitante. Qu’est-ce que tu veux faire ?

— Je veux tout faire avec toi, Charlotte.

Tout…

Elle tenta de rassembler les dernières miettes de sa raison, mais lorsqu’il la regardait de cette manière, elle était incapable de réfléchir.

— Nous ne sommes pas obligés de nous presser, reprit Declan.

Ce plan-là était le pire qu’elle avait jamais entendu. Chaque cellule de son corps – et au moins quelques-unes de celui de Declan – votaient pour l’option « vite, fort et tout de suite ».

— Prendre son temps, c’est bien aussi, poursuivit-il avec un petit sourire en coin. Je vais avoir besoin de beaucoup de temps pour t’apprécier comme tu le mérites.

— Je ne suis pas si compliquée que ça, rétorqua-t-elle en riant. Ne t’inquiète pas, tu es déjà sur la bonne voie.

Il se redressa pour s’asseoir sur la couverture, l’amenant doucement près de lui.

— J’ai envie de faire les choses correctement. Une petite partie de moi aimerait te dévorer tout entière et brûler toutes les étapes, mais je sais que faire l’amour avec toi sera incroyable et j’ai envie d’en profiter.

Son regard s’assombrit et elle comprit qu’il s’imaginait la scène, pensait à eux deux dans un lit et à tout ce qu’ils pourraient faire. Pourtant, à son grand regret, elle reconnaissait qu’il avait raison. Ils étaient tous les deux allés trop vite dans leurs précédentes relations et reproduire cette erreur ne serait pas une bonne idée.

— Tu sais que tu commences à être doué pour tout ça ?

— En tout cas, tu me donnes envie de l'être.

Il posa un léger baiser sur ses lèvres et se remit sur ses pieds, lui tendant la main pour qu'elle se lève à son tour.

— Allez, viens. On a une course à gagner.

Charlotte hocha la tête mais, quelque part, elle avait plutôt l'impression d'avoir perdu.

- 11 -

Assise dans le Cupcake, que Declan et elle avaient baptisé après leur pique-nique sur la plage, Charlotte tentait désespérément de rester positive. Elle ne pouvait s'empêcher de penser que quelque chose allait mal tourner.

Le petit voilier filait sous le vent et, déjà, la ligne de départ était loin derrière eux. Ils avaient obtenu dix minutes d'avance sur leurs concurrents et le droit de partir du meilleur endroit de la baie. Charlotte connaissait par cœur les instructions de course et, au cas où, son classeur était rangé dans le compartiment étanche. Tout allait bien se passer.

Sa seule mission pendant la course serait de gérer la radio et de transmettre les informations à Declan si besoin. Il avait enfilé comme elle un gilet de sauvetage professionnel, manœuvrait la barre d'une main, et de l'autre… Elle ne maîtrisait pas encore assez la navigation pour savoir ce qu'il faisait, mais c'était sans aucun doute utile.

Charlotte s'agrippa à la ligne de vie lorsque le bateau changea brusquement de direction. Declan avait viré de bord pour offrir au voilier une meilleure prise au vent. Elle sentit son estomac chavirer, mais se souvint que dix-neuf autres bateaux s'apprêtaient à partir et qu'ils avaient neuf heures de course devant eux. Chaque minute qu'ils pouvaient gagner sur les autres était précieuse.

Ils feraient le tour complet de l'île avant de franchir la ligne d'arrivée et le premier gagnerait le prix, sans récompense pour les suivants. La régate avait failli être annulée à cause des nuages noirs qui se pressaient à l'horizon. Encore maintenant, la météo semblait incertaine, et les vagues heurtaient la coque à une hauteur qui ne la rassurait pas.

— Tout va bien ? demanda Declan d'un ton calme.

— Parfaitement bien.

Ses lèvres esquissèrent un sourire amusé.

— Je peux aller encore plus vite.

— C'est l'idée, non ?

— Je ne sais pas, répondit-il d'un air faussement hésitant. Ce n'était pas écrit dans ton classeur.

— Ne te moque pas, grommela-t-elle. C'est important d'être organisé pour une journée comme celle-ci.

— Je ne dis pas le contraire.

Il ajusta quelque chose du côté de la voile et, sans aucun doute, le bateau accéléra.

— Le voyage risque d'être un peu moins paisible, par contre, la prévint-il.

— Nous ne sommes pas là pour faire une croisière. Le but, c'est de gagner, tu te souviens ?

— Je m'en souviens très bien, mais je voulais te prévenir.

Aucun avertissement n'aurait pu la préparer à une pareille frayeur. Elle avait du mal à comprendre comment un si petit bateau pouvait atteindre de telles vitesses. Lorsqu'elle osa enfin ouvrir les yeux, le vent la fit larmoyer et elle parvint à peine à reprendre sa respiration. Declan souriait comme si tout cela était son idéal d'une matinée agréable.

Deux heures plus tard, il avait toujours l'air aussi

détendu et Charlotte n'y comprenait toujours rien. Elle avait déjà du mal à se déplacer le long du bateau selon ses instructions sans être malade. Une fois, elle avait aperçu des voiles loin derrière eux, mais ils étaient complètement seuls à présent.

Elle était bien obligée d'admettre que Declan savait ce qu'il faisait. Ils allaient probablement gagner, et après…

Après ? Que se passerait-il ?

Charlotte passa l'heure qui suivit à imaginer ce qui l'attendait. D'abord, elle déposerait le chèque à la banque et, avec un peu de chance, les enfants pourraient vivre un été magique comme si rien ne s'était passé. Ce côté-là l'inquiétait de moins en moins. En revanche, elle ne se sentait pas prête à dire au revoir à Declan.

Pas avant de l'avoir attiré dans un lit, en tout cas.

Le côté physique n'était pas la seule raison qu'elle avait en tête. Si Declan l'agaçait toujours autant, il lui avait aussi prouvé qu'il était drôle, gentil et qu'elle pouvait compter sur lui. Un minuscule espoir se forma malgré elle dans ses pensées. Peut-être pourrait-elle prendre un risque et lui proposer de faire quelque chose avec elle une fois la régate terminée ? Pas comme s'ils sortaient ensemble, bien sûr, mais simplement…

Si, exactement comme si on sortait ensemble, insinua la voix de l'honnêteté dans sa tête.

Elle avait envie de passer davantage de temps avec lui. Apprendre tranquillement à le connaître, faire toutes les étapes, explorer l'opportunité d'une relation normale avec un homme qui lui plaisait. Pouvait-on seulement avoir une relation normale avec une star de cinéma ? Que resterait-il d'eux lorsqu'ils ne seraient pas en train de se disputer ou de se taquiner ?

Les nuages accumulés à l'horizon prenaient maintenant

une teinte verdâtre. L'air portait une sensation lourde, étouffante, et une brume épaisse leur cachait le rivage. Charlotte songea à toute la peine endurée à mémoriser la carte n'avait pas servi à grand-chose à présent qu'elle ne voyait plus l'île. Décidément, quelqu'un aurait dû installer des panneaux indicateurs dans l'océan.

— Est-ce qu'on est toujours devant tout le monde ? demanda-t-elle pour briser le silence pesant qui commençait à s'installer.

— Ce n'est pas ce qui m'inquiète le plus.

— Declan… Dis-moi que cette histoire va bien se terminer.

Il se retourna pour la regarder, puis répondit d'un ton calme :

— Elle va bien se terminer, ne t'en fais pas. Il y aura simplement une partie un peu plus agitée que prévu au milieu.

Charlotte attendit la vague de panique mais, curieusement, son anxiété semblait moins forte que d'habitude. L'attitude de Declan la tranquillisait. Bien sûr, elle comprenait que la situation n'était pas idéale, mais ses gestes sûrs et efficaces la rassuraient et elle parvint sans trembler à enfiler le ciré jaune qu'il lui tendait.

— Essaie de trouver la station météo, lui demanda-t-il en désignant le poste de radio.

Elle changea lentement les fréquences jusqu'à trouver la bonne chaîne, écarquilla les yeux en entendant le bulletin. L'orage qu'ils annonçaient semblait aussi catastrophique qu'imprévisible. Elle retourna ensuite à la fréquence utilisée par les organisateurs de la régate, qui répétaient à toutes les équipes d'écouter la station météo.

— Est-ce qu'ils ne sont pas censés annuler la course dans de pareilles conditions ? demanda-t-elle, incrédule.

— Si, mais ne t'inquiète pas. J'ai connu de pires conditions.

— Du genre ?

— Des vents d'ouragan plusieurs fois, des engelures partout après une régate à Chesapeake Bay où quatre couches de vêtements ne suffisaient pas, une autre course où la mer était tellement grosse que le voilier s'est couché, au point que j'effleurais la surface de l'eau…

— C'est bon, l'interrompit-elle, nauséeuse. Je ne sais pas pourquoi j'ai posé la question.

— D'accord, je m'arrête, mais tu minimises l'information principale dans tout ça.

— Laquelle ?

— J'étais sur chacun de ces bateaux et je suis encore là pour te le raconter.

— Justement, contra-t-elle en levant les bras au ciel. Tu portes malheur. Je devrais te jeter à l'eau comme ils l'ont fait avec ce type dans la Bible.

— Au contraire, je porte bonheur – ou plutôt, j'ai suffisamment d'expérience pour m'en tirer dans la plupart des situations. J'ai connu ce genre de moments et je sais quoi faire. Je ne vais pas te laisser tomber, d'accord ?

— Là maintenant, je ne suis plus d'accord avec grand-chose, répondit-elle honnêtement.

— Fais-moi confiance.

Elle s'efforçait au contraire de ne pas *trop* lui faire confiance depuis quelques semaines. Pourtant, lorsque Declan lui sourit, elle sut qu'il prendrait soin d'elle quoi qu'il puisse arriver. C'était tout simplement sa manière d'être.

Inspirant à fond, elle s'agrippa des deux mains au plat-bord et répondit simplement :

— D'accord.

L'orage éclata alors qu'elle était encore en train de dire « d'accord ». En réalité, c'étaient des mots bien moins polis qu'elle avait envie de crier. Aucune des vidéos de navigation en pleine tempête qu'elle avait regardées sur YouTube n'auraient pu la préparer à ce qui était en train de se passer.

Le Cupcake montait et descendait sur la crête des vagues comme une vulgaire coquille de noix. Le vent soufflait de tous les côtés à la fois, et elle eut l'impression qu'ils se dirigeaient vers l'enfer à pleine vitesse.

— Charlotte ? Regarde-moi, lui cria Declan. Je suis avec toi. Je ne laisserai pas quoi que ce soit t'arriver.

— Est-ce que tu es Dieu, par hasard ?

Elle voulut lui désigner du doigt les gros nuages aux teintes vertes et violettes, mais ils n'étaient plus à l'horizon. Elle se rendit compte avec horreur qu'ils se trouvaient en plein milieu d'eux.

— Tout va bien se passer, répéta Declan.

Elle laissa échapper un grognement.

— Je serais quand même plus rassurée si j'étais sur la terre ferme.

— Moi aussi.

Charlotte écarquilla les yeux. Si même Declan disait une chose pareille, la situation ne devait pas être en train de s'améliorer. Une nouvelle rafale de vent fit pencher le Cupcake et la radio de bord crachota.

Manifestement, les organisateurs avaient mal évalué la rapidité de l'orage. Ils avaient cru que tous les concurrents seraient de l'autre côté de l'île et proches de la ligne d'arrivée lorsque celui-ci frapperait.

— Sur une échelle de un à dix, à quel point est-ce que je devrais m'inquiéter ?

— J'ai vraiment connu pire, répondit Declan en ajustant les voiles.

— D'accord, mais c'était sur de grands bateaux et avec toute une équipe de marins qui savait ce qu'elle faisait.

— Toi aussi, tu sais ce que tu fais. Tu n'as qu'une seule mission à partir de maintenant.

— Te faire confiance et ne pas m'inquiéter ? J'aime bien l'idée, mais j'ai un peu de mal.

— Je vais te raconter ma pire course pour que tu relativises. Des éclairs tombaient de tous les côtés autour du bateau. Chaque fois que je touchais la barre, je me prenais un courant électrique.

— Alors, tu as lâché ?

— J'ai tenu chaque fois que c'était nécessaire, répondit-il d'un air grave.

L'orage n'avait pas l'air de passer, pourtant. Même Charlotte pouvait s'en rendre compte. Après plusieurs minutes sous les rafales de vent et de pluie, Declan parvint à virer en direction du rivage.

— Il y a deux solutions, lui dit-il calmement. Soit on rejoint la côte le plus vite possible, soit on essaie d'accélérer et de dépasser la tempête.

— Est-ce que la régate est officiellement annulée ?

— Pas encore.

— Mais alors…

— Ce n'est qu'une course, Charlotte. Je ne vois pas comment ils pourraient la maintenir dans ces conditions et, de toute façon, je préfère jouer la sécurité.

Malheureusement, la sécurité ne semblait pas impliquer une diminution de leur vitesse. Charlotte sentit son estomac se retourner tandis que Declan les dirigeait à toutes voiles vers le rivage. Le voilier se coucha sur le côté et, perdant l'équilibre, elle glissa sur le pont trempé par la pluie. Elle eut le temps d'apercevoir le visage inquiet de Declan avant de se retrouver nez à nez avec les vagues – trop près, beaucoup trop près.

Declan lui cria de s'accrocher, mais il était trop tard. Le bateau tangua une dernière fois et elle passa par-dessus bord.

L'eau était partout. Les vagues se refermèrent au-dessus d'elle et Charlotte n'eut plus aucune idée d'où se trouvaient le haut et le bas. Elle songea à tout ce qu'elle aurait voulu faire si elle avait su qu'elle allait mourir ce jour-là, le temps qu'elle aurait passé avec Declan, les heures qu'elle aurait dédiées à d'autres activités que son travail. Elle aurait aimé vivre pour elle-même et ne rien regretter.

Elle se débattit une dernière fois, mais l'air semblait impossible à atteindre. Pourquoi avait-elle passé tant de temps à parler sur le bateau et si peu à respirer ? Son cœur battait à tout rompre dans sa poitrine et elle comprit qu'elle n'aurait bientôt plus d'oxygène. Elle allait se noyer, il n'y avait plus d'autre issue.

Un bras puissant entoura soudain sa taille et la tira vers ce qui devait être le haut. Incapable du moindre mouvement, elle se laissa faire.

— Charlotte !

Elle toussa encore et encore, recrachant une quantité impressionnante d'eau, et s'efforça d'ouvrir ses yeux que l'eau de mer piquait.

— Où… où est le bateau ?

Declan l'attira contre lui tandis qu'une nouvelle vague s'abattait sur eux.

— Respire et retiens ton souffle dès que tu es sous l'eau, lui ordonna-t-il. Garde les yeux fermés.

Elle lui obéit du mieux qu'elle pouvait, accrochée de

toutes ses forces à son bras, se répétant de retenir sa respiration à chaque vague.

— Voilà ce qu'on va faire, dit alors Declan.

Il entoura sa poitrine de son bras et pivota avec elle, puis commença à nager en de longues brasses régulières.

— Est-ce qu'on va nager jusqu'au bateau ?

Elle regarda autour d'elle avec espoir, mais ne parvint pas à apercevoir le Cupcake. Il se trouvait peut-être à quelques dizaines de mètres, avec un peu de chance.

— On va nager jusqu'à la côte, répondit Declan. Le bateau s'est probablement retourné à l'heure qu'il est.

— Est-ce qu'on ne devrait pas essayer de rester avec lui ? D'ailleurs, pourquoi est-ce que *tu* n'es pas resté ?

Il poussa un grognement et donna un coup de pied pour les maintenir hors de l'eau.

— Tu es passée par-dessus bord, Charlotte.

— Et alors ? Ce n'est pas une raison pour que tu te noies aussi.

— Je t'ai promis que je resterais avec toi. Maintenant, essaie de garder ton souffle. Ton unique mission est de ne pas me lâcher.

— Si je comprends bien, « tais-toi et nage » ?

— C'est l'idée.

Elle se mit à battre des pieds du mieux qu'elle pouvait, mais la tâche s'avéra plus difficile que prévu. Les vagues ne cessaient jamais de se refermer sur eux et elle avait l'impression de ne pas avancer.

Malgré sa règle du silence, Declan se remit à lui parler. Il lui disait qu'ils étaient tout proches, qu'elle pouvait y arriver, qu'il apercevait déjà un hôtel cinq étoiles sur la plage. Ses mensonges eurent au moins le mérite de la galvaniser. Declan faisait de son mieux, alors elle aussi devait le faire.

Elle nagea avec lui en essayant d'ignorer sa peur, les choses qu'elle n'avait pas eu le temps de faire, son regret de ne pas avoir donné une chance à ce qui se passait entre Declan et elle.

Ses bras et ses jambes commençaient à faiblir. Se penchant vers son visage, Declan lui ordonna :

— Ne me laisse pas tomber, Charlotte.

— Charlotte ? répéta-t-elle, s'étranglant à moitié avec l'eau de mer. Pas de « Princesse » ou d'autre surnom agaçant ?

— Continue à nager, et je te promets que, dès la minute où nous toucherons le sol, je t'appellerai comme tu voudras.

- 12 -

Jamais Declan n'aurait cru que son entraînement de cascadeur lui servirait un jour dans la vraie vie. Pourtant, il utilisait tout ce qu'il savait, poussant son corps jusque dans ses derniers retranchements pour tirer Charlotte avec lui à travers les vagues.

Cette épreuve restait de loin la plus difficile qu'il avait jamais vécue. La fatigue physique n'y était pour rien, cependant, à côté de la promesse qu'il avait faite à Charlotte de la protéger. Cette partie-là était plus importante que tout et il refusait de laisser quoi que ce soit lui arriver.

Les rares fois où il avait pu la regarder, il avait bien vu qu'elle était terrifiée. Elle détestait l'eau et l'idée de dépendre de lui pour arriver sur la terre ferme ne devait pas beaucoup lui plaire. Lui aussi, curieusement, avait peur. Il se sentait vulnérable avec elle.

Pour une fois, l'enjeu n'était pas de sauter d'un bâtiment en flammes ou de se faire tirer dessus. Il maîtrisait toutes ces histoires. La seule chose qu'il ne contrôlait pas, c'était ce qu'il ressentait avec Charlotte.

Lorsque ses pieds touchèrent enfin la terre ferme, il ne ressentit pas le soulagement qu'il avait escompté. La peur terrible d'avoir déçu celle qui comptait sur lui faillit le terrasser et l'empêcher d'avancer jusqu'à la plage.

Il se repassa en boucle toutes les choses qu'il aurait

dû faire différemment, son retard à renoncer à la course, sa confiance aveugle dans les organisateurs de la régate pour vérifier la météo. L'orage l'avait pris par surprise, et quand il avait vu Charlotte à l'eau, il avait ignoré la procédure habituelle et abandonné le bateau pour sauter après elle.

Il parvint à se mettre debout et passa un bras autour de la taille de Charlotte pour la soutenir.

— Encore quelques pas et ce sera fini, mentit-il.

— Et après, une limousine chauffée nous attend pour nous emmener dans un hôtel de luxe pour une journée au spa ?

Malheureusement, elle n'était pas plus naïve que lui et il n'avait aucune meilleure réponse à lui faire. Il se concentra sur ses pas et l'entraîna le plus rapidement possible hors de l'eau. La pluie s'était enfin calmée, mais maintenant qu'ils étaient à l'air libre, le froid risquait de devenir un problème majeur.

— Par hasard, tu aurais une idée d'où on est ? lui demanda-t-il.

— Naufragés, perdus et en train de passer un casting pour une très mauvaise audition de téléréalité.

Elle essayait de prendre les choses avec humour, un trait qu'il admirait chez elle, même s'il aurait préféré qu'elle se trompe sur les deux premiers points. La petite île sur laquelle ils avaient débarqué ne semblait pas encore visitée par la civilisation. Tout ce qu'il voyait, c'étaient des roseaux, des algues et des mouettes qui tournoyaient dans le ciel gris.

En plissant les yeux, il distingua un arbre assez rachitique à quelques centaines de mètres d'eux. « Mieux que rien » était une expression qu'il avait dû apprendre dès son plus jeune âge. Charlotte et lui avaient encore leurs vêtements sur le dos, ils n'avaient pas dérivé jusqu'à Cuba, et il avait encore son téléphone dans la pochette étanche accrochée à son short. Quand il le sortit, cependant, il constata rapidement qu'il n'avait pas de réseau.

Charlotte se laissa tomber dans le sable et leva les yeux pour le regarder. L'arbre faisait un piètre refuge, mais au moins elle serait en partie protégée de la pluie.

— Attends-moi là un moment, d'accord ?

— Est-ce que tu peux définir la longueur du moment ?

— Je te promets que je vais revenir, répondit-il en maudissant son ex-fiancé et tous ceux qui l'avaient délaissée un jour. J'irai plus vite tout seul. Tu es tombée d'un bateau, tu as nagé dans l'océan pendant vingt minutes et ton SUV chauffé n'arrivera pas aujourd'hui. Laisse-moi m'occuper de tout, Charlotte. Laisse-moi m'occuper de toi.

— Toi aussi, tu as fait tout ça, protesta-t-elle faiblement.

Elle se laissa pourtant aller contre le tronc de l'arbre et remonta les genoux contre sa poitrine. Ses chaussures et sa casquette gisaient quelque part au fond de l'océan, mais elle portait toujours ses vêtements à séchage rapide.

— Je ne vais pas si mal, reprit-elle en levant bravement le menton. Et toi ?

— Moi aussi, ça va.

Il se pencha pour déposer un baiser sur sa joue, peu rassuré de la trouver aussi froide, aussi pâle.

— Tiens bon, d'accord ? Je reviens.

— File, alors. Va nous trouver une équipe de sauvetage.

Il l'observa encore un instant, puis retira sa veste imperméable pour la draper autour de ses épaules.

— À tes ordres, Princesse.

Après les dix minutes les plus longues de sa vie, Declan revint au pas de course vers elle. Charlotte avait rarement été si heureuse de voir quelqu'un. Ses réserves de bravoure commençaient à s'épuiser, et elle ne pensait même pas encore aux conséquences de leur défaite.

— Ça va toujours ? lui demanda Declan.

Elle faillit lui demander ce qui aurait bien pu changer en aussi peu de temps, mais l'inquiétude sincère dans sa voix la retint d'ironiser.

— Ça va, ne t'inquiète pas. Et merci, ajouta-t-elle avec une grimace. Merci d'être resté avec moi.

— Il faut vraiment que tu revoies tes standards, Charlotte.

Bien sûr, elle y penserait, mais elle allait se sécher d'abord et essayer d'oublier qu'elle avait failli se noyer pour la deuxième fois de sa vie.

— J'ai une bonne et une mauvaise nouvelle, annonça Declan.

— La mauvaise, c'est que nous sommes toujours coincés là, répliqua-t-elle. Accessoirement, nous venons de perdre un million de dollars, alors il faudrait peut-être commencer à creuser pour chercher le coffre au trésor.

Un léger sourire illumina son visage.

— Je savais déjà tout ça. La vraie, bonne nouvelle, c'est que j'ai trouvé quelque chose d'un peu mieux que ce vieil arbre.

— Ne le dénigre pas, fit-elle en tapotant le tronc rabougri du plat de la main. Il a fait du mieux qu'il pouvait.

— Tu veux un taxi ? lui proposa-t-il en se retournant pour lui présenter son dos.

Elle se mit péniblement sur ses pieds et secoua la

tête. Declan l'avait déjà portée dans l'eau, il fallait bien qu'elle y mette du sien à un moment de la journée.

— Où est-ce qu'on va ?

— Pas loin, c'est promis.

Il la scruta d'un air dubitatif, mais finit par hocher la tête et passa son bras autour de ses épaules. Elle se rendit compte après quelques pas qu'il s'était placé entre elle et les rafales de vent qui venaient de la mer. Une centaine de mètres plus loin, Declan s'éloigna du rivage et se mit à louvoyer entre les dunes. Des marches en bois apparaissaient de temps à autre sous le sable. Elles commencèrent à monter en pente douce, menant finalement à…

Une maison.

Le terme de « cabane » aurait probablement été plus approprié, songea Charlotte. Le toit avait l'air en aussi bon état qu'elle-même après son passage dans la mer, et les chaises longues en rotin sur le porche paraissaient bien trop dangereuses pour s'y asseoir.

Elle ne fut pas surprise de voir que personne ne répondait aux coups énergiques de Declan contre la porte. Les îles du Vineyard étaient constellées de maisons de vacances comme celle-ci, entretenues ou abandonnées selon les emplois du temps de leurs propriétaires.

— Si tu ne veux pas être complice d'un délit d'intrusion, tu peux tourner le dos, lui lança Declan.

— Je ne suis plus à ça près.

Elle repéra un énorme coquillage décoratif près de la porte, qu'elle soupçonna de provenir davantage d'une usine de souvenirs chinoise que de la plage toute proche, et le tendit à Declan.

— Tiens, je t'ai trouvé un outil.

Il haussa un sourcil, mais se saisit du coquillage et

assena un grand coup sur la poignée de la porte. Charlotte rassembla ses dernières miettes d'énergie et le suivit à l'intérieur. Le rez-de-chaussée était une seule grande pièce donnant sur l'océan, avec une immense cheminée en pierre. Un grand canapé d'angle et plusieurs fauteuils dépareillés parsemaient le plancher. L'atmosphère était modeste mais chaleureuse, et elle se serait presque sentie à l'aise si elle n'avait pas été chez un inconnu sans aucune permission de s'y trouver.

Declan leva une main en l'air avant de monter rapidement l'escalier jusqu'au premier étage. En temps normal, elle aurait protesté, mais elle savait très bien que ses jambes n'auraient pas pu la porter jusqu'en haut des marches.

Tandis qu'il lançait un appel pour vérifier qu'il n'y avait vraiment personne, elle tituba en direction du canapé, hésitant à s'y laisser tomber tout habillée. Elle ne se sentait même plus le courage de s'asseoir normalement. Il faisait froid et humide dans la cabane, malgré la saison, et elle n'apercevait aucun interrupteur. Il avait fallu qu'ils tombent sur la dernière maison de la région sans chauffage ni électricité.

Declan réapparut les bras chargés de couvertures et lui ordonna aussitôt de se déshabiller.

— Un gentleman m'aurait au moins offert le dîner avant, se moqua-t-elle.

Il lui répondit d'un sourire avant de jeter sur le canapé plusieurs barres de céréales et un paquet de fruits séchés.

— Demandez et vous recevrez. Je veux quand même que tu te déshabilles d'abord, s'il te plaît. Je vais essayer de faire un feu.

Retirer ses vêtements trempés lui sembla soudain la chose la plus agréable du monde. Bientôt débarrassée de son legging et de son sweatshirt, elle constata que Declan, le dos tourné, avait allumé la cheminée en un temps record. Une douce chaleur se répandait déjà dans la pièce et lorsqu'il se retourna vers elle, l'air satisfait, elle poussa un soupir de bien-être.

— Impressionnant, Hollywood.

— J'ai de l'expérience, répondit-il avec un sourire. Mon frère et moi avions l'habitude de mettre le feu à pas mal de choses quand nous étions adolescents.

Tranquillement, il fit le tour du canapé et commença à se déshabiller à son tour. Elle maudit le dossier haut du meuble et tenta le plus discrètement possible d'en voir plus.

— Tu aurais une meilleure vue si tu venais me donner un coup de main, lui lança Declan.

— Rêve toujours.

En réalité, la tentation était forte, mais leur priorité restait de se réchauffer et de manger quelque chose. Charlotte piétina jusqu'à la cuisine du mieux qu'elle pouvait dans sa robe longue en couvertures. Elle dénicha un jerrican d'eau douce et deux tasses avant de revenir au salon.

Declan avait enroulé une couverture autour de ses hanches et jeté une deuxième sur ses épaules. Il aurait dû lui donner envie de rire ; au lieu de cela, elle dut faire appel à toute sa volonté pour ne pas lui sauter dessus.

— Tiens, lui dit-elle en lui tendant l'une des deux tasses.

Declan lui donna une barre de céréales et tapota le coussin du canapé près de lui. Il sortit de nouveau son téléphone, y jeta un coup d'œil avant de le lui montrer. Il n'avait toujours pas de réseau. Au lieu de s'asseoir, elle se mit à marcher de long en large, cherchant désespérément une solution.

Pour la première fois de sa vie, elle n'en trouva pas. Tout ce qui l'attendait était une longue liste de désastres. Elle avait perdu la course, un voilier, et l'argent qui aurait dû servir à réparer le budget des Enfants de Martha. Comment aurait-elle pu rester calme ?

— Hé, l'interpella doucement Declan en prenant sa main. Viens t'asseoir avec moi.

Elle se laissa tomber sur le canapé parce qu'elle aimait s'asseoir avec lui, être avec lui tout court, mais son esprit continua de tourner à cent à l'heure.

— Personne ne sait où nous sommes, commença-t-elle. Le bateau est perdu, la course aussi, et nous avons commis un délit passible de prison.

Il leva sa main jusqu'à ses lèvres et déposa un baiser au creux de sa paume.

— Tu sais quoi ? Faisons une liste, lui proposa-t-il. Quelles sont les prochaines étapes ? D'après toi, qu'est-ce qu'on doit faire après un naufrage ?

— Trouver la terre ferme, répondit-elle aussitôt. Chercher de l'aide. Faire la sieste la plus longue du monde.

— Pour le premier point, c'est réglé. Nous avons une maison, un feu, un canapé, et je nous ai même préparé le dîner. Déjà cinq choses que tu peux éliminer, conclut-il en imitant le geste de cocher une case.

— Merci encore, répondit-elle avec maladresse.

— Avec plaisir.

— C'est juste que j'ai…

— Très peur de l'eau, compléta-t-il. Je sais que tu as du mal à en parler, mais peut-être que ça vaudrait le coup, non ?

Pour la première fois, Charlotte se sentait presque

assez à l'aise avec quelqu'un pour raconter son accident. Elle leva les yeux vers lui et sentit sa gorge se serrer. De plus en plus, elle doutait de pouvoir sortir de cette histoire avec sa dignité intacte, et encore moins son cœur.

— Très bien, soupira-t-elle. Je sais que je suis nulle pour les remerciements, mais je t'en dois beaucoup aujourd'hui. Merci de m'avoir récupérée. C'était dommage, alors que tu aurais encore pu gagner la course.

— Tu n'aurais pas voulu que je te laisse là, quand même ? demanda-t-il d'un air choqué. Qui ferait une chose pareille ?

— Pas mal de gens le feraient. Comme je suis une adulte mature, j'essaie de ne pas trop les juger, d'accord ?

— Absolument pas d'accord, contra-t-il. En tout cas, ça n'arrivera jamais tant que j'aurai mon mot à dire.

— Je savais que tu m'aimais bien, Hollywood.

— Charlotte.

Sa manière de dire son prénom faisait fondre quelque chose en elle, quelque chose de glacé dont elle avait oublié l'existence.

— Ce qui s'est passé aujourd'hui… Est-ce que ça t'est déjà arrivé ?

- 13 -

Charlotte ouvrit la bouche, puis la referma.

Declan reconnut aussitôt l'expression de son visage. Il l'avait vue lui-même pendant des années en se regardant dans le miroir. C'était l'air perdu de quelqu'un qui s'était senti délaissé, et il détesta instinctivement ceux qui lui avaient fait subir cette souffrance.

— J'ai été souvent laissé de côté quand j'étais petit, commença-t-il devant son silence. Mon père biologique est parti avant ma naissance. Ma mère passait tout son temps à travailler ou à faire des courses, en nous laissant de quoi manger dans le frigo et une liste de choses que Nash et moi n'avions pas le droit de toucher. Au bout d'un moment, elle s'est mise à revenir de moins en moins, alors nous étions obligés de désobéir.

Il s'interrompit un moment et secoua la tête.

— J'imagine qu'elle faisait de son mieux comme la plupart des parents. Le problème, c'est que j'étais un gamin, et rester seul à cet âge était effrayant. Je croyais toujours que c'était ma faute si elle ne revenait pas.

— C'est à ce moment-là que tu as été placé ?

— Oui. Trois ans plus tard, elle est morte dans un accident de voiture. J.J. m'a adopté au bout de dix-huit mois.

— Je suis vraiment désolée, murmura-t-elle.

Declan ferma brièvement les yeux. Il n'aimait pas

parler de cette période de sa vie, mais pour Charlotte, il se trouvait étonnamment prêt à faire une exception.

— Mes quelques années entre la maison de mon enfance et celle de J.J. m'ont appris beaucoup, reprit-il. J'ai compris que je devais être mon meilleur allié, que personne ne m'aiderait jamais mieux que moi-même. Je me battais un peu trop souvent à l'école et j'ai découvert que j'aimais l'adrénaline. Tout ça m'a préparé pour le début de ma carrière en tant qu'acteur, alors ce n'était pas si mal.

— Tant mieux si tu as pu y trouver des avantages, mais je suis quand même désolée.

Il l'attira contre lui.

— J.J. était… Disons qu'il représentait un nouveau défi à lui tout seul, poursuivit-il. Il m'a recueilli chez lui, puis il a passé son temps à m'expliquer pourquoi il avait fait un mauvais choix avec moi. J'imagine que ton enfance n'était pas idéale non plus.

Elle tourna la tête vers lui et le fixa d'un air suspicieux.

— Je rêve, ou tu m'as raconté ta vie pour que je te raconte la mienne ?

— Peut-être un peu, mais tu n'es pas obligée de m'en parler si tu ne veux pas.

Elle soupira et resta silencieuse un long moment. Enfin, elle commença d'un ton calme :

— C'est arrivé quand j'étais petite. J'étais à une fête au bord de la mer et tous les adultes discutaient un peu plus loin, sur la jetée. Mon père avait des affaires à conclure et il m'avait ordonné de ne pas rester dans ses pattes, alors j'étais descendue sur la plage pour jouer avec les autres enfants. Jusque-là, rien de dangereux.

Declan avait une ou deux pensées sur le fait de laisser

des enfants jouer au bord de l'eau sans surveillance, mais il les garda pour lui.

— Au bout d'un moment, l'une des autres filles m'a défiée de faire la course avec elle jusqu'à la bouée d'amarrage. J'ai bêtement accepté. La fille en question était populaire, et pour une gamine timide comme moi, c'était déjà un miracle qu'elle m'adresse la parole. Nous sommes descendues dans l'eau et quelqu'un a donné le départ. Je me suis lancée à fond, j'étais bonne nageuse, et ce n'est qu'en arrivant à la bouée que je me suis rendu compte que j'étais toute seule.

— Elle avait fait demi-tour ?

— Elle n'était jamais partie, fit Charlotte en secouant la tête. J'ai vite repéré qu'elle était sur la plage, à rigoler avec les autres. Je ne saurai jamais si elle avait voulu me faire une blague ou si l'une de ses vraies amies l'avait appelée et qu'elle m'avait oubliée. En tout cas, ils ont tous fini par remonter sur la jetée.

Elle s'interrompit et ferma brièvement les yeux.

— J'ai commencé à revenir vers la plage, mais il y a eu un courant d'arrachement et j'ai paniqué. J'étais trop fatiguée pour me souvenir qu'il fallait nager en diagonale et j'ai commencé à m'épuiser. Au bout d'un moment, un parent a compté tout le monde et s'est rendu compte que je n'étais pas là. Il a fallu appeler les sauveteurs. Mon père était furieux que j'ai causé tout ce remue-ménage.

— Je n'y crois pas, marmonna-t-il. Il a trouvé moyen de te disputer alors que…

— Il y a quand même un côté positif à mon histoire, l'interrompit Charlotte.

— Vraiment ?

— J'ai appris que je détestais l'océan, que j'étais nulle pour faire la course, et qu'apparaître en première page du journal local ne m'intéressait pas. Quand je te dis que nous sommes différents, ce n'est pas pour rien.

En effet, ils étaient différents dans le sens où lui adorait la mer et gagnait régulièrement des régates, mais rien de tout cela n'importait vraiment. Charlotte n'avait aucune idée de ce qu'il avait perdu en perdant la course ce jour-là. Il avait échoué au test de J.J. Il n'y avait plus de Masterson Entertainment pour lui.

S'efforçant de remettre ces pensées-là au lendemain, il attira Charlotte plus près. L'orage qui les avait fait chavirer se calmait et la pluie n'était plus qu'une légère bruine. Il aurait dû sortir et chercher de l'aide, mais…

Charlotte se tortilla dans ses bras pour le regarder.

— Merci encore d'avoir pris soin de moi.

— Ah non, alors, protesta-t-il aussitôt. Je t'ai déjà dit qu'il fallait que tu arrêtes de me remercier.

Il aurait encore insisté, mais il se rendit soudain compte que Charlotte se trouvait assise à califourchon sur lui, ses jambes entourant les siennes. Elle se pencha en avant pour poser les mains sur ses épaules et il oublia toutes ses idées de sortie pour la soirée.

— Declan ?

— Oui ?

Elle s'approcha encore de lui et il glissa les mains sous sa couverture. Sa peau était chaude contre ses doigts.

— Je ne veux pas laisser passer cette chance.

Elle posa les lèvres sur les siennes et l'embrassa comme jamais elle ne l'avait embrassé.

Une chance de faire quelque chose de nouveau, se dit Charlotte. *De vivre pour moi, d'oser faire ce que je veux.*

Elle embrassait Declan parce qu'ils avaient failli mourir et que le temps était précieux. Elle n'en gaspillerait plus une seconde, pas alors que l'homme qu'elle voulait était coincé avec elle sur une île déserte et qu'ils étaient nus tous les deux. Si ce n'était pas un signe du destin, elle ne savait plus ce qu'elle devait croire.

Elle encadra son visage de ses mains et s'abandonna à l'intensité du moment, au désir brûlant qui la parcourait tout entière. Declan laissa échapper un son rauque lorsque sa langue trouva la sienne et elle crut entendre un gémissement franchir ses propres lèvres. Lorsqu'il s'écarta pour plonger son regard dans le sien, il était tout aussi essoufflé qu'elle.

— Dès que tu veux arrêter, dis-le-moi, souffla-t-il. Je ne veux pas profiter de toi.

— Merci, mais je te promets que tu n'es pas en train de profiter de moi, ou bien c'est réciproque.

Il esquissa un sourire.

— Si je comprends bien, tu as envie de m'embrasser.

Le désir brûla de nouveau au creux de son ventre. Declan était toujours en mouvement d'habitude, mais à présent il l'attendait. Il attendait qu'elle le choisisse.

— Est-ce que c'est tout ce que tu as envie de faire ? reprit-il en levant la main pour repousser doucement une mèche de cheveux derrière son oreille.

— C'est la première chose sur ma liste, mais elle est longue, et je suis prête à pleurer si tu n'as pas de préservatifs.

— J'en ai, répondit-il aussitôt. Dans mon portefeuille, et avec mes remerciements à l'inventeur des pochettes imperméables.

Charlotte éclata de rire. Sans quitter son regard, elle fit courir ses doigts le long de sa joue, appréciant les contours nets de sa mâchoire sous sa barbe de trois jours. Elle frissonna de le sentir si réceptif à ses caresses. Declan était un délicieux mélange de force et de sensualité, et…

… Et il l'embrassait de nouveau. Elle posa les coudes de chaque côté de sa tête sur le dossier du canapé et se laissa aller contre lui. Une main puissante se posa dans ses cheveux et son baiser la prit tout entière, doux pour commencer, avec ses dents qui agaçaient lentement sa lèvre inférieure, puis possessif lorsque sa langue vint caresser la sienne.

Jamais encore elle n'avait ressenti ce genre de désir pour quelqu'un. Elle ne parvenait pas d'habitude à faire confiance, à s'ouvrir sans retenue, mais Declan lui donnait envie de se laisser aller.

George avait été une erreur de parcours. Il s'était frayé un chemin dans sa vie à force de charme, et lorsqu'il en était sorti, elle n'avait même pas été surprise. Les gens finissaient toujours par partir.

Declan est différent, souffla une petite voix du côté de son cœur. *Il ne t'a pas laissé tomber.*

— C'est toujours oui de mon côté, murmura-t-elle contre ses lèvres. Oui, s'il te plaît, et dépêche-toi.

— Je n'aurais pas dit mieux.

« Oui » devenait le mot préféré de Charlotte. Elle voulait dire oui à Declan qui caressait ses cheveux en l'embrassant, oui à cette nuit, oui à ce moment que rien ni personne ne pouvait leur enlever.

Leurs mains s'étaient déjà égarées vers le bas lorsque Declan la fit pivoter pour l'allonger sur le canapé. Elle leva les yeux vers lui, espérant qu'il y verrait tout ce qu'il lui faisait ressentir.

— Tu me rends folle, lui dit-elle d'une voix qu'elle reconnut à peine.

— Toi aussi. Je ne sais pas ce qui m'arrive, mais

je veux que tu saches que ce n'est pas une nuit « juste comme ça » pour moi, Charlotte. Je ne veux pas que tout s'arrête demain matin, même si je n'ai aucune idée de ce que tu veux de ton côté.

Elle sourit contre ses lèvres et arqua le dos pour mieux sentir son bas-ventre contre le sien.

— Je crois que nous voulons la même chose.

— Ce n'est pas exactement comme ça que j'imaginais notre première fois, tu sais.

L'amusement et le désir pétillaient en elle comme un feu de joie. Elle aimait autant parler avec lui que… Eh bien, tout le reste.

— Je ne savais pas que tu avais tout prévu, répondit-elle.

— Disons que j'avais deux ou trois idées. J'ai envie de toi, Charlotte, mais je voulais te montrer à quel point tu mérites qu'on s'occupe de toi dans un endroit plus approprié.

— Je suis en sécurité, j'ai un feu de cheminée et tu es là, rétorqua-t-elle. C'est largement suffisant pour moi.

Ses lèvres dessinèrent un sourire en coin avant de se poser de nouveau sur les siennes, puis dans son cou, de plus en plus bas. La couverture qu'elle portait glissa jusqu'à sa taille et son sourire s'élargit.

— Tu es tellement belle…

Ses mains parcoururent lentement son corps, prenant leur temps, explorant ce qui la faisait rire, soupirer, ou se tortiller en lui demandant de continuer.

— Là aussi, tu es belle.

Il effleura du bout des doigts l'intérieur de ses cuisses avant de préciser ses caresses, comprenant instinctivement ce qu'elle aimait. Charlotte oublia le reste du monde. Elle en voulait plus, toujours plus, et elle se sentait déjà au bord du précipice.

— Declan, murmura-t-elle, enroulant les jambes autour de sa taille. Je suis…

— Magnifique, l'interrompit-il dans un souffle.

Ses lèvres descendirent de son cou à sa poitrine et se posèrent contre l'un de ses seins. Ses doigts glissèrent en elle et Charlotte poussa un long gémissement. Elle se perdit dans le plaisir intense qu'il lui procurait, ses murmures de plaisir répondant aux sons rauques qu'il étouffait contre ses lèvres, ses seins, puis encore plus bas.

Lorsqu'il eut exploré chaque centimètre de sa peau et qu'elle se fut lovée contre lui, tremblante après la puissance de l'orgasme qu'elle venait de vivre, Declan lui demanda :

— Ça va toujours ?

— Je ne suis pas sûre, fit-elle d'un ton faussement hésitant. Est-ce que tu ne peux pas faire mieux ?

Il lui sourit et son désir flamboya de nouveau. Déjà, encore, elle était prête pour lui.

— Je peux faire beaucoup mieux – ou bien pire, selon ta manière de voir les choses.

Il pressa son corps contre le sien et, de ses lèvres, de ses mains, lui montra de nouveau à quel point elle pouvait profiter de cette nuit avec lui. De longues minutes plus tard, elle flottait encore dans la délicieuse hébétude du plaisir lorsqu'elle entendit le bruit caractéristique d'un préservatif qu'on ouvrait. Ses jambes s'entrouvrirent pour l'accueillir et Declan vint enfin en elle. Sans aucun doute, il n'en avait pas fini avec elle – pas plus qu'elle avec lui.

- 14 -

Plus tard, nichée dans les bras de Declan, Charlotte se demanda comment elle pourrait revenir un jour à la vie normale. La pluie s'était arrêtée et elle entendait le bruit des vagues affluant sur le rivage. Ils avaient mille choses à faire et à penser, mais elle aurait voulu ne jamais bouger. Comment le sexe pouvait-il faire autant d'effet ?

Declan se dégagea doucement et promit qu'il serait de retour dans une minute. Elle le regarda à travers ses paupières mi-closes tandis qu'il se débarrassait du préservatif avant de revenir sur le canapé, s'allongeant contre les coussins et la faisant basculer au-dessus de lui. Elle frissonna et se lova contre sa poitrine.

— Pourquoi est-ce qu'on n'a pas fait ça plus tôt ?

— Si on l'avait fait, le Cupcake aurait dû naviguer tout seul aujourd'hui, répondit-il en riant. Je t'aurais enfermée dans la tour de mon château et je ne t'aurais jamais laissé sortir.

— Je ne suis pas sûre que les donjons figurent sur la liste de mes fantasmes, contra-t-elle en fronçant les sourcils.

— Il va falloir que je voie cette liste, alors.

Elle éclata de rire à son tour puis, prise d'un doute, lui demanda :

— Est-ce que tu as vraiment un château ?

— Non, répondit-il en caressant sa joue du bout des doigts. Je peux en acheter un, si ça te fait plaisir.

— J'attends de voir ça.

— Tu peux *tout* avoir de moi, Charlotte.

— Tout ? Vraiment ?

Elle se déplaça légèrement au-dessus de lui et comprit que certaines parties de lui étaient prêtes à recommencer tout ce qu'ils venaient de faire. Declan l'embrassa, une chose en entraîna une autre, et le feu était presque éteint au moment où elle ferma enfin les yeux.

Elle n'aurait su dire combien de temps s'était écoulé lorsqu'elle se réveilla. Declan la tenait toujours dans ses bras et le feu s'était éteint, mais elle n'avait pas froid, possiblement grâce à sa peau nue et chaude contre la sienne. Elle prit un moment pour le contempler jusqu'à ce qu'elle se rende compte qu'il avait les yeux ouverts et la regardait lui aussi.

Mon Dieu. On l'a vraiment fait.

Elle retourna le déroulé de la soirée en boucle dans sa tête, le bateau, les vagues terrifiantes, la conversation bien plus intime que prévu et tout le reste. Les baisers merveilleux, son corps contre le sien, le fait qu'il lui avait fait l'amour comme jamais personne ne l'avait fait et qu'elle allait penser à ce moment jusqu'à la fin de ses jours.

Voilà qui risquait fort de devenir un problème.

— Hé, l'interpella doucement Declan. Tout va bien ?

— Je… Je ne sais pas quoi penser, admit-elle. D'ailleurs, j'imagine que tout ça n'est pas dans tes habitudes non plus.

— Qu'est-ce que tu entends par « tout ça » ? lui demanda-t-il. Tenir une femme magnifique contre moi, ou toi plus précisément ?

— Houlà. C'est un peu trop d'honnêteté pour moi, je crois.

— Je vais te dire autre chose d'honnête, poursuivit-t-il en la regardant dans les yeux. J'adore t'avoir dans mes bras.

Charlotte eut l'impression que son cœur allait s'arrêter de battre. Si Declan la voyait comme davantage qu'un flirt de vacances, comment allait-elle faire pour se protéger ?

Comment supporterait-elle son départ lorsqu'il se rendrait compte qu'il s'était trompé ?

- 15 -

Ce ne fut pas les rayons du soleil qui réveillèrent Charlotte, mais bien les coups frappés à la porte de la petite maison. Ils s'étaient de nouveau endormis devant la cheminée, dans un cocon de chaleur et d'obscurité qui n'appartenait qu'à eux, un espace magique qui l'enchantait et la terrifiait à la fois.

Elle commençait à apprécier Declan un peu trop.

Apprécier ? Tu as couché avec lui et tu lui fais confiance comme jamais tu ne l'as fait, espèce d'hypocrite. Dis plutôt que tu l'aimes.

Son cœur se mit à tambouriner dans sa poitrine comme s'il avait quelque chose d'utile à ajouter. Cela dit, il s'agissait peut-être simplement des gens qui frappaient à la porte. Elle s'étonna de ne pas s'inquiéter plus que cela. Visiblement, les orgasmes avaient tendance à faire des miracles.

Declan marmonna un juron, resserra ses bras autour d'elle et la souleva précautionneusement pour la déposer sur le canapé.

— On a de la visite, annonça-t-il en jetant un coup d'œil par la fenêtre. L'équipe de recherche est là.

Charlotte s'aperçut alors du brouhaha qui retentissait de l'autre côté des fenêtres et écarquilla les yeux. Pour une raison ou une autre, elle s'était imaginé une équipe beaucoup moins nombreuse et moins curieuse que celle qui semblait les attendre au-dehors.

Declan enfila son short en grommelant et se dirigea vers la porte. Elle se demanda comment il pouvait être aussi beau après la nuit exténuante qu'ils venaient de passer, mais elle profita de la vue, admirant ses épaules musclées.

Il ouvrit la porte d'entrée et elle se souvint qu'elle était complètement nue sous sa couverture.

Heureusement, Declan était aussi large que l'embrasure de la porte. Après quelques mots échangés avec quelqu'un, il se retourna brièvement vers elle et elle vit qu'il se retenait pour ne pas éclater de rire.

— Charlotte a juste besoin d'une petite minute, dit-il à son interlocuteur avant de refermer la porte.

— C'est ta faute, marmonna-t-elle. C'est toi qui m'as déshabillée.

— J'aurais bien aimé, mais ce n'est même pas vrai.

Il rassembla rapidement leurs vêtements, qu'il avait mis à sécher la veille devant la cheminée, et Charlotte enfila les siens en prenant soin de rester sous la couverture. Son legging et son T-shirt étaient parfaitement secs. Declan enfila son T-shirt à son tour tandis que les conversations au-dehors montaient crescendo. Lorsqu'il vit son expression paniquée, il s'approcha pour lui prendre la main.

— Les choses vont être un peu chaotiques, mais je ne vais pas te laisser tomber. D'accord ?

— D'ac… d'accord.

Il déposa un baiser sur sa joue, rajusta son T-shirt et l'entraîna sur le porche.

Charlotte eut l'impression de se trouver au milieu d'une scène de crime. Elle essaya de lisser ses cheveux, de faire semblant que rien ne s'était passé alors que toute sa vie avait changé. Des hommes portant divers uniformes sillonnaient les dunes. Plus inquiétant encore, il y avait des journalistes dans tous les coins.

Elle entendit un vrombissement bizarre et leva la tête, n'en croyant pas ses yeux. Un hélicoptère décrivait des cercles au-dessus de la plage. Les gens appelaient Declan de tous côtés, proposaient du café, une veste, demandaient s'ils avaient besoin de voir les urgentistes qui se trouvaient là.

Charlotte fut presque soulagée d'apercevoir Ryan au milieu de ce bazar. Le garde du corps se dirigea vers eux, et Declan et elle allaient le rejoindre lorsqu'elle tourna la tête vers l'océan et s'immobilisa aussitôt.

Le Cupcake s'était échoué sur la plage. Leur pauvre voilier était en morceaux, son mât brisé en deux, les voiles formant un triste paquet sur le sable. La réalité la frappa de plein fouet. Elle avait perdu la régate et les Enfants de Martha ne parviendraient probablement pas à se maintenir à flot, pas plus que le bateau qu'elle avait sous les yeux.

— Je reviens tout de suite, dit Declan en pressant sa main.

Tandis qu'il échangeait quelques mots avec Ryan, elle examina la foule autour d'eux. Elle repéra quelques visages connus parmi les volontaires, aucune de ses connaissances proches, cependant. Quelques-uns partirent en direction du Cupcake et elle se demanda ce qu'ils allaient pouvoir en faire. Y avait-il quoi que ce soit à sauver ?

Elle se posait encore la question lorsque Declan lui mit une tasse de café entre les mains. Il lui enfila ensuite une paire de chaussures – où avait-il bien pu les trouver ? – et l'entraîna à sa suite vers la porte de l'hélicoptère, qui s'était posé un peu plus loin.

Les journalistes massés au bout du chemin commencèrent à hurler des questions. Son bras toujours passé autour de ses épaules, Declan s'arrêta à peine pour répondre à l'un d'entre eux, qui lui demandait ce qui s'était passé la veille.

— Nous avons été victimes de l'orage et d'une mauvaise chance. On ne peut pas gagner toutes les courses dans la vie, n'est-ce pas ?

— Comment vous sentez-vous après avoir perdu la course alors que vous étiez si proches de la victoire ?

— Que pensez-vous des rumeurs au sujet de votre mort ? Et de l'hommage prévu par l'Académie des Oscars ?

— Charlotte ! l'interpella soudain l'un d'entre eux. Est-ce que Declan vous a sauvé la vie hier ? Comment c'était de passer la nuit avec lui dans cette cabane ?

Elle se sentit rougir jusqu'à la racine des cheveux.

— Incroyable, marmonna Declan à côté d'elle. Pour un peu, ils vont nous demander les droits d'adaptation au cinéma.

— J'aimerais bien rentrer à la maison, murmura-t-elle, épuisée d'un coup.

— On y va, Charlotte. Je te promets qu'on sera bientôt arrivés.

Quelques minutes plus tard, Charlotte avait l'impression désagréable de se trouver dans un épisode de « La Vie des Riches ». Elle portait un casque avec micro intégré et survolait les îles de la baie de Nantucket en hélicoptère comme si tout était parfaitement normal.

Le bref échange de Declan avec les journalistes lui

revint alors à l'esprit. La veille, il avait mentionné son envie de sortir officiellement avec elle, mais il ne leur en avait pas parlé aujourd'hui. Elle ne put s'empêcher de se demander s'il avait changé d'avis.

Le pilote amorçait déjà sa descente sur Edgartown. Bientôt, trop tôt à son goût, il se posait sur l'héliport derrière la maison de Declan. Une BMW flambant neuve était garée à côté de la voiture de sport qu'elle connaissait déjà. De l'autre côté du trottoir, tout le long de la route, s'alignait une bonne douzaine d'autres voitures.

Les pales de l'hélicoptère avaient cessé de tourner. Declan descendit le premier et la porta au-dehors. Elle s'accrocha à ses épaules, plus très sûre de son équilibre.

— Il faut qu'on parle, Charlotte.

— Maintenant ? Est-ce que ça peut attendre que j'aie dormi pendant au moins une semaine ?

— Le monde entier est en effervescence à propos de nous, soupira Declan. La télé, la radio, tout le monde ne parle que de ça. C'est comme si nous revenions d'entre les morts.

— Attends un peu. Les gens ont vraiment cru que nous étions morts cette nuit ?

— Apparemment oui. L'orage était assez violent, mais je suis sûr que tu t'en rappelles.

Il entoura ses épaules de son bras et l'entraîna en direction de la maison. Au bout de l'allée, une sorte de barrière avait été installée, derrière laquelle se pressaient des centaines de personnes. Une clameur retentit lorsqu'ils aperçurent Declan.

Des dizaines de bouquets de fleurs s'empilaient contre la barricade, sans compter les peluches et autres bougies. Charlotte découvrait ce que signifiait vraiment « être une star ». De toute évidence, elle n'était pas la seule à aimer Declan.

— Est-ce que… C'est ça dont tu voulais discuter ?

— Pas vraiment.

Il s'arrêta à quelques mètres de la maison et elle appuya le front contre son torse, vaincue par l'épuisement.

— Par contre, il y a un paquet de monde à l'intérieur, reprit-il. J.J. s'occupe de répondre aux médias.

— Quoi ? Mais pourquoi ?

Declan se pencha vers elle et caressa doucement sa joue.

— Mon père est un géant de Hollywood et il sait que cette histoire lui fera de la publicité. Accessoirement, je suis tout de même son fils et il a cru que j'étais mort pendant vingt-quatre heures.

— Si je comprends bien, il donne des interviews ?

— Certaines personnes adorent parler, fit-il en haussant une épaule. Allez, viens.

Charlotte était horrifiée à l'idée de rencontrer J.J. dans l'état où elle se trouvait, les cheveux raidis par le sel et portant encore ses vêtements de navigation. Declan, lui, ressemblait à un guerrier viking aux mèches blondes légèrement ébouriffées.

Les journalistes appelaient toujours leurs noms. L'un d'eux, plus proche que les autres, demanda :

— Qu'allez-vous faire à présent ?

— Ma priorité, c'est de mettre la femme que j'aime à l'abri le plus rapidement possible.

La femme qu'il… Quoi ?!

Charlotte se figea sur place. Declan l'entraîna fermement à l'intérieur, où l'ambiance n'était pas moins chaotique que dans la rue. Les portes claquaient, des gens équipés de casques se croisaient en tous sens et échangeaient des informations aussi brèves qu'incompréhensibles. Le salon avait été transformé en studio de télévision miniature.

Un homme de haute taille, la cinquantaine tardive et des fils d'argent parsemant ses cheveux noirs, se dirigeait vers eux. Le col de sa chemise blanche était ouvert sous sa veste de costume et il portait une montre de luxe au cadran incrusté de minuscules diamants. Il dégageait la même impression d'autorité que Declan, mais avec un côté plus rude, presque agressif.

— Qu'attends-tu pour nous présenter ? demanda-t-il aussitôt à Declan.

— Charlotte, voici mon père, J.J. Masterson.

— Enchantée, monsieur.

— Je vous en prie, appelez-moi J.J. Vous êtes encore plus charmante que sur les photos, ajouta-t-il en lui serrant la main avec énergie. J'espère que mon fils s'est bien occupé de vous hier soir.

— Euh… Oui, bien sûr.

— Parfait. Il sait ce qu'il fait sur un bateau, en général.

Declan fixa son père d'un regard sombre et ils restèrent ainsi une poignée de secondes, manifestement engagés dans une conversation silencieuse et tendue.

— Pas assez, apparemment, conclut J.J. comme s'il venait de gagner leur dispute muette. Ce n'est pas grave, Charlotte. Nous avons toute une équipe ici pour prendre soin de vous. Declan sait qu'il a gagné le gros lot avec vous.

— Il me semble que je lui ai fait perdre le gros lot, répondit-elle, le cœur serré.

— Pas encore, ma chère, pas encore.

Confuse, elle se tourna vers Declan. Avait-il la moindre idée de ce que son père voulait dire ?

— En tout cas, fiston, bon travail. Je te félicite.

— Pas maintenant, gronda Declan. Nous en parlerons plus tard.

J.J. esquissa un signe de main indifférent et répondit à l'appel d'une journaliste, qui voulait discuter d'un problème de planning avec lui. Charlotte crut reconnaître l'animatrice d'une émission qui passait tous les matins à la télévision. Elle était trop fatiguée pour comprendre quoi que ce soit, mais il y avait tout de même une chose qu'elle ne pouvait pas laisser passer.

— Ce que tu as répondu au photographe avant d'entrer, commença-t-elle en se tournant vers Declan.

— Quand j'ai dit que je devais rentrer pour mettre à l'abri la femme que j'aimais, tu veux dire ?

— Voilà, répondit-elle faiblement.

Il se contenta de la regarder d'un air interrogatif.

— Est-ce que tu le pensais vraiment ? Est-ce que… Tu m'aimes ?

— Oui, Charlotte.

Il se pencha pour déposer un baiser sur son front. Elle ferma les yeux, les jambes tremblantes d'épuisement et d'émotion, et répéta pour tenter de s'en convaincre :

— Tu m'aimes.

— Tu n'es pas obligée de répondre maintenant. D'ailleurs, tu n'es pas obligée de répondre tout court, ajouta-t-il avec une nuance plus sombre dans la voix. Je serai là si tu décides de me dire quelque chose un jour. Pour le moment, je voudrais t'emmener dans un endroit où tu pourras t'allonger au calme. Est-ce que ça te va ?

— Declan… Moi aussi, je t'aime.

- 16 -

— Tu crois vraiment qu'un repas gratuit vaut tous ces efforts ?

Charlotte sursauta et posa les deux mains contre la fenêtre. Le soleil venait de se coucher, mais il faisait assez noir pour que la vitre reflète la salle de bal de l'hôtel, ainsi qu'une silhouette vêtue d'une queue-de-pie juste derrière son dos. Son cœur eut un sursaut moins étonné et beaucoup plus agréable que le premier.

Elle rejeta la tête en arrière pour la poser sur l'épaule de Declan, qui répondit avec un sourire :

— Absolument pas, mais il faut bien faire semblant que nous sommes bons perdants, non ?

— Parle pour toi.

Il la serra contre lui et déposa un baiser dans ses cheveux. Avec son costume sur mesure et son air de puissance tranquille, Declan était incroyablement beau, et il semblait parfaitement à sa place parmi les célébrités et autres politiciens qui s'étaient réunis ce soir-là. Tout le gratin de Martha's Vineyard était venu fêter les vainqueurs de la régate de charité.

En observant son reflet dans le miroir, Charlotte fut ébahie de voir à quel point elle paraissait à sa place, elle aussi. Sa styliste lui avait choisi un blazer couleur vieux rose assorti à une jupe crayon longue et fendue sur le côté. Sous la veste, elle portait un body blanc décolleté qui remontait sa poitrine de manière scandaleuse, et ses talons aiguilles vermillon allaient parfaitement avec le rouge à lèvres appliqué par le maquilleur. Ses oreilles s'ornaient de pendants en rubis et diamants qui dataient de l'époque edwardienne.

Pour une fois, elle se trouvait belle, et presque parfaitement heureuse.

Charlotte leva les yeux vers Declan et se demanda s'il regrettait leur défaite. À son sourire légèrement moqueur, elle vit qu'il prenait toujours l'histoire avec humour. Elle avait hésité à participer à cette soirée au début. Après ce qu'ils avaient traversé, tout le monde leur aurait probablement pardonné.

La plupart des équipages avaient été obligés d'abandonner comme eux. Le vainqueur avait été le dernier bateau à partir. Ses marins, un membre des gardes-côtes locaux et une championne de dressage équestre, avaient trouvé le moyen de laisser passer le pire de l'orage pendant quelques heures avant de se diriger tranquillement vers la ligne d'arrivée, entièrement seuls.

L'histoire n'était pas sans rappeler « Le Lièvre et la Tortue ». Declan en avait ri copieusement et l'avait persuadée de venir à la soirée de remise des prix, arguant que le pire était derrière eux.

Charlotte avait mis son affirmation en doute lorsqu'ils étaient arrivés à l'hôtel quelques heures plus tôt. Tout le monde avait chuchoté sur leur passage, certains plus fort que d'autres, spéculant sur ce qui s'était passé dans la petite maison sur l'île.

Elle essayait de se persuader que les mots n'étaient rien. Après avoir parcouru un article relatant l'héroïsme de Declan qui avait soi-disant ramené son corps presque sans vie sur la plage, elle avait également décidé de ne plus lire les journaux sur Internet pendant quelques jours. Comme tout le monde, elle avait poliment félicité les gagnants et prétendu qu'elle était seulement déçue de ne pas avoir remporté le prix pour les Enfants de Martha.

L'orchestre engagé pour la soirée venait d'entamer une valse. Elle glissa sa main dans celle de Declan.

— C'est notre dernière chance de jouer à Cendrillon, lui dit-elle.

— Pas du tout. À mes yeux, tu seras toujours ma reine.

— Pourrais-tu être encore plus mièvre, s'il te plaît ? le taquina-t-elle. D'ailleurs, tu m'accuses plutôt d'être une princesse d'habitude. Est-ce que j'ai eu une promotion ?

Il leva les yeux au ciel et se pencha pour mordiller doucement son oreille.

— Je me suis trompé. Finalement, tu es bien plus qu'une princesse.

— Je sais, je suis la présidente du monde entier. Merci de le reconnaître enfin.

L'espace d'un instant, elle crut qu'il allait se contenter de danser ou d'échanger des piques, mais Declan soupira et son sourire s'évanouit.

— Tu t'apprêtes à me poser des questions auxquelles je n'ai aucune envie de répondre, affirma-t-elle.

— Probablement.

Il secoua la tête et la serra brièvement contre lui. Lorsqu'elle leva les yeux, il la regarda avec une expression qu'elle ne parvint pas à déchiffrer.

— Réponds d'abord à ça, si tu veux. Est-ce que tout va bien ?

— Pourrais-tu être un peu plus précis ?

— Charlotte…

— D'accord, d'accord. Eh bien, pour commencer, nous avons perdu la régate.

— Spectaculairement, renchérit Declan.

— Donc, il n'y aura pas de chèque pour les Enfants de Martha. L'argent nous aurait bien servi.

Elle haussa une épaule comme si ce n'était pas si grave, comme si elle ne s'était pas sentie écrasée par le poids des regrets et de la culpabilité.

— Je comprends, répondit-il. Tu penses à Maggie qui risque de ne pas pouvoir profiter de son enfance cet été, et à Jay qui ne pourra peut-être pas manger des hot-dogs jusqu'à l'indigestion.

Charlotte se sentit fondre. Il l'avait vraiment écoutée, au point de retenir le prénom des enfants dont elle avait parlé. Elle fut sur le point de tout lui raconter et se ressaisit aussitôt. Le juge lui avait ordonné de garder le secret, et s'il mettait la main sur George rapidement, on pourrait peut-être retrouver une partie de l'argent.

— N'en parlons pas, d'accord ? Pas ce soir. L'idée de participer à cette régate était absurde.

Comme celle d'un couple avec Declan, et pourtant, il t'a dit qu'il t'aimait...

— Je croyais que les princes charmants servaient à régler les problèmes, protesta-t-il.

— Dans ce cas, j'ai une nouvelle à t'annoncer : tu n'es absolument pas un prince charmant.

Elle se haussa sur la pointe des pieds et déposa un baiser sur ses lèvres.

— Est-ce que ça t'embêterait de partir maintenant ?

— Pas du tout. Je crois que nous avons bien joué le rôle des perdants heureux.

Elle rit tandis qu'il l'emportait vers la sortie dans une sorte de valse spectaculaire, enlevée et ridiculement romantique. Elle commençait à comprendre ce qu'avait ressenti Cendrillon en dansant jusqu'à ce que l'horloge sonne. Le voiturier amena rapidement le coupé de Declan et elle se laissa tomber sur le siège passager avec reconnaissance. Quelques instants plus tard, ils étaient en route.

Declan effleura rapidement sa joue.

— Tu veux venir chez moi ?

Elle sourit, encore incrédule à l'idée qu'un homme aussi beau lui propose de passer la nuit dans son lit.

— Allons plutôt chez moi, si ça ne t'embête pas, finit-elle par répondre.

Elle avait besoin du réconfort de sa propre chambre ce soir-là. Devant la maison, il y avait un peu moins de journalistes que les jours précédents. L'intérêt général autour de leur aventure commençait à s'émousser et elle se sentit soulagée. Declan échangea quelques mots avec Ryan, puis il la suivit à l'intérieur. Il paraissait encore plus grand et musclé que d'habitude dans son petit cottage.

Avant de les oublier, elle retira ses boucles d'oreilles et les lui tendit.

— Tu ferais mieux de les mettre en lieu sûr avant que je les perde.

Il secoua la tête, referma ses doigts autour des bijoux.

— Elles méritent une meilleure propriétaire que moi. Garde-les, Charlotte.

— Hors de question. Je ne sais pas combien coûtent des pendants d'oreilles vintage en pierres précieuses, mais je ne peux pas les garder, Declan.

Puisqu'il ne voulait pas les prendre, elle posa les boucles sur sa table basse avant de retirer ses chaussures avec un gémissement de souffrance.

— Comment une chose aussi belle peut-elle faire autant de mal ?

— Je n’en ai aucune idée.

Son demi-sourire lui suggéra qu’au contraire il savait de quoi elle parlait, et qu’il ne s’agissait pas de chaussures. Elle ne supportait pas de le voir triste.

— Je crois que nous avons besoin d’oublier cette semaine, dit-elle en lui tendant la main. Viens danser avec moi.

Il haussa les sourcils, mais accepta son invitation et se mit à tournoyer avec elle dans le salon pendant qu’elle chantonnait sa valse préférée. Des images de princesse en robe jaune à volants et de prince transformé en bête passèrent dans son esprit. Tout le monde avait le droit de rêver, non ?

Soudain, elle se rappela que sa réalité était plus excitante que tous les fantasmes qu’elle aurait pu avoir. Elle passa les bras autour du cou de Declan et l’embrassa. Ses lèvres avaient le goût du champagne et de quelque chose de sucré qui n’appartenait qu’à lui, quelque chose qui la rendait folle chaque fois qu’elle y goûtait.

— On ne danse plus ? demanda Declan lorsqu’elle reprit son souffle.

Il la fit pivoter une dernière fois et elle manqua de toucher le sol, mais il la rattrapa à la dernière minute et la serra contre lui. Ses mamelons durcis effleurèrent le tissu soyeux de sa veste et le désir de Declan était tout aussi évident.

— J’ai eu assez de valse pour aujourd’hui, Hollywood. Je crois que j’ai une meilleure idée.

— Je vois, souffla-t-il d’une voix rauque. Tu as enfin trouvé une utilité au prince charmant.

— Est-ce qu’il accepte qu’on lui donne des ordres ?

— Parfois, mais il désobéit souvent.

Il l'embrassa de nouveau et, lorsqu'ils se séparèrent, elle entoura sa taille d'une jambe pour se frotter contre lui.

— Je suis tout à toi, ma belle. Autant que tu voudras.

— C'est le meilleur plan que j'aie jamais entendu.

— Tu es vraiment magnifique, murmura Declan en achevant de débarrasser Charlotte de ses vêtements.

Il adorait la voir ainsi, à cœur et à corps ouverts, lui faisant confiance. Lorsqu'elle émit son traditionnel grognement de dédain, il plaça gentiment une paume contre ses lèvres. Il refusait de l'entendre se dénigrer une nouvelle fois.

— Les jolis vêtements ne sont qu'un cadre autour de ce que j'ai vraiment envie de regarder. Tu es belle, Char. Si seulement tu savais à quel point.

Il la fit basculer au-dessus de lui et fit courir ses doigts le long de son dos, dessinant des motifs sensuels.

— Ne me raconte jamais de mensonges, dit-elle avec force. Ni à propos de ça, ni à propos de nous.

— Je te le promets.

Elle entoura ses hanches de ses cuisses et il laissa glisser ses mains plus bas, savourant chacune de ses courbes. Il adorait sa manière de réagir à chacune de ses caresses. Sa peau s'échauffait sous ses doigts et ses seins merveilleusement ronds se tendaient, réclamant son attention.

Il déposa une pluie de baisers le long de sa gorge avant de descendre sur sa poitrine. Charlotte inspira brusquement et rejeta la tête en arrière, son corps l'accueillant contre le sien, ses hanches ondulant tandis qu'elle s'accrochait à ses épaules.

Le reste du monde disparut lorsqu'elle se pencha pour mordiller son cou. Ses lèvres le caressaient et l'embrassaient tour à tour, allumant un désir brûlant dans ses veines, et il se demanda ce qu'il avait fait pour la mériter.

— Charlotte…

Elle baissa les yeux vers lui, le regarda d'un air confus.

— Je ne sais pas si nous avons besoin de parler *maintenant*.

— Est-ce que je peux ?

Il agrippa ses hanches et tendit les deux pouces pour atteindre son point le plus sensible, la caressant d'abord doucement avant d'appuyer légèrement plus fort.

— Ne t'arrête pas, gémit-elle contre ses lèvres.

Il continua inlassablement, sans cesser de l'embrasser, jusqu'à ce que sa respiration change de rythme et que son corps se tende contre lui. Il attrapa un préservatif dans la poche de son pantalon et se protégea rapidement. L'instant d'après, il était en elle, guidant le mouvement de ses hanches dans un tempo rapide.

Ils s'embrassèrent d'une manière différente cette fois. Ce baiser-là était passionné et vulnérable, il prenait et donnait tout, deux choses que Declan ne s'autorisait jamais d'habitude. Pourtant, avec les mains de Charlotte dans ses cheveux et ses yeux dans les siens, il se sentait enfin capable de ne rien cacher de lui-même.

Il le *savait*. Peu importait l'héritage de Masterson Entertainment, son père et sa fierté. Il avait tout gagné dès la minute où Charlotte Palsgrave avait accepté de faire l'amour avec lui et d'être sa partenaire dans tous les sens du terme.

Charlotte resserra les jambes autour de lui et laissa échapper une plainte si excitante qu'il faillit perdre le contrôle de la situation.

— Declan… Fais-moi jouir, s'il te plaît. Maintenant.

Il lui obéit avec bonheur et les emmena tous les deux là où ils voulaient être. En cet instant, et peut-être pour le restant de ses jours, il lui appartenait.

- 17 -

Ce jour-là promettait d'être typique de Martha's Vineyard, avec un grand ciel bleu de carte postale. La météo semblait vouloir s'excuser et restait au beau fixe depuis la régate. Malheureusement, même si Charlotte avait eu le temps de faire une pause, elle n'aurait pas pu sortir. Plusieurs voitures de paparazzi étaient garées devant le local des Enfants de Martha.

Elle en avait fait les frais à midi, lorsqu'elle était sortie avec son sandwich dans l'espoir de déjeuner au bord de l'eau. Ryan avait convaincu les journalistes de la laisser tranquille, mais elle avait appris la leçon. Elle devrait désormais passer son temps libre à l'intérieur. Pour peu que ce fut au lit avec Declan, elle ne s'en plaindrait pas trop.

Elle adorait passer du temps seule avec lui. Dans la journée, il était toujours en mouvement, courait et naviguait à toute vitesse, ne se fatiguant jamais. Ils étaient sortis deux ou trois fois dans les rues du Vineyard et les gens lui demandaient souvent une photo ou un autographe. Le Declan du public était charmant, mais c'était bien celui qui dormait avec elle et qu'elle gardait pour elle seule que Charlotte préférait.

Il souriait et riait beaucoup plus souvent qu'avant. Il aimait s'allonger sur un coude et la regarder parler, discutant avec elle pendant des heures. Rien ne le déstabilisait. Il était sûr de lui, mais prenait soin de toujours respecter son point de vue sans chercher à être toujours d'accord avec elle.

Ce qui lui plaisait le plus, c'était peut-être sa manière de la toucher. Charlotte n'avait jamais été quelqu'un de très tactile. Pourtant, lorsqu'il pressait doucement son épaule quand ils étaient côte à côte ou bien prenait sa main lorsqu'ils marchaient dans la rue, il la faisait toujours sourire.

Les autres caresses de Declan lui provoquaient bien autre chose que de la bonne humeur. Elle se sentit rougir en repensant à la nuit qu'ils avaient passée la veille. Ils n'avaient dormi que quelques heures et sa journée de travail lui avait paru très longue, surtout cinq minutes plus tôt, quand elle avait reçu un appel de la part du bureau du juge d'instruction.

Le magistrat avait recueilli les preuves nécessaires pour inculper George. Même s'ils n'avaient toujours pas réussi à mettre la main sur le fugitif, il était désormais sommé de comparaître devant le tribunal. L'histoire serait bientôt connue de tous et l'association allait probablement devoir gérer un désastre médiatique.

Contrairement à son habitude, Charlotte ne savait pas ce qu'elle devait faire. Si elle s'en tenait à son plan, elle aurait dû terminer le brouillon de la lettre de démission qu'elle avait préparée depuis des mois, mais elle ne parvenait pas à s'y mettre. Elle avait toujours gardé l'espoir infime qu'elle trouverait une solution pour réparer les dégâts. Malheureusement, elle avait échoué.

Un léger coup retentit à la porte de son bureau et elle leva les yeux. Declan se tenait sur le seuil, bronzé, détendu et plus beau que jamais. Son cœur fit un saut joyeux dans sa poitrine.

Depuis leur aventure, ils avaient été pris dans un tourbillon d'interviews et d'invitations à des programmes de télévision. Charlotte les avait toutes déclinées. Declan avait accepté cependant, et elle avait regardé chacune de ses interventions, médusée par son aisance devant les caméras.

Cette différence entre eux continuait de la mettre mal à l'aise. Aucun relooking n'y changerait rien : elle restait la Charlotte de toujours, et elle ne rentrait pas dans le moule de sa vie hollywoodienne. Elle avait pourtant essayé de se l'imaginer. Declan et elle partageaient bien plus que du sexe, bien plus même que cette amitié qu'elle chérissait. Son cœur était pris et elle voyait la fin de l'été approcher avec une inquiétude grandissante.

Ce jour-là, pour la première fois depuis la soirée de gala, Declan n'avait aucune apparition publique prévue. Il lui avait donc proposé d'aller voir les célèbres feux d'artifice sur le port de Oak Bluffs. Elle n'avait pas osé lui dire qu'elle préférait passer du temps seule avec lui plutôt qu'au milieu de la foule, qu'elle ne savait pas quand il repartirait et voulait profiter au maximum de chaque seconde.

— Qu'est-ce qui ne va pas ? lui demanda-t-il, trop perspicace comme à son habitude.

— Rien de grave, mentit-elle aussitôt. J'ai juste eu un coup de fil désagréable.

Il s'assit sur son bureau et captura ses lèvres dans un long baiser. Ensuite, parce qu'elle était venue en voiture au bureau, il la suivit jusqu'à chez elle dans la sienne et entra alors qu'elle passait dans sa chambre pour se changer.

Elle n'eut pas le temps d'enfiler sa deuxième tenue qu'il l'embrassait de nouveau. Une chose en entraînant une autre, le soleil commençait déjà à descendre vers l'horizon lorsqu'ils reprirent la route vers Oak Bluffs.

Le ciel était parfaitement dégagé et les feux d'artifice promettaient d'être spectaculaires. Touristes et habitants du coin se pressaient sur les pelouses du parc, grignotant leurs pique-niques au son entraînant d'une fanfare de jazz.

Declan ouvrit le coffre, glissa le panier qu'il avait apporté à son bras droit et lui offrit le gauche. Il s'arrêta tout près de l'estrade où jouait le groupe et déballa leurs provisions. La connaissant par cœur, il avait pris des sandwichs au homard et quelques bouteilles de sa bière I.P.A. préférée. Ils restèrent fidèles à leur tradition et commencèrent le pique-nique par une fournée de cupcakes de chez Gitty.

Une fois leur repas terminé, il passa un bras autour de ses épaules et l'attira contre lui. Charlotte fut soulagée de voir que la nuit commençait à tomber. Elle repéra encore un téléphone braqué dans leur direction, mais avec un peu de chance, son propriétaire se concentrerait bientôt sur les feux d'artifice.

Le groupe terminait son avant-dernière chanson lorsque Declan la poussa doucement de son épaule.

— Je vais avoir besoin que tu me rendes un service, lui dit-il. Tu peux faire ça pour moi, s'il te plaît ?

Elle avait de très bons souvenirs de la dernière fois qu'il lui avait posé cette question.

— Est-ce que je vais devoir rester parfaitement immobile pendant que tu fais ce que tu veux de moi ? Il y a un peu trop de monde, tu ne crois pas ?

— Tu me fatigues, grommela Declan d'un air faussement indigné. Je ne parle pas de ce genre de chose

– pas pour le moment. Attends encore une minute et rappelle-toi que je t'aime, d'accord ?

Elle avait toujours des papillons dans le ventre lorsqu'il prononçait ces trois petits mots magiques. Tout cela lui semblait irréel. Depuis des années, elle se demandait ce qui n'allait pas chez elle pour que tout le monde finisse par la laisser tomber. Son père ne s'était pas inquiété lorsqu'elle avait disparu, son ex-fiancé s'était servie d'elle pour la voler.

Personne ne l'avait jamais voulue pour elle-même. Elle s'était juré qu'elle ne se plaindrait pas et qu'elle mènerait très bien sa vie toute seule. Et puis, Declan était arrivé.

— Moi aussi, je t'aime, murmura-t-elle.

— Ne l'oublie pas.

Il se leva et l'entraîna à sa suite tandis que le groupe terminait sa chanson. Lorsqu'ils commencèrent la suivante, au lieu de la marche traditionnelle qui terminait toujours le feu d'artifice, Charlotte reconnut la chanson *Marry Me* du groupe de rock Train.

Elle voulut faire remarquer à Declan que quelque chose n'était pas normal. Lorsqu'elle se retourna pour le regarder, il avait mis un genou en terre et lui souriait.

— Tu veux bien ?

— Est-ce que je veux… Quoi ?

Elle ne parvenait plus à former la moindre pensée cohérente. Sa tête tournait, et tout le monde s'était retourné pour les regarder.

— Charlotte, est-ce que tu veux m'épouser ?

Declan prit sa main entre les siennes et elle ne put empêcher ses lèvres de sourire. *Oui*, lui criait son cœur. Quant à sa tête, elle ne semblait plus capable de lui fournir la moindre information.

Declan était un homme bien. Il croyait en elle, l'avait soutenue dans ses pires comme dans ses meilleurs moments. Elle avait vécu les plus belles semaines de sa vie depuis qu'il en faisait partie et elle ne voulait plus jamais revenir en arrière. Elle l'aimait, tout simplement.

Autour d'eux, une armée de téléphones capturait leur moment pour l'éternité et les gens murmuraient :

Alors, elle a dit oui ?

Est-ce que quelqu'un arrive à voir la bague ?

Elle tourna la tête vers eux en pensant qu'elle aurait préféré être à l'autre bout du monde mais, soudain, elle reconnut ses collègues de l'association dans la foule – toutes ses collègues. Elles ne lui avaient pourtant pas dit qu'elles comptaient venir voir le feu d'artifice, et encore moins *son père*, qui se tenait un peu plus loin.

Tous les gens qu'elle connaissait semblaient se trouver là et personne ne regardait le ciel. Tout le monde avait les yeux fixés sur Declan et elle – Declan qui tenait à présent une petite boîte de velours ouverte au creux de sa paume.

Elle tendit la main sans même s'en rendre compte. La bague était magnifique, un diamant pur, à la fois un cadeau et une promesse.

— Declan…, murmura-t-elle, mourant d'envie de laisser ses inquiétudes au placard.

— Je t'aime, Charlotte. Je serai toujours là pour toi. Dis-moi oui, s'il te plaît.

Incapable d'articuler le moindre son, elle hocha la tête et Declan glissa la bague à son annulaire gauche.

La foule explosa en cris de joie et la fanfare entama, très à propos, *La Marche nuptiale*. De nouveaux feux d'artifice éclatèrent au-dessus d'eux. Lorsqu'elle leva la tête, quatre mots étaient inscrits en une pluie scintillante contre le ciel.

ELLE A DIT… OUI.

Quelqu'un avait pensé à ajouter les points de suspension, comme s'il y avait eu la moindre chance qu'elle refuse. Elle se demanda si les artificiers avaient prévu un « NON » et se mit à rire nerveusement. Declan se releva, la souleva dans ses bras pour la faire virevolter dans les airs. Il eut à peine le temps de déposer un baiser sur ses lèvres que les gens affluaient déjà pour les féliciter.

Plus tard, bien plus tard, quand ils eurent discuté avec chaque habitant de l'île sans exception, elle se retrouva nez à nez avec J.J. Masterson.

— Bienvenue dans la famille, lui dit-il en la prenant dans ses bras.

Charlotte retint une grimace. Elle n'aimait pas les embrassades avec les gens qu'elle connaissait à peine, mais souvent il était plus simple de se laisser faire pour passer rapidement à autre chose. Elle aurait toute sa vie pour apprendre à connaître J.J.

Toute la vie… Cette pensée lui donna soudain le vertige.

— Vous êtes absolument parfaite, déclara J.J. J'approuve la décision de mon fils.

Charlotte se serra contre Declan, incertaine quant à la réponse qu'elle devait lui donner. Elle se sentait tout sauf parfaite à cet instant précis.

— Merci bien pour ton approbation, rétorqua Declan d'un ton sec.

— Tu as choisi le meilleur prix, poursuivit J.J. Certes, tu as perdu la régate et nous en discuterons plus tard, mais cette jeune femme ? Elle est tout ce que j'attends d'une future Masterson.

Charlotte eut l'impression d'atterrir dans une conversation qui avait commencé sans elle. Pour quoi était-elle parfaite, au juste ? Peut-être le père de Declan vivait-il encore dans un siècle passé, où l'approbation des parents pour se marier était importante. Peut-être était-il simplement excentrique.

Pour le moment, elle ne s'en souciait guère. Elle était fiancée à l'homme qu'elle aimait et elle mourait d'envie de se retrouver seule avec lui.

— Est-ce que tu peux me ramener à la maison ? demanda-t-elle à Declan en s'appuyant davantage sur lui, épuisée par un trop-plein d'émotions.

— Tout ce que tu veux, lui répondit-il, le regard sérieux. Tu seras toujours ma priorité.

- 18 -

L'énorme muffin au chocolat posé sur le bureau de Charlotte avait l'air de se sentir seul. De toute évidence, il avait besoin d'un ami, voire de plusieurs. Elle avait bien l'intention de noyer ses soucis dans une overdose de sucre.

— Un autre, s'il te plaît, ordonna-t-elle à Gitty en tendant la main.

Si elle en croyait la texture du petit gâteau, son amie lui avait donné un muffin « sain » aux flocons d'avoine.

— Tu plaisantes, j'espère.

— Il ne me reste plus qu'un muffin au chocolat et j'en ai besoin aussi, protesta Gitty. J'ai eu une dure journée – moins que toi, vu la tête que tu fais.

Les yeux gris de son amie se posèrent sur elle avec une tendresse inhabituelle.

— Raconte-moi tout, Charlotte.

Elle prit une bouchée de son muffin, mais même les pépites de chocolat ne pouvaient pas l'aider.

— Il y a encore des journalistes dehors, finit-elle par répondre. Je ne pourrai plus jamais sortir d'ici.

— Tu n'as tout de même pas l'intention de te cloîtrer dans ce local comme une bonne sœur du Moyen Âge ?

— Franchement, je suis prête à essayer. On peut presque tout se faire livrer de nos jours.

— Les photographes sont peut-être pénibles, mais

ils aiment les muffins, commenta Gitty. Je leur ai fait payer le double du prix en signe de solidarité avec toi.

Timma, sa collègue de l'association qui s'était portée volontaire pour une mission de reconnaissance au-delà des lignes ennemies, passa alors la tête dans l'encadrement de la porte.

— Ils sont six, annonça-t-elle.

— Zut. Réunion d'urgence ici, s'il vous plaît, lança-t-elle à la cantonade.

Deux minutes plus tard, Gitty elle-même et ses trois collègues s'entassaient dans le petit bureau.

— Pourquoi sommes-nous assiégées par des journalistes ? demanda Thea.

Sa directrice adjointe était aussi douée pour les feuilles de calcul que pour déterrer des secrets. Charlotte haussa un sourcil, incapable de croire qu'elle ne savait rien.

— D'accord, d'accord, admit Thea. On est toutes au courant, mais on espérait l'entendre de ta bouche, surtout les détails de ce qui s'est passé avec George.

Charlotte ravala les larmes qui montaient et inspira profondément. Voyant qu'elle ne mangeait plus, Timma en profita pour lui chiper un morceau de muffin.

— George n'a pas démissionné, commença-t-elle. Il a vidé mon compte en banque et celui des Enfants de Martha. Actuellement, il nous reste dix dollars pour organiser un camp d'été. Nous sommes ruinées parce que j'ai stupidement engagé un comptable sans vérifier ses références.

Elle s'interrompit pour reprendre son souffle, mais elle avait du mal à respirer.

— J'espérais gagner le premier prix de la régate et remplir nos coffres. De toute évidence, ça n'a pas fonctionné. Je vous ai laissé tomber et je suis désolée.

L'espoir n'est pas une stratégie valable, insinua la voix de son père dans sa tête.

Merci, papa. Je suis au courant.

Timma s'étrangla avec son muffin. Thea marmonna un juron, et quant à Mimi, elle avait l'air de vouloir tuer quelqu'un, George en l'occurrence.

Gitty leva la main pour prendre la parole :

— Est-ce que tu penses que George est venu sur l'île exprès pour essayer de te séduire ?

Naïvement, elle n'avait même pas envisagé cette possibilité. Elle était décidément trop crédule.

— Tu crois qu'il avait planifié toute notre relation depuis le départ ?

— C'est une possibilité. Tiens, ajouta-t-elle en lui tendant un autre muffin. C'est un banane-chocolat, alors ça compte comme une portion de fruits et légumes.

Gitty avait toujours un air de bonté tranquille qui contrastait avec son caractère bien trempé. Elle disait toujours ce qu'elle pensait, traversait la vie avec un enthousiasme inébranlable et ne s'arrêtait pas après le premier muffin si elle avait envie d'un deuxième.

Depuis l'école primaire, elle l'avait toujours protégée, et Charlotte fut reconnaissante qu'elle soit venue la voir au bureau précisément ce jour-là.

— Que va-t-il se passer maintenant ? demanda Thea.

— Honnêtement, je n'en sais rien. Je vous tiendrai au courant de tout ce qui arrivera. Pour le moment, je sais juste que le juge a lancé un mandat d'arrêt et que la police est en train de chercher George pour l'arrêter.

Timma fronça les sourcils.

— Est-ce qu'il devra rendre l'argent ?

— S'il l'a encore, oui, mais j'imagine qu'il ne l'a pas volé pour le mettre sous son oreiller.

Cette remarque était apparemment le signal pour que toutes les filles se mettent à parler en même temps. Chacune essayait d'établir la liste de courses de George. Thea votait pour une maison, parce qu'après tout les méchants des films avaient toujours une propriété bien gardée dans un endroit reculé du monde. Timma se demandait s'il avait investi dans les cryptomonnaies. Quant à Gitty, elle semblait persuadée qu'il avait un problème d'addiction au jeu.

Charlotte, de son côté, avait un gros problème de communication publique à gérer.

Une fois son équipe partie, avec des promesses répétées qu'elle faisait tout ce qu'elle pouvait et que personne ne perdrait son travail, elle s'installa devant son bureau avec Gitty et ouvrit les réseaux sociaux. La rumeur s'était déjà répandue sur les sites des magazines à scandale. Tous racontaient l'histoire de base avec des variantes, à savoir que la fiancée de Declan Masterson allait subir un audit qui pourrait mettre fin à sa carrière après que son ex-fiancé s'était enfui avec près d'un million de dollars dans les poches.

Les spéculations allaient bon train, comme d'habitude. Pour certains, elle était dans le coup et attendait la première occasion pour le rejoindre aux îles Fidji. D'autres prétendaient que Declan, le cœur brisé, s'était réfugié dans son manoir à Hollywood dans les bras d'au moins trois actrices.

Enfin, une journaliste particulièrement vindicative affirmait qu'il avait déjà rompu avec elle, qu'il avait juste fait semblant d'aimer une fille banale pour redorer sa réputation.

— Bravo d'avoir quitté George, intervint alors Gitty. On dirait que tu es passée au niveau supérieur.

— C'est lui qui m'a quittée, je te rappelle.

— Des détails, toujours des détails, répliqua son amie. Tu aurais fini par te rendre compte de ce qu'il était vraiment. D'ailleurs, puisque tu n'avais pas parlé à l'équipe de ce qui s'était passé avec George, est-ce que tu l'as dit à Declan ? Ou plutôt, est-ce qu'il est en train de s'en rendre compte maintenant ?

Charlotte suivit le regard de Gitty et tenta de ne pas paniquer. Declan venait de se garer devant le local de l'association et les photographes se pressaient autour de lui.

— Je ne l'ai su moi-même que depuis deux mois, se défendit-elle. Ensuite, j'ai vu une chance de réparer les dégâts et je l'ai saisie, même si ça n'a pas fonctionné.

Gitty posa une main sur la sienne.

— Les gens parlent de ces choses-là à leurs amis, à leur famille, aux gens qu'ils aiment. Si Declan est tout ça pour toi, comment as-tu pu ne rien lui dire ?

Quelqu'un frappa à la porte, la dispensant heureusement de trouver une réponse.

— Je parie le dernier muffin que c'est ton prince charmant qui vient à la rescousse.

Puisqu'elle n'avait pas le choix, Charlotte alla ouvrir la porte. Declan avait l'air tout sauf content.

— Pourquoi est-ce que tu ne m'as pas appelé ?

Elle ne savait pas par où commencer, mais Gitty la sauva une fois de plus.

— Elle ne t'a pas appelé parce qu'elle était trop occupée à paniquer, dit-elle calmement, sans même lever le nez de son téléphone. D'ailleurs, tout ça est au moins à moitié ta faute.

— Pardon ? demanda Declan.

Elle non plus ne comprenait pas d'où sortait l'accusation de Gitty, même si elle appréciait son soutien.

— Tu savais à quoi tu exposais Charlotte depuis le début, poursuivit son amie. Tu as laissé ces journalistes la suivre partout, prendre leurs petites photos et inventer leurs mensonges. Le parking de l'association ne serait pas envahi en ce moment si tu n'étais pas une star de cinéma.

— Si j'avais su qu'une histoire de fraude allait nous tomber dessus, j'aurais géré la situation différemment, contra Declan.

— D'accord, mais… Est-ce que tu aurais laissé tomber la demande en mariage ?

— Pardon ? s'exclamèrent Declan et elle dans un bel ensemble.

Gitty lui tendit son téléphone et Charlotte se mit à faire défiler l'écran, de plus en plus atterrée par ce qu'elle voyait. Une photo d'elle devant la cabane, le lendemain du naufrage, les cheveux en pagaille. Une autre photo où on la voyait sortir de chez Declan moins discrètement que ce qu'elle avait espéré. Declan sortant lui aussi de chez elle un matin. Bien pire que toutes les spéculations sur leur vie sexuelle, cependant, était le dernier gros titre du magazine.

Le play-boy d'Hollywood signe un contrat pour devenir un homme bien !

Elle dut relire l'article deux fois pour que la réalité se fasse jour dans son esprit. D'après « des sources fiables », Declan avait conclu un accord avec J.J. selon lequel il acceptait de regonfler sa réputation en échange du studio de production familial. Le magazine en ligne suggérait que sa demande en mariage, publique et respectable, à une fille de bonne famille sans histoire était intervenue à temps pour sauver le contrat après une nuit de débauche post-naufrage.

Les mots de J.J. résonnèrent à nouveau dans sa tête. *Absolument parfaite... Tout ce que j'attends d'une future Masterson.*

Charlotte reposa lentement le téléphone et leva les yeux. Declan prononça alors les quatre petits mots qui avaient signé la fin de plus d'une relation :

— Je peux tout expliquer.

Elle aurait donné n'importe quoi pour que ce fût vrai. Declan lui avait répété mille fois qu'elle était parfaite mais, finalement, elle aurait dû lui demander pourquoi. Sa gorge se serra et de stupides larmes vinrent perler à ses paupières.

— Ce sont des larmes de colère, dit-elle à Declan. Je ne pleure que quand je suis énervée.

— Charlotte, regarde-moi.

Lorsque ses yeux rencontrèrent les siens, son expression était presque compatissante.

— Mon Dieu. Tout est vrai, n'est-ce pas ?

— Comment peux-tu croire une seule seconde que je t'ai demandée en mariage pour avoir un studio de production ?

— Je vais vous laisser, murmura Gitty dont elle avait presque oublié l'existence.

Elle attendit que son amie ait refermé la porte derrière elle pour demander :

— Très bien, je vais reformuler. Est-ce que tu avais un contrat avec ton père qui prévoyait ton héritage de Masterson Entertainment ?

— Oui, répondit-il en passant une main désemparée dans ses cheveux. J.J. et moi avions un accord avant que j'arrive à Martha's Vineyard, mais il n'avait rien à voir avec toi. C'est entre mon père et moi et, surtout, c'est du passé.

Curieusement, elle ne ressentait rien. Son cœur reprenait les moyens de défense qu'elle s'était efforcée de faire disparaître avec Declan.

— Ces fiançailles étaient une erreur, dit-elle posément. Nous sommes allés trop vite.

Elle était allée trop vite, surtout, comme la première fois. Declan n'était pas celui qu'elle avait cru et il n'était pas sorti avec elle pour les bonnes raisons. De toute évidence, elle n'avait été qu'un moyen pour lui de parvenir à ses fins.

— Écoute-moi, s'il te plaît.

— Je ne comprends pas comment tu as pu faire une chose pareille. Comment tu as pu penser que c'était une bonne idée.

Elle attrapa son sac et se mit à y fourrer tout et n'importe quoi, son ordinateur, des papiers qui traînaient sur son bureau, les muffins de Gitty.

— Il faut que tu me croies, Charlotte. Tu n'as jamais été une façade.

— Je te crois sur parole, rétorqua-t-elle avec un rire sans joie. Les façades sont censées être jolies.

Elle posa son sac et retira la bague à sa main gauche.

— Reprends-la, s'il te plaît.

— Laisse-moi au moins m'expliquer.

Elle songea que George, lui, ne lui avait pas même offert une explication. Devait-elle laisser une chance à Declan ? Elle se souvint de la confiance qu'elle lui avait accordée, de tout ce qu'elle lui avait raconté, et comprit qu'elle ne pouvait pas se laisser prendre au piège. Elle était trop blessée.

— Je refuse d'être le moyen d'accéder à la vie dont tu rêves, Declan. Je refuse d'être un choix de facilité.

— Il n'y a rien de facile avec toi, Charlotte.

Aïe.

Ne sachant plus quoi dire, elle secoua la tête de gauche à droite.

— Alors, c'est tout ? demanda Declan. Un article négatif et tu en as fini avec moi ?

— Une vérité douloureuse et j'en ai fini avec toi, corrigea-t-elle. Tu m'as menti, Declan. Tu as eu mille occasions de me parler de cet accord et tu ne l'as pas fait.

— Tu ne m'as pas non plus parlé de George, de la vraie raison pour laquelle tu avais besoin de ce chèque.

Elle secoua la tête et posa la bague sur son bureau.

— J'avais peur de te décevoir, figure-toi.

— Ça a très bien marché, ironisa-t-il. Tu n'es pas parfaite, Charlotte. Tu as besoin d'aide comme tout le monde. Quand finiras-tu par l'admettre ? Quand accepteras-tu enfin de laisser quelqu'un se rapprocher de toi ?

— Si je le fais un jour, ce ne sera pas avec toi.

Elle se détourna et passa devant lui pour sortir de son bureau.

[illegible]

[illegible]

[illegible]

[illegible]

[illegible]

[illegible]

[illegible]

[illegible]

[illegible]

[illegible]

[illegible]

- 19 -

Ne laisse pas une personne qui n'en vaut pas la peine te faire oublier tout ce que tu vaux.

S'il est capable de te quitter, laisse-le faire.

Ne pense pas à ce qui n'existe plus.

Charlotte jeta un coup d'œil morose à l'écran de son téléphone. Elle avait découvert pendant une nuit sans sommeil que Declan était rentré en Californie, mais aussi qu'il existait des applications dédiées à la rupture, pas seulement aux rencontres. Elle avait téléchargé l'une d'elles et se faisait régulièrement bombarder de citations pseudo-inspirantes, toujours aux moments où elle déprimait le plus, comme si l'algorithme pouvait ressentir sa faiblesse.

Comment pouvait-elle souffrir autant alors que c'était elle qui avait choisi de rompre ? Comment Declan pouvait-il lui manquer après ce qu'il lui avait fait ? Chaque fois qu'elle pensait à lui, la douleur se ravivait dans sa poitrine. Elle espérait chaque matin qu'elle avait rêvé, que tout cela n'avait été qu'un cauchemar, mais la réalité restait la même.

Declan était venu sur l'île pour échanger sa bonne conduite contre la présidence de Masterson Entertainment. Si elle l'avait su dès le départ, tout aurait été différent.

Tu n'as pas été complètement honnête non plus, souffla une petite voix dans sa tête.

Charlotte fourra son téléphone dans un tiroir et reporta son attention sur l'écran de son ordinateur. Sa lettre de démission était terminée. Elle la relut une dernière fois, puis cliqua sur « envoyer ».

Cinq secondes plus tard, Thea fit irruption dans son bureau.

— Qu'est-ce que tu viens de faire ?

— J'ai démissionné, dit-elle, le cœur serré. Je suis désolée, Thea. Je ne peux pas réparer ce que j'ai fait.

— Alors, tu vas nous laisser ? Juste comme ça ?

— Ce sont les enfants que j'ai laissé tomber. Je ne mérite pas de continuer à travailler ici.

La douleur dans sa poitrine s'intensifia lorsqu'elle ramassa le carton qui contenait ses affaires pour s'en aller. Dans la rue, tout était calme. Les paparazzi avaient fini par se lasser. Elle pouvait de nouveau faire ses courses en pyjama sans qu'un inconnu en Australie soit au courant, ce dont elle était reconnaissante. Elle avait fait l'erreur une seule fois de lire les commentaires sur les réseaux sociaux et les gens n'étaient pas tendres dès lors qu'ils étaient protégés par leur écran.

Le bruit d'un klaxon la fit soudain sursauter. Elle leva la tête, aperçut le camion de Gitty de l'autre côté de la rue et se souvint qu'on était lundi, ce qui signifiait que son amie vendait des muffins. Les clients du petit déjeuner étaient partis depuis longtemps et la queue habituelle de l'après-midi ne s'était pas encore formée devant le camion.

— Quelqu'un est mort ? lança Gitty en voyant le carton dans ses bras.

Elle prit le temps de ranger ses affaires dans le coffre de sa voiture avant d'aller la rejoindre. Ignorant sa question, elle se planta devant le camion et demanda :

— Est-ce que j'ai du mal à accepter l'aide des gens ?

— Est-ce que tu veux une réponse honnête ?

Charlotte fronça les sourcils.

— J'imagine que c'est un « oui », mais depuis quand est-ce que tu mets les formes ?

— J'essaie de travailler sur ma délicatesse, soupira Gitty. Tant pis, je commencerai demain. Tu détestes demander de l'aide. Je te rappelle qu'à l'école primaire, tu es restée coincée quatre heures dans les toilettes parce que tu refusais d'appeler quelqu'un et que tu voulais essayer de soulever la porte toi-même.

— Désolée, marmonna-t-elle. Je vais…

— Régler le problème ? Personne ne te le demande, répondit doucement Gitty. Tu ne peux pas toujours trouver des solutions à tout, Charlotte. Tu ne te rends pas compte de la pression que tu te mets sur les épaules.

— C'est vrai, je ne peux pas tout régler, admit-elle. L'association est à court d'argent et nous ne pourrons pas organiser le camp d'été. Trouver des fonds était ma responsabilité, alors j'ai démissionné.

— As-tu au moins demandé l'opinion du comité ? Est-ce qu'ils pensent vraiment que c'est la meilleure décision pour les enfants ?

Bien sûr, elle ne l'avait pas fait et son amie le savait très bien. Elle rumina cette idée pendant que Gitty lui servait un café et un muffin. Pourquoi s'était-elle obstinée à tout gérer seule ? Elle avait voulu tenter de cacher le problème à ses collègues, mais elle se rendait compte qu'elle avait eu tort.

— J'aurais dû leur parler dès le départ, finit-elle par admettre.

— Et… ? demanda Gitty.

— Et…

Elle s'interrompit, incertaine. Elle avait tellement l'habitude de régler ses problèmes seule qu'elle ne savait pas du tout ce qu'aurait pu être la prochaine étape.

— Et, l'aida Gitty, vous auriez été quatre personnes intelligentes au lieu d'une pour réfléchir à une solution. Peut-être que quelque chose aurait fonctionné, peut-être pas, mais vous auriez au moins pu en parler.

Charlotte prit son muffin et son courage à deux mains.

— J'ai fait une autre bêtise, dit-elle à Gitty, mais je crois que je peux encore la réparer.

— Fonce, répondit son amie avec un grand sourire.

Quelques minutes plus tard, elle était de nouveau dans son bureau et avait envoyé un mail collectif pour annuler sa démission. Heureusement pour elle, elle travaillait dans une petite O.N.G. Personne n'avait eu l'idée de changer les serrures ou de bloquer son accès aux ordinateurs.

Thea se planta de nouveau sur le seuil de son bureau.

— Thea, je crois qu'on a un problème de budget à régler. Est-ce que tu pourrais organiser une réunion le plus vite possible ? J'aimerais chercher des solutions, mais… Je vais avoir besoin de votre aide.

Voilà, elle avait réussi à le dire. Le sourire de Thea lui prouva qu'elle ne s'était pas trompée.

— Je m'y mets tout de suite, cheffe.

Charlotte toqua à la porte de la grande maison. Elle jeta un coup d'œil dans l'allée pour vérifier que des reporters ne se cachaient pas dans les buissons mais, heureusement, il n'y avait personne. L'attention constante ne lui manquait pas. Declan, par contre…

Elle en avait assez de maintenir cette façade de perfection en permanence. Pour la première fois de sa vie, elle voulait retrouver la personne qu'elle était vraiment – et l'homme qu'elle aimait, si seulement elle l'avait pu.

Son père ouvrit la porte en silence et la conduisit jusqu'à son bureau. Il s'installa derrière la table, la regarda du même air que lorsque son candidat préféré perdait aux élections.

— Tu as déménagé, finit-il par dire.

— En effet.

Elle avait pris cette décision pour son propre bien et ne la regrettait pas. Mettre des limites entre son père et elle s'avérait bien plus simple depuis qu'elle ne vivait plus au fond de son jardin.

— Tu vas te retrouver avec un loyer à payer et un boulot qui ne te gardera probablement pas longtemps. Ce qui s'est passé était prévisible, Charlotte. Tu n'avais pas assez d'expérience pour gérer un homme tel que George Moore.

— C'est vrai, admit-elle en luttant contre la honte que lui causait toujours son père. Je me suis…

— Tu es trop crédule, l'interrompit-il, trop naïve. Les choses avaient l'air bien parties avec cet acteur, mais voilà. Il t'a ridiculisée lui aussi.

Elle tenta de se défendre, même si son père parlait toujours et ne semblait pas l'écouter.

— C'est George qui a fait tout ça, pas moi. Je lui ai fait passer un entretien avant de l'embaucher. Bien sûr, j'aurais dû faire plus attention et mieux sécuriser l'argent, mais ce n'est pas moi qui ai volé.

Son discours soigneusement préparé tomba dans l'oreille d'un sourd. Son père continuait à déblatérer, commentant sa relation avec Declan et le fait qu'elle n'avait pas su le retenir.

— Tu commençais à ressembler à quelque chose,

mais regarde-toi aujourd'hui. Tu es toute décoiffée et tu as le bout du nez rouge. Ce n'est quand même pas si compliqué de faire un effort.

En d'autres termes, les effets de son relooking n'avaient pas duré longtemps, songea Charlotte avec amertume.

— Tu aurais pu emmener cette association beaucoup plus loin, mais tu n'en as pas été capable, poursuivit son père. J'ai pourtant fait ce que j'ai pu pour t'aider.

Charlotte redressa la tête. Cette fois, c'en était trop.

— Je m'en vais, annonça-t-elle. J'ai dit ce que j'avais à dire et cette conversation n'en est pas une. C'est seulement toi qui me répètes, pour la énième fois, que je t'ai déçu. Je le sais, mais je vais faire avec parce que je ne peux rien y changer. Je ne *veux* rien y changer. D'ailleurs, sache que les déjeuners une fois par semaine, c'est terminé.

Charlotte quitta la pièce alors que son père vociférait encore. Ce n'était pas un film, et elle n'avait pas de script pour lui dire ce qu'elle devait faire ensuite. Elle savait simplement que Declan et Gitty avaient raison. Elle ne pouvait pas régler tous les problèmes du monde elle seule.

Aider les enfants orphelins de l'île était une tâche colossale qu'une seule personne ne pouvait pas assumer. Elle avait oublié que toute une équipe était autour d'elle et que ces gens prenaient leur travail à cœur. Désormais, elle ne referait plus cette erreur.

Declan lui avait également dit qu'il s'accrochait même lorsque les choses étaient difficiles, même lorsqu'il avait mal et que lâcher semblait l'option la plus sûre. Elle avait fait exactement le contraire.

Elle avait quitté celui qu'elle aimait, la vie qu'ils auraient pu avoir ensemble, tout ce qui lui faisait peur et qu'elle ne contrôlait pas. À la place, elle s'était accrochée aux paroles blessantes de son père et à son stupide orgueil. Il était temps pour elle de laisser tout cela dans le passé.

Elle referma la porte d'entrée derrière elle et prit une grande inspiration. La route serait longue, il y aurait des bosses et même parfois des retours en arrière, mais elle en avait assez de se retenir de vivre sa vie. Elle avait vu Declan se jeter à corps perdu dans tout ce qu'il faisait, ses activités, la régate, leur relation, prenant des risques même si cela signifiait qu'il pouvait faire naufrage. Elle, au contraire, n'avait fait que freiner par peur de la défaite.

- 20 -

Pour la première fois de sa vie, Declan se sentait perdu.

Il avait sauté des ponts et des gratte-ciels, s'était laissé éjecter d'un avion en flammes et d'un hélicoptère en plein vol, et tout cela, il l'avait fait sans hésiter une seconde. Sa carrière s'était construite grâce à sa capacité à faire tout ce qu'il fallait pour qu'une scène fonctionne.

Même lorsque Charlotte était tombée à l'eau, il n'avait pas paniqué une seule seconde. Son sang-froid et son entraînement lui avaient toujours suffi pour s'en sortir.

Maintenant, il ne savait plus quoi faire.

Son agent lui reprochait quinze fois par jour ses fiançailles si vite rompues. Il avait été enchanté de son histoire avec Charlotte jusqu'à ce qu'elle décide de lui rendre sa bague, se moquant royalement de ses explications ou de ce que les gens pourraient penser. Declan ne pouvait pourtant pas lui en vouloir. En acceptant les conditions de J.J., il avait mis sa fierté au-dessus de leur relation.

Il se rendait compte à présent qu'il n'avait pas vraiment fait tout cela pour sa carrière. Il avait tous les contacts nécessaires pour recommencer de zéro et continuer à faire ce qu'il aimait. Seulement, une partie de lui était encore cet enfant adopté qui avait toujours peur qu'on lui enlève tout ce qu'il avait.

Résultat ? Il craignait tellement qu'on le quitte qu'il

s'arrangeait pour quitter l'autre personne avant, et si ce n'était pas possible, il faisait un jeu de la relation pour que rien ne puisse le blesser.

Sa méthode n'avait pas fonctionné cette fois-là. Il était rentré en Californie en pensant qu'il allait se plonger dans le travail et que tout irait bien, mais son plan avait spectaculairement échoué.

Les nouvelles photos qui étaient sorties quelques heures plus tôt sur Internet avaient achevé de le mettre en rogne. On y voyait George descendant d'un avion en provenance des Bahamas, les menottes aux poignets. Les articles insistaient lourdement sur la prétendue naïveté de Charlotte dans toute l'affaire, comme si son grand cœur était un défaut plutôt que l'une de ses merveilleuses qualités.

Aucun des journalistes ne parlait des conséquences du vol pour les Enfants de Martha. Visiblement, les vacances perdues des gamins n'intéressaient personne, pas plus que les employées qui risquaient de perdre leur travail. Declan avait cessé de lire ces pseudo-articles et fait un don plus que généreux à l'association.

Cependant, il ne s'agissait que d'argent, qu'il avait à ne plus savoir quoi en faire. Il se trouvait à l'autre bout du pays alors qu'il aurait voulu être aux côtés de Charlotte. Si elle ne voulait pas lui parler, il aurait au moins pu se trouver sur l'île, sur le trottoir devant son bureau, n'importe à quel endroit où elle pourrait le trouver si elle avait besoin de son soutien.

Sa décision était prise. Il monta dans sa voiture et fit le trajet depuis Santa Monica jusqu'aux bureaux de Hollywood en un temps record.

Deux films étaient en cours de post-production et un autre allait commencer à être tourné quelques jours plus tard, et pourtant, les employés semblaient éviter au maximum de lui poser des questions. Il remarqua même que deux ou trois d'entre eux faisaient des détours pour ne pas croiser son chemin. Décidément, il ne devait pas avoir l'air de bonne humeur.

— Où est J.J. ? demanda-t-il au réceptionniste.

— Dans la salle de conférences. Je vais le prévenir de votre arrivée, monsieur Masterson.

Le jeune homme se leva dans une subtile tentative de lui bloquer la route, mais Declan avait traversé le hall d'entrée avant même qu'il ait terminé sa phrase.

J.J. se tenait à sa place habituelle tout au bout de la table. Beaucoup plus surprenant, Nash était assis à côté de lui. Son frère ne quittait que rarement son laboratoire de chimie. Il le salua d'un signe de tête, mais son père garda un silence glacial, espérant sans doute l'intimider.

— Tu as perdu, finit-il par lui dire. Donne-moi une seule bonne raison de ne pas vendre le studio après ce que tu as fait.

Nash se pencha en avant, les yeux écarquillés.

— Ne me dis pas que tu as été assez bête pour vraiment signer un contrat avec lui ? Je l'ai lu sur Internet, mais je n'y croyais pas.

Declan se souvint qu'il aimait son frère et qu'une dispute n'était pas à l'ordre du jour.

— Oui, j'ai été bête, mais ce n'est pas de ça que je suis venu parler. Qu'est-ce que tu fais là, toi, d'ailleurs ?

— On m'a dit que je venais pour un déjeuner en famille, mais je vois que j'aurais dû apporter de quoi prendre des notes.

J.J. s'éclaircit la gorge et leur jeta l'un de ses habituels regards courroucés.

— En effet, nous avons conclu un accord, reprit-il

à l'adresse de Nash. Declan aurait hérité de Masterson Entertainment s'il avait pu me prouver qu'il en était digne.

— Une sorte de test, si je comprends bien, commenta Nash en levant les yeux au ciel.

Son frère ne semblait pas se soucier du fait que lui n'avait pas été convié au test en question. Il était plus ou moins déshérité mais, visiblement, il s'en moquait.

J.J. ignora son commentaire et se tourna de nouveau vers Declan.

— À ta décharge, tu as tout de même fait de ton mieux pour améliorer ta réputation. Demander cette princesse en mariage était rusé de ta part.

— Je l'ai fait parce que je l'aime et qu'elle est absolument merveilleuse, l'interrompit-il.

— Est-ce que tu le lui as dit, au moins ? demanda Nash.

Declan secoua la tête. Heureusement, il pouvait encore se rattraper. Il sortit son téléphone de sa poche et écrivit à Charlotte :

Je suis un imbécile et tu me manques.

Jamais encore il n'était resté devant son portable à attendre qu'une femme lui réponde, mais il se serait bien passé de connaître cette grande première. Son cœur se serra de plus en plus en voyant qu'elle ne lui répondait pas. Certes, il ne s'était pas attendu à ce que quelques mots réparent tous les dégâts qu'il avait causés, mais il avait tout de même espéré qu'ils pourraient en parler.

J.J. ouvrit la bouche pour parler, mais Declan leva la main pour l'en empêcher. Le désastre avait assez duré.

— J'ai deux ou trois choses à t'annoncer, déclara-t-il fermement. D'abord, je démissionne. J'en ai fini avec Masterson Entertainment. Je vais monter mon propre studio et tu devrais t'attendre à une sérieuse concurrence.

Ensuite... Non, c'est tout, conclut-il en s'apercevant qu'il avait déjà tout dit. Je m'en vais.

Il retraversa le hall d'entrée avec un énorme poids en moins sur les épaules. Derrière lui, Nash trottait pour essayer de le rattraper, mais il volait plus vite que la lumière. Son frère finit par le rattraper alors qu'il grimpait l'escalier deux marches à la fois.

— Qu'est-ce qui te prend ? Tu es vraiment en train de renoncer au studio pour Charlotte ?

— Oui.

Il donna un grand coup d'épaule dans la porte d'entrée et sortit en trombe du bâtiment, son frère sur ses talons. L'Orage et l'Éclair. C'est ainsi que les appelaient les employés, et à en juger par la mine effrayée de ceux qui les croisaient, ils n'avaient pas perdu leur réputation.

Nash accéléra et parvint à sa voiture avant lui, s'adossant contre la portière du côté conducteur.

— Laisse-moi résumer, dit-il. Tu as commencé par demander une actrice en mariage à moitié nu et en public, ce qui n'était peut-être pas ton idée la plus brillante, et J.J. s'est énervé. Pour le calmer, tu es allé faire cette fameuse régate avec Charlotte. Vous avez fait naufrage et tout le monde a cru que vous étiez morts. Quelques heures plus tard, on vous a retrouvés au saut du lit dans une cabine de plage. Tu l'as demandée en mariage, elle a dit oui et les journaux se sont emballés. Tu es sûr que tu n'as pas emprunté l'histoire à l'un de tes films ?

Declan poussa un grognement. Racontée ainsi, sa relation avec Charlotte semblait en effet tirée d'une mauvaise comédie romantique.

— Le naufrage n'était pas tout à fait prévu.

— Et la nuit qui a suivi ?

— Ça ne te regarde pas.

Nash éclata de rire avant de demander d'un ton plus sérieux :

— Tout avait l'air de bien marcher entre vous. Qu'est-ce qui s'est passé depuis ?

— Charlotte a appris sur Internet que j'avais passé un accord avec J.J., soupira-t-il en se traitant mentalement de tous les noms. Comme tu peux l'imaginer, notre père l'a adorée. Il m'a dit qu'il serait prêt à respecter les termes de notre contrat même si j'avais perdu la course pour autant que je restais avec Charlotte. Bien sûr, elle a compris et elle m'a envoyé me faire paître.

Nash lui jeta un coup d'œil circonspect.

— La conclusion, c'est que tu es un idiot, n'est-ce pas ?

— C'est à peu près ça.

— Alors, répare tes bêtises, dit-il comme s'il n'y avait rien de plus simple. J'imagine que c'est ce que tu veux faire ?

— Évidemment, mais…

— Il n'y a pas de « mais », rétorqua son frère. Va la voir et dis-lui ce qu'il faut pour qu'elle te pardonne.

— Est-ce que tu pourrais être un peu plus précis ?

— Pas du tout. Je suis chimiste, je te rappelle, pas conseiller conjugal.

— Merci quand même pour ton avis éclairé, grommela-t-il.

— Sérieusement, cette fille a l'air d'être quelqu'un de bien. Essaie de voir comment tu peux imbriquer ta vie dans la sienne. Vivre à l'autre bout du pays me semble un peu compliqué, sans parler du fait que tu es tout le temps pourchassé par les médias et qu'elle n'a pas l'air d'aimer beaucoup ça.

— Elle déteste ça, tu veux dire. Charlotte aime les

choses simples. Son travail avec les enfants, marcher sur la plage, manger des cupcakes…

— Dans ce cas, il va falloir que tu cherches des solutions avec elle, conclut son frère. Parle-lui, dis-lui que tu l'aimes et que tu ferais n'importe quoi pour qu'elle te donne une deuxième chance. Ensuite, débrouille-toi pour appliquer ce « n'importe quoi ».

Declan fixa un long moment son frère.

— Depuis quand es-tu aussi intelligent ?

— Je l'ai toujours été pour nous deux, fit Nash en lui décochant un coup de coude. Une dernière chose, peut-être, essaie de lui apporter un petit cadeau qui lui ferait vraiment plaisir, qui lui montrerait que tu te souviens de ce qu'elle aime. Quoi qu'il arrive, ne te comporte pas comme si elle avait besoin de toi ou qu'elle ne savait pas gérer ses problèmes toute seule. Fais-lui seulement comprendre que tu seras toujours là pour elle si elle le décide.

— Merci, frangin.

— Ne me remercie pas encore, rétorqua Nash avec l'un de ses trop rares sourires. C'était juste une hypothèse. Maintenant, à toi de la vérifier.

- 21 -

Charlotte affrontait la première étape de son plan de réforme totale : ne plus avoir peur de la mer. Les autres étapes consistant à accepter ses limites et à apprendre à s'aimer telle qu'elle était, celle-ci restait de loin la plus facile, même si elle l'obligeait à s'asseoir dans un kayak.

Il n'y avait pas un nuage dans le ciel et elle se sentait plutôt optimiste. Sa bonne humeur venait peut-être aussi du chèque prodigieux qu'un anonyme très reconnaissable avait envoyé à l'association de la part d'une prétendue Société de Défense des Cochons d'Inde. Declan était venu au secours des enfants.

L'adolescent qui lui avait loué le kayak la regardait d'un air sceptique.

— Vous êtes sûre, vous ne voulez pas que je vous pousse ? lui demanda-t-il pour la énième fois.

— Non, merci.

L'idée de rester près du bord la rassurait. Chaque fois qu'elle revenait sur le sable, elle donnait un coup de pagaie pour se relancer. Elle finit par atteindre son objectif d'aller jusqu'au bout de la plage et de revenir en moins d'une heure. Ses joues étaient échauffées par le soleil et ses abdominaux protestaient, mais elle avait réussi.

Pourquoi ne se sentait-elle pas heureuse ? Le paquet de M&M's qu'elle avait englouti pour se donner du courage pouvait justifier son mal de ventre, mais pas le vide qu'elle ressentait dans la poitrine et qui lui donnait envie de pleurer.

Elle ravala ses larmes et fit une sortie peu gracieuse du kayak. Heureusement, les photographes s'étaient lassés depuis longtemps et ne la suivaient plus. Cela dit, elle aurait presque aimé que quelqu'un capture ce moment ou, encore mieux, le partage avec elle. Elle venait tout de même de passer une heure dans l'eau volontairement pour la première fois depuis son accident.

En remontant péniblement jusqu'à sa voiture, Charlotte tenta de se persuader que son cœur lui faisait moins mal que les muscles de ses bras. Declan lui manquait terriblement. Elle ne consultait plus les sites Internet pour savoir où il était et elle s'efforçait de ne pas trop penser à lui, consciente qu'elle avait pris la bonne décision malgré tout.

Declan avait des soucis à régler de son côté et elle savait qu'elle ne pouvait pas le faire à sa place. Enfin, elle apprenait à poser ses limites. Elle regrettait simplement d'avoir dû perdre tous les hommes de sa vie – George, son père, et surtout Declan – pour se rendre compte qu'elle en avait besoin.

Regarde-toi, songea-t-elle avec satisfaction, *tu fais des progrès. Tu n'as pas pensé à lui depuis au moins une demi-journée.*

Quelqu'un était adossé contre sa voiture. Ce quelqu'un avait de larges épaules, l'air inquiet et une ombre de barbe sur les joues. Ce quelqu'un était son refuge et son amour.

Juste comme ça, toute sa belle progression partit aux oubliettes.

— Le camp d'été aura finalement lieu, lui dit-elle

d'une voix tremblante. Apparemment, un grand fan de cochons d'Inde nous a fait un don.

— Tant mieux, répondit-il en esquissant un sourire.

— Un million de dollars, Declan ? Sérieusement ?

Son regard noisette plongea dans le sien.

— Ça en vaut la peine.

— Pourquoi ?

— Parce que je t'aime.

Dans toute la liste des raisons possibles, celle-ci était décidément la meilleure. Elle allait avoir besoin de l'entendre une deuxième fois. Elle répéta ces trois petits mots dans sa tête et, curieusement, le ciel ne lui tomba pas sur la tête. Le monde continuait à tourner et elle le croyait.

— Tu es revenu juste pour me dire que tu m'aimais ?

— Oui. Enfin, presque, ajouta-t-il après réflexion. Je suis aussi venu te dire que j'ai loupé le test de J.J.

— Euh… D'accord ?

— Ou plutôt, j'ai déchiré ma copie et j'ai dit ses quatre vérités à l'examinateur, poursuivit-il.

Du peu qu'elle connaissait de J.J. Masterson, il n'avait pas dû être content.

— Declan…

Il attendit qu'elle continue, mais les mots semblaient lui échapper, et il résolut le problème en lui ouvrant grand les bras.

— Est-ce que je peux te faire un câlin ?

Incapable d'articuler un son, elle se jeta contre lui en titubant, les yeux fermés pour empêcher ses larmes de couler. Ce n'était pas grave. Declan l'avait toujours rattrapée, même lorsqu'elle faisait des choses stupides comme passer par-dessus bord.

Ses bras se refermèrent autour d'elle et il la serra fort contre lui.

— Tu m'as manqué, Charlotte.

— Toi aussi, mais… Ça ne va pas marcher, nous deux.

Elle sentit ses lèvres effleurer ses cheveux. Lorsqu'elle se risqua à entrouvrir les yeux, Declan lui souriait.

— D'après Nash, je devrais faire un grand discours maintenant, mais je n'ai qu'une chose à te dire : Je t'aime. Je ne te demande rien d'autre que de me laisser une petite place dans ta vie. Je ne veux plus rester loin de toi, Charlotte.

— Tu veux vraiment une place dans ma vie ? demanda-t-elle dans un murmure.

Elle ouvrit grand les yeux pour le regarder, incapable de rester plus longtemps sans voir l'expression de son visage.

— Dans ta vie, dans ton cœur, tout le reste. Je prendrai tout ce que tu voudras bien me donner.

— Je ne sais pas à quel point j'arriverai à te faire confiance, admit-elle. J'ai du mal à croire que le prince charmant puisse être aussi beau à l'intérieur qu'à l'extérieur, qu'il ne va pas s'enfuir avec mon cœur et l'argenterie dans sa besace. Et puis…

Elle fit une pause, incapable de mettre des mots sur ce qu'elle voulait lui expliquer. Il fallait pourtant qu'elle essaie.

— Je suis un chantier en cours, Declan. Je ne sais même pas si j'ai envie d'un conte de fées en ce moment. Je ne suis pas parfaite, et j'apprends seulement à l'accepter.

— Moi aussi, je suis loin d'être parfait. Je t'ai promis que je ne te lâcherai jamais et je suis parti quand même. J'aimerais avoir une chance de te prouver que je ne referai plus cette erreur.

— Vraiment ?

Il encadra son visage de ses mains et répéta, les yeux dans les siens :

— Vraiment. J'ai même fait une liste de tout ce que je devais faire pour te récupérer. Tu veux la voir ? Je sais que tu adores les listes.

— Seulement si tu penses ce que tu as écrit, murmura-t-elle.

— Je t'assure que c'est honnête à cent pour cent.

Il fourragea dans la poche arrière de son jean et en tira un morceau de papier enroulé dans une bague – *sa* bague. Les mains tremblantes, elle déroula la liste et lut :

Dire à Charlotte que je l'aime.

Dire à Charlotte que je l'aime.

Acheter une maison à Martha's Vineyard avec une tour. Si pas de tour, au moins une tourelle.

Aimer Charlotte pour toujours.

— J'ai répété la première partie parce que c'est la seule qui compte, reprit Declan. Le plus important, c'est que je t'aime et que tu m'aimes. Je suis à peu près sûr de la première moitié. Pour la deuxième, il n'y a que toi qui peux savoir.

Les larmes coulèrent sur ses joues sans qu'elle cherche à les retenir. Declan fronça les sourcils, l'air inquiet.

— Au cas où, mon plan ne prévoyait pas que tu pleures.

— C'est simplement parce qu'il fonctionne et parce que je suis heureuse.

— Et… ?

— Et parce que je t'aime aussi.

LaQUETTE

Éprise d'un rival

Traduction française de
CAROLE PAUWELS

PASSIONS

HARLEQUIN

Titre original :
A VERY INTIMATE TAKEOVER

© 2021, Laquette R. Holmes.
© 2023, HarperCollins France pour la traduction française.

- 1 -

— Jordan Dylan Devereaux III !

Trey se figea, interrompue dans sa tentative de quitter subrepticement la zone de réception, située à l'étage de la direction de DD Enterprises.

Cinq minutes de tranquillité avant la réunion, c'était tout ce qu'elle demandait. En entendant la voix tonitruante de son père, elle comprit qu'il ne fallait pas y compter…

Elle fit pourtant comme si de rien n'était et fit quelques pas de plus vers son bureau.

— Trey ! Ne m'oblige pas à décliner une nouvelle fois ton état civil complet. Viens ici immédiatement !

Elle soupira et leva les yeux au ciel, espérant calmer les tremblements qui agitaient son corps.

Ces frissons, signe de rage plus que de peur, persistèrent au-delà de la profonde bouffée d'air qu'elle avait l'habitude de prendre pour se contrôler.

N'oublie pas qu'il est ton père, et que tu es trop jolie pour aller en prison à cause d'un parricide.

Elle chercha une nouvelle fois son souffle, et tourna sur la gauche pour se rendre dans le bureau de son père.

D'immenses baies vitrées occupant les deux murs d'angle baignaient la pièce de lumière, et offraient une vue à couper le souffle sur l'East River, ce fleuve qui n'était pas sans lui évoquer son père, illusoirement calme au premier regard, mais doté de courants rageurs qui pouvaient en un clin d'œil vous plonger dans les abysses.

— Tu ne m'as pas entendu t'appeler ?

Le timbre était dénué de toute émotion, mais Trey n'était pas depuis trente-deux ans la fille de Jordan Dylan Devereaux II – surnommé Deuce -pour ne pas savoir qu'il s'agissait du calme avant la tempête.

— Papa, tout le monde à l'étage t'a entendu m'appeler.

Elle ferma la porte par souci de discrétion.

S'il employait son nom complet plutôt que son surnom, il n'allait probablement pas tarder à donner encore plus de la voix.

— Que se passe-t-il ? s'enquit-elle.

— Nous avons perdu le marché Singleton.

Elle se crispa. Pourtant, elle l'avait vu venir. Deuce Devereaux ne supportait pas l'échec. Même de la part de sa propre fille.

— Je sais, papa. Je n'y suis pour rien.

— Tu n'y es pour rien ? Corrige-moi si je me trompe, mais tu es bien ma vice-présidente, non ? Et tu supervises le département des fusions et acquisitions, il me semble.

Il le savait parfaitement, puisque c'était lui qui lui avait offert cette promotion quatre ans plus tôt.

Depuis, parce qu'elle avait le nez pour reconnaître quand une affaire était mûre pour être cueillie, elle avait décroché contrat après contrat. Non contente de faire gagner à son père des sommes faramineuses, elle avait placé sa société d'investissement, DD Enterprises, au coude à coude avec son principal concurrent, Devereaux Incorporated, la société du patriarche, Jordan Dylan Devereaux I, dit Ace.

Abandonnant son poste d'observation devant les baies vitrées, Deuce se retourna et lui fit face. Afro-Américain à la silhouette impressionnante, il avait la peau d'un brun profond, les yeux noirs, les cheveux coupés très court, et une petite moustache soignée.

Il se dégageait de lui une impression d'assurance et d'autorité, que seuls confèrent le pouvoir et l'argent.

Ce n'était pas un homme qui se laissait aisément duper. L'unique façon de gagner des points avec lui était de recourir au raisonnement et à la logique.

Et d'ailleurs, à sa façon de la regarder en plissant les yeux, elle devinait qu'il ne trouvait aucune logique à son explication.

— Trey, je t'ai dit que je voulais ces actions à tout prix, quel que soit le temps que cela prendra.

— Papa, en moins de six mois, j'ai acquis trente-trois des cinquante et un pour cent de parts nécessaires pour parachever notre prise de contrôle. Singleton est le seul récalcitrant. Nous avons offert de multiplier par quatre la valeur de ses parts de Devereaux Inc. Tu sais comme moi qu'il est pris à la gorge, et vendre ses actions est son seul moyen de se refaire financièrement. Seulement, à la dernière minute, il a fait machine arrière sans explication.

— Tu es trop impulsive, Trey. Singleton n'est pas comme tous ces autres investisseurs sous le nez desquels tu agites ton argent. C'est un vieux briscard, comme Ace. Ils ont débuté ensemble dans les affaires. Il sait comment jouer sur le long terme. Sans les parts de Singleton, ma chance de récupérer ce que Ace m'a volé…

— Ce n'est que partie remise. Tu les auras. C'est promis.

Elle s'était empressée de répondre, en espérant que son père se rappellerait combien de fois elle avait déjà tenu des promesses comme celle-ci.

— Singleton s'est affolé, mais je vais faire en sorte

que nos émissaires le remettent sur le droit chemin, précisa-t-elle. Tout le monde a un prix. Il suffit simplement que je trouve lequel.

— Je t'avais dit de ne pas le brusquer, mais tu ignores ce qu'est la subtilité. Tu ne sais que foncer comme un bulldozer.

— Nous y revoilà ! Au cas où tu l'aurais oublié, c'est *toi* qui m'as appris à ne jamais me laisser attendrir, papa.

Son père croisa les bras et la toisa sévèrement, visiblement peu satisfait de son petit ton frondeur.

— Je n'ai rien oublié du tout, mais il semblerait que ce soit ton cas, si tu ne considères pas cela avec le même sérieux que moi, rétorqua-t-il sèchement.

Trey s'obligea à respirer calmement, tandis qu'elle essayait de mettre de l'ordre dans ses pensées.

Ace avait renié son fils unique parce que celui-ci était tombé amoureux, à vingt-deux ans, d'une jeune fille pauvre de Brooklyn, persuadé qu'elle avait des vues sur la fortune des Devereaux. Peu lui importait la façon dont sa cruauté pourrait impacter le bébé qui grandissait en elle.

La jeune fille, c'était sa mère. Le bébé, c'était elle.

— Je n'ai pas oublié, papa. Je lui ferai payer d'avoir aimé sa société davantage que son propre sang, et de l'avoir préférée à son propre fils et à son petit-enfant à naître. Même si je dois racheter sa fichue boîte moi-même.

Son père se rapprocha, pointant l'index vers elle tandis qu'il lui parlait :

— Ne plaisante jamais de la sorte. Tiens-toi le plus loin possible de Ace. Il est dangereux.

— Bien. Je m'en tiendrai éloignée.

Sa bonne volonté le soulagea visiblement.

Défier son père sur des sujets professionnels était une

chose. S'aventurer sur le terrain familial en était une autre, et elle n'osait pas remettre en question la règle inflexible concernant son grand-père.

— Je te promets que je trouverai un autre moyen de convaincre Singleton. J'y arrive toujours, tu le sais bien.

— Mais de quelle façon, Trey ? Tous les autres membres du conseil d'administration sont des proches de Ace. Ils ne vendront jamais à un adversaire. Comment proposes-tu de sécuriser ces actions, maintenant ? Ma méthode était la seule valable pour obtenir ce pour quoi j'ai travaillé si dur. Et toi, en te croyant plus maligne que les autres, tu as tout gâché !

La petite fille en elle, qui ne vivait que pour l'approbation de son père, accusa le coup. La femme adulte réputée pour sa dureté en affaires, elle, refusa de donner cette satisfaction à Deuce.

Les mains sur les hanches, elle le défia du regard.

— Si tu es mécontent de mon travail, alors libre à toi de me licencier. Sinon, j'ai une montagne de dossiers à traiter avant la fin de la journée qui m'attendent.

Elle pivota sur ses fins talons aiguilles, ouvrit la porte et la referma doucement derrière elle. Il n'était pas question qu'elle la claque, montrant ainsi à son père qu'il avait touché un point sensible.

Personne ne faisait jamais sortir Trey Devereaux de ses gonds.

Elle retourna dans son propre bureau et ne put retenir un soupir de soulagement en s'installant à sa table de travail.

C'était son sanctuaire. L'endroit depuis lequel elle accomplissait des miracles. Peu importait le combat à mener. Quand elle était dans cette pièce, dont les sobres tonalités de gris et de blanc rehaussées par des touches de rouge vibrant encourageaient sa créativité, elle pouvait soulever des montagnes.

Et il était temps qu'elle le montre !

Elle cessa de tapoter nerveusement de ses ongles le plateau en verre de la table, et observa la pile de courrier non décacheté. Puis, rassérénée par une gorgée de son café glacé favori, elle s'empara d'un ouvre-lettres et se mit au travail.

Elle en était à la moitié de la pile quand sa secrétaire Anisha passa la tête dans l'embrasure de la porte et agita une enveloppe.

— Un coursier vient de déposer cette lettre. Ça a l'air important. Il m'a fait signer un reçu en triple exemplaire avant de me la donner. Malheureusement, je ne sais pas si c'est pour votre père ou pour vous. Ce n'est pas précisé.

Trey haussa les épaules. Quand on portait un nom partagé par plusieurs générations, la confusion était fréquente.

— J'aimerais bien que les gens comprennent que le « III » à la fin de mon patronyme n'est pas optionnel.

La plupart des femmes n'étaient pas confrontées à ce problème, puisque la coutume voulait que ce soient les garçons qui portent le nom de leur père. Mais pour Deuce Devereaux, le genre n'avait rien à voir avec l'état civil, et il avait fièrement transmis son nom – la seule chose que Ace n'avait pas pu lui retirer – à sa fille.

Elle fit signe à Anisha d'entrer.

— Je vais la prendre. Si elle est pour mon père, je la lui donnerai plus tard.

Restée seule, elle observa l'adresse d'expédition, en essayant de deviner qui était J. Benton, de St. James Place à Brooklyn.

Passant les doigts sur l'épais et doux papier écru, signe d'un certain luxe sans toutefois être ostentatoire, elle ouvrit l'enveloppe et en sortit délicatement le feuillet plié.

Elle était curieuse de découvrir ce que ce J. Benton avait à dire.

Cher Monsieur Devereaux,

Je suis Jeremiah Benton, le Directeur général de Devereaux Incorporated.

L'envoi d'un courrier par coursier vous paraîtra peut-être inconvenant, mais j'avais besoin de m'assurer que vous prendriez connaissance de mon message, tout en conservant cet échange privé.

Ce que j'ai à dire est trop important pour se perdre dans votre dossier spam, ou pour être intercepté par des curieux.

M. Devereaux père m'a interdit de prendre contact avec vous, mais il m'a semblé que, en tant que fils, vous étiez en droit de savoir.

J'ai le regret de vous informer que votre père est malade. Son état est si grave que les médecins lui donnent moins de six mois à vivre.

Je sais que je suis un inconnu, et qu'il s'agit d'un sujet personnel, mais votre père et ses affaires ont besoin de vous. Si elle revenait à sa sœur, Martha Devereaux-Smith, l'entreprise en pâtirait. Vous êtes la seule personne à pouvoir empêcher cela.

Pour votre père, pour tout ce qu'il a bâti, je vous supplie de revenir le plus vite possible au manoir Devereaux.

Bien à vous,

J. Benton

Trey se leva précipitamment et se dirigea vers le bureau de son père.

Arrivée devant sa porte, elle marqua une pause. Le grand-père qu'elle n'avait jamais vu ailleurs qu'à la télévision et dans les magazines professionnels était en train de mourir.

Elle essaya d'analyser ce qu'elle ressentait, et ne parvint à identifier que de l'indifférence. Mais Deuce, qui avait passé les vingt-deux premières années de sa vie auprès de son père, aurait peut-être une réaction plus viscérale.

La porte était entrebâillée. Elle s'apprêtait à frapper quand elle entendit les voix de ses parents.

— Je regrette, Destiny, mais elle est trop impulsive. Je lui ai pourtant dit qu'elle ne pourrait pas toujours compter sur la chance, mais elle refuse de m'écouter et n'en fait qu'à sa tête. À présent qu'elle se trouve au pied du mur, elle est incapable de retourner la situation en sa faveur.

Les paroles de Deuce étaient cruelles, tranchantes comme une lame.

Son père lui en voulait encore et, se plaisant à mettre l'accent sur son échec, il ne voyait pas qu'elle était capable de faire le travail malgré tout.

— Du jour où nous avons découvert que je portais ta fille, tu as exigé d'elle l'excellence, Deuce. Le soir, quand elle bougeait tellement que je ne pouvais pas dormir, tu posais ta joue sur mon ventre, et tu lui répétais en boucle, jusqu'à ce qu'elle se calme : « Trey, tu es la fille de Deuce Devereaux, et personne, homme ou femme, ne t'arrive à la cheville. » Tu y croyais dur comme fer. Et depuis, elle ne t'a jamais donné aucune raison de douter d'elle.

— C'est différent cette fois. C'était un test pour qu'elle me prouve sa capacité à prendre en charge tout ce que je vais lui laisser. Après ce désastre, il n'est pas question que je prenne ma retraite. Je ne peux pas quitter DD Enterprises tant qu'elle ne sera pas prête. Et pourtant, je suis tellement fatigué, ma chérie.

Cet aveu serra le cœur de Trey.

Le manque de confiance de son père envers elle l'avait cruellement blessée. Mais cette faiblesse qu'il exprimait soudain, ce manque d'espoir, lui inspiraient un profond chagrin.

— Je mène ce combat contre Ace depuis plus de trente ans, et je suis conscient des répercussions sur notre vie de couple. Je pensais prendre une retraite anticipée et tout laisser à Trey, mais…

— Ne doute pas d'elle, Deuce. Elle trouvera une solution.

Trey baissa les yeux sur la lettre qu'elle tenait à la main et qui semblait soudain peser une tonne. Si petite et insignifiante au premier coup d'œil, son contenu avait le pouvoir de changer complètement leur situation.

Un plan commença à se former dans son esprit.

Elle avait promis à son père qu'elle lui servirait Devereaux Incorporated sur un plateau, et elle ferait tout pour tenir cette promesse.

Elle retourna dans son bureau et lut à nouveau la lettre, en considérant d'un regard neuf les informations qu'elle contenait.

Elle devait gagner ce combat pour son père, et la clé de la victoire était là, dans sa main.

- 2 -

— Qu'est-ce que tu mijotes, mon garçon ?

Jeremiah Benton releva la tête de son téléphone en souriant. Son assistant venait de lui envoyer la confirmation d'un rendez-vous dont il était pourtant à peu près certain qu'il n'aurait jamais lieu.

— Rien qui doive t'inquiéter, Ace.

Jeremiah regarda le vieil homme en pyjama de soie noire se redresser contre le dosseret de son imposant lit à baldaquin en acajou. Son visage au teint brun cuivré à peine marqué par les rides, et sa chevelure aux boucles serrées, plus grises que blanches, démentaient ses soixante-quinze ans, et rien dans sa prestance élégante et assurée ne pouvait laisser penser qu'il était malade.

— Pour que tu te montres aussi cachottier, il est sûrement question d'une femme.

Jeremiah se força à rire.

Si seulement il s'agissait d'un sujet aussi insignifiant que sa vie amoureuse ! Mais non, ce rendez-vous était professionnel, et il avait pour but de sauver l'entreprise de Ace.

— Tu sais bien que je n'ai pas le temps de m'intéresser aux femmes. Je suis trop occupé à gagner de l'argent pour toi.

Le sourire de Ace disparut, tandis qu'il haussait les épaules, désabusé.

— Devereaux Incorporated compte beaucoup pour moi, Jeremiah. Mais ce qui m'a vraiment comblé a été l'amour de ma douce Alva. Crois-moi, aucune fortune au monde ne peut se comparer au sentiment d'être aimé par une femme comme elle.

Ace ouvrit les bras, et Jeremiah quitta son fauteuil pour s'asseoir sur le bord du lit et se laisser étreindre par le vieil homme, dont l'affection lui était si précieuse.

— Mon cher garçon, tu travailles trop dur. Tant que je n'aurai pas fermé les yeux définitivement sur ce monde, je reste ton patron. Prends le temps de trouver une femme qui t'aimera comme Alva m'a aimé. Complètement, sans peur et avec une force qui me réconfortait tout autant qu'elle m'effrayait parfois.

Ace plaqua un baiser sur la joue de Jeremiah et laissa retomber ses bras, brisant cette précieuse sensation de réconfort que lui procuraient les accolades du vieil homme.

L'idée que leur nombre était désormais limité lui glaça le cœur, le laissant désemparé.

— Ace, que puis-je faire pour toi avant de partir ? Alicia est en bas, et tu peux l'appeler si tu as besoin de quelque chose.

— Je serai parti dans six mois, peut-être moins. Tout ce que l'on peut faire pour moi a déjà été fait. Du jour où je t'ai arraché à la rue à seize ans, la vie n'a cessé de me sourire. Si je t'ai offert un foyer et tout ce qui va avec, c'était pour que tu puisses développer ton potentiel et être heureux. Pas pour que tu me sois éternellement redevable.

— Mais je te dois tellement, Ace.

— Tu ne me dois rien du tout.

Jeremiah ne fit pas de commentaire. Avec Ace, les

actions avaient toujours plus d'impact que les paroles. Aussi, il sortit de la poche de poitrine de sa veste le précieux document qu'il y conservait, plié en quatre, et le tendit au vieil homme.

— Tu m'as dit que rien ne m'y obligeait, mais j'ai demandé à Amara d'engager la procédure de changement de nom, dit-il. Une fois ce document signé, je m'appellerai « Devereaux ».

Voyant que Ace s'apprêtait à l'interrompre, il leva la main pour le faire taire.

— Je sais que rien ne m'y oblige, mais je veux le faire. Tu m'as donné tellement, Ace. Tu es comme un père pour moi. Et, même si tu as essayé de me le cacher, je sais que tu n'as pas pu m'adopter car ma mère ne voulait pas renoncer à ses droits parentaux sur moi.

— Je suis sans voix, Jeremiah.

— Inutile de dire quoi que ce soit. Jette un coup d'œil à ce document. Réfléchis-y, et vois si tu veux me donner ta bénédiction. C'est ton nom. J'ai besoin de ton accord.

— Tu es un cadeau que je ne mérite pas…

Les yeux brillant de larmes contenues, Ace tapota affectueusement la joue de Jeremiah.

— Sache que je n'en ai jamais voulu à ta mère de ne pas vouloir renoncer à ce dernier lien avec toi, mon garçon. Et tu ne devrais pas le lui reprocher non plus. Elle a fait du mieux qu'elle pouvait avec ce qu'elle avait. Elle a tenu compte de ce qu'il y avait de mieux pour toi quand elle t'a autorisé à venir vivre chez moi. Mais lui demander de renoncer à ses droits parentaux était trop cruel pour son cœur de mère.

— Je sais.

Jeremiah ressentait plus de compassion pour sa mère aujourd'hui que lorsqu'il avait découvert son refus à l'époque. Mais cela faisait longtemps qu'elle était décédée, et il préférait ne pas trop s'attarder sur ces souvenirs douloureux, préférant se concentrer sur l'affection que Ace lui portait.

— Changeons de sujet, reprit-il. David m'a demandé d'évoquer à nouveau le testament avec toi. Soit tu parles avec Deuce, soit tu retires la clause stipulant que lui ou ses descendants doivent être présents à la lecture du testament pour pouvoir prétendre à tes quarante pour cent de Devereaux Inc.

Ace balaya cette remarque d'un geste de la main, et Jeremiah fit un effort pour garder son calme.

— Tu sais bien que cette clause aura pour conséquence de faire de ta sœur Martha l'actionnaire principale de la compagnie. Il lui suffira d'acquérir onze pour cent de plus pour en prendre le contrôle, ou pire, pour la démanteler et la revendre. C'est ce que tu veux ?

Ace tourna la tête.

— Ce n'est pas ce que je veux, mais c'est la seule chose à faire, dit-il. Je sais que tu ne comprends pas, mais j'essaye de régler avant ma mort ce que je n'ai pas réussi à faire de mon vivant.

Jeremiah retint un juron. Ace était généralement obstiné, mais ses décisions étaient toujours fondées sur la logique.

Or ceci n'avait aucun sens.

— Modifie ton testament, Ace. Laisse les parts à Amara, Lyric, Stephan ou moi. Nous avons toujours été à tes côtés. Nous t'avons tout donné, en particulier notre loyauté. Ne nous fais pas ça.

Ace ferma les yeux. Quand il les ouvrit, son regard était brouillé par la tristesse et la culpabilité.

— Je suis désolé, Jeremiah. Je ne peux pas faire ce que tu demandes.

Il prit le temps de s'éclaircir la gorge avant de reprendre :

— Comme je le disais avant que tu ne changes de sujet, mon seul souhait est que tu aies une vie heureuse. J'ai vécu la mienne, ou plutôt…

Il s'interrompit tandis que son regard se posait sur la photo encadrée de son fils enfant, posée sur la table de chevet.

Plus que la maladie qui le rongeait, les souvenirs de son fils lui étaient toujours une douleur cruelle, une profonde blessure qui ne guérirait jamais.

Résolument, il posa sa main sur la joue de Jeremiah.

— J'ai gâché la mienne, reprit-il. J'ai tellement de regrets. Ne fais pas comme moi. Sois meilleur que moi. Vis la tienne. Vis-la vraiment, Jeremiah.

L'alarme de l'agenda sonna sur le téléphone de Jeremiah. Il devait partir.

Masquant sa déception, il tourna la tête pour embrasser la paume que Ace avait posée sur sa joue.

Il ferait tel qu'en avait décidé le vieil homme. Au bout du compte, Ace avait toujours gain de cause. N'était-ce pas grâce à ses conseils avisés que le pickpocket qu'il était s'était transformé en dirigeant d'une entreprise de premier plan ?

Cependant, avant toute chose, il devait apaiser l'angoisse qui se lisait sur le visage du vieil homme. Il n'avait hélas pas le pouvoir de lui sauver la vie, mais il pouvait faire en sorte que ses derniers jours soient plus sereins.

Et rencontrer Deuce Devereaux, le fils qui avait coupé les ponts avec lui, était la première étape à franchir avant d'atteindre son but.

— Je reviendrai te voir ce soir, Ace. En attendant, ne mène pas la vie dure à Alicia.

Ace cligna de l'œil, indiquant qu'il ferait comme il lui plairait, quelle que soit la personne en face de lui. Il était d'autant plus difficile de lui en vouloir, que c'était précisément cette volonté et cette obstination qui avaient contribué à créer et développer Devereaux Incorporated.

Jeremiah quitta la pièce avec un sourire qui s'évanouit dès que la porte se fut refermée derrière lui.

Un ressentiment familier, qu'il pensait pourtant avoir enfoui suffisamment profond pour ne plus y penser, refit surface.

C'est à toi que l'entreprise devrait revenir.

Il ferma les yeux, s'efforçant de chasser ces pensées déstabilisantes. Ace lui avait déjà beaucoup donné. Libre à lui de ne pas le choisir pour héritier.

Assis au fond de la salle du Vault, un bar-lounge VIP de Brooklyn, Jeremiah attendait Jordan Dylan Devereaux II.

Bon sang, c'était vraiment un nom à rallonge. Heureusement que père et fils répondaient respectivement aux surnoms de Ace et Deuce, faute de quoi il serait épuisant de prononcer cela à longueur de journée.

Il se pencha pour prendre son verre de whisky et fit lentement tourner le liquide ambré avant d'en boire une gorgée. Il accueillit avec délice la chaleur de l'alcool qui se répandait en lui.

Les sujets d'ordre professionnel le taraudaient rarement au point qu'il ressente le besoin de prendre un verre pour se détendre. Avec des éléments concrets, une bonne analyse et un plan d'action, il parvenait habituellement à gérer tout ce que les affaires recelaient d'embûches.

Mais la réussite de ce qu'il projetait de faire ici ce soir dépendait du bon vouloir d'un homme. La préservation de l'héritage de Ace pouvait voler en éclats si Deuce refusait sa proposition.

Consultant sa Rolex, il regarda la grande aiguille se déplacer jusqu'à ce que l'heure convenue pour le rendez-vous s'affiche.

La porte s'ouvrit sur une femme à la silhouette sculpturale, et il ne put s'empêcher de la suivre des yeux tandis qu'elle s'avançait dans la salle.

Elle s'arrêta et regarda autour d'elle, avant de venir dans sa direction. Plus elle approchait, plus son tailleur pantalon rouge, porté sur un débardeur de satin noir, révélait de délices, faisant regretter à Jeremiah d'être là pour affaires. Il aurait voulu avoir l'occasion d'admirer autant qu'il le souhaitait le brun profond et velouté de sa peau et sa silhouette tout en courbes pulpeuses…

Mais il n'eut pas le temps de se lamenter sur son dilemme. Tout à coup, elle fut devant lui, souriante et sûre d'elle.

Son sourire était aussi intrigant que la sensualité de sa démarche. Puissant, éclatant, teinté d'une légère arrogance, c'était tout ce qu'il attendait du sourire d'une femme, sans jamais en avoir eu conscience avant. C'était terriblement sexy. Elle était terriblement sexy. Une déesse faisant l'honneur de sa présence aux mortels qui l'entouraient.

S'assurant que son masque de froideur et d'indifférence était bien en place, il s'accorda le temps de déguster une autre gorgée de whisky, avant de demander, non sans une certaine insolence :

— Puis-je vous aider en quoi que ce soit, mademoiselle ?

Le sourire de l'inconnue s'élargit.

— Je crois que c'est moi qui vais pouvoir vous aider.

Elle défit l'unique bouton de sa veste, cintrée à la taille. En se libérant, les pans révélèrent une poitrine généreuse, mise en valeur par le bustier.

— J'aimerais que ce soit vrai, répondit-il en enveloppant sa silhouette d'un regard appréciateur. Mais je suis ici pour un rendez-vous d'affaires et, à mon grand regret, vous n'êtes pas la personne que j'attends.

— En êtes-vous sûr ?

Elle s'assit à côté de lui sur la banquette capitonnée, croisant les jambes tandis qu'elle se calait contre le dossier.

Les notes à la fois orientales et fleuries de son parfum flottèrent jusqu'à lui, et il eut envie de presser son nez dans le cou de l'inconnue, pour respirer la troublante odeur à même sa peau.

Luttant contre l'envie qui se déployait au creux de son ventre et diffusait sous sa peau des ondulations électriques, il s'éclaircit la gorge, avant de soutenir son regard.

Grave erreur !

Le corps sublime de la jeune femme avait peut-être mis le feu à ses sens, mais l'étincelle dans son profond regard brun l'hypnotisa, lui donnant envie de s'approcher de sa flamme jusqu'à s'y brûler.

Le bruit de la porte qui s'ouvrait à nouveau brisa le sortilège.

Jeremiah regarda vers l'entrée, en priant pour que Deuce soit enfin arrivé, tant le regard prédateur de l'inconnue l'inquiétait et l'émoustillait à la fois.

Quand il vit qu'il s'agissait à nouveau d'une jeune

femme, il contint sa déception, et s'obligea à regarder de nouveau en direction de l'inconnue assise à côté de lui.

— Croyez-moi, dit-il, étonné que les mots parviennent à franchir la barrière de ses lèvres soudain asséchées, je préférerais passer ma soirée…

Il s'interrompit avant de dire quelque chose qui aurait pu lui valoir une gifle, ou pire, le départ de cette déesse. Mais quand un sourire narquois étira ses lèvres pleines et merveilleusement dessinées, l'envie qu'il avait de se censurer disparut dans l'air soudain devenu suffocant autour d'eux.

— J'allais dire *à discuter* avec vous, précisa-t-il. Mais en vérité, si vous me faites l'honneur de m'accorder votre temps ce soir, il n'y aura pas beaucoup de place pour la discussion.

— Vous ne mâchez pas vos mots.

Une étincelle d'excitation traversa ses yeux, tandis qu'elle inclinait la tête et laissait son sourire s'élargir.

— J'aime qu'un homme exprime ses envies. Et quand je vous regarde…

Elle prit tout son temps pour le détailler, d'un regard mi-narquois, mi-troublé.

— … je pense que j'aimerais connaître dans le détail ce que vous voulez. Mais avant, nous devrions régler le sujet qui nous préoccupe.

— À moins que vous ne soyez un homme d'une cinquantaine d'années, répondant au nom de Jordan Devereaux, je pense que vous cherchez quelqu'un d'autre. Mais je serais heureux d'être celui que vous voulez, ce soir.

Elle eut un sourire triomphal, comme si elle avait connaissance de quelque chose qu'il ignorait, et lui tendit la main.

Sa poignée de main était ferme et confiante, très femme d'affaires. Quand bien même, il eut envie de conserver sa main indéfiniment dans la sienne.

— On me surnomme Trey, mais pour l'état civil, je suis Jordan Devereaux, dit-elle.

Son sourire était encore plus éblouissant quand elle retira sa main.

— Troisième du nom, précisa-t-elle en balayant cette précision d'un geste désinvolte. Cet homme d'une cinquantaine d'années que vous venez de mentionner est mon père, Deuce. Dans votre lettre, vous sollicitiez son aide. Il n'a pas pu venir au rendez-vous et a envoyé son bras droit. C'est-à-dire moi.

Jeremiah ne répondit pas. Il en était incapable.

Ce n'était pas ce qu'il avait demandé. Il s'apprêtait à le faire savoir, quand Trey leva la main pour l'interrompre :

— Alors, monsieur Benton, voulez-vous de mon aide ou non ?

Sa voix était profonde, douce, apaisante même.

Elle se pencha, et l'odeur capiteuse de son parfum le rendit fou.

— À moins que nous fassions l'impasse sur votre lettre et trouvions un autre endroit pour… mieux faire connaissance ? ajouta-t-elle.

Il la dévisagea afin de voir si elle plaisantait, mais tout dans sa communication non verbale indiquait qu'elle était sérieuse.

C'était tentant, mais ce ne serait vraiment pas malin de sa part. Qu'adviendrait-il alors de l'entreprise de Ace ? Tout cela ne pouvait que mal finir, et il le savait.

Elle lui adressa un sourire mesuré mais non dénué de chaleur et d'insolence avant de conclure :

— Pour ma part, les deux scénarios me conviennent.

Elle ponctua cette déclaration d'un clin d'œil, et la température ambiante augmenta de plusieurs degrés.

Jeremiah desserra son nœud de cravate.

Ce rendez-vous ne se déroulait pas du tout comme il l'avait prévu, et le plus étrange était qu'il n'avait aucune envie de le remettre sur ses rails.

— Vous, dit-il en la pointant du doigt, vous me posez un sacré problème.

- 3 -

— Jeremiah, est-ce que tu m'écoutes ?

Il sursauta en entendant son prénom, et croisa le regard perplexe d'Amara Devereaux-Rodriguez.

La nièce de Ace était un des deux avocats de la famille à faire partie du service juridique de l'entreprise. Jeremiah l'avait connue à l'adolescence, quand Ace l'avait pris sous son aile, et ils étaient aussitôt devenus amis.

— J'ai parfaitement entendu ce que tu as dit, affirma-t-il avec un sourire moqueur qui lui valut un coup d'œil agacé. Trey est bien qui elle prétend être, et elle peut demander les parts de Ace si son père les refuse. Le fait que Deuce ait envoyé sa fille à sa place signifie clairement qu'il ne veut plus aucun contact avec Ace. Trey reste donc notre meilleure option.

— Je ne comprendrai jamais comment tu fais ça, fit remarquer Amara en secouant la tête.

— Quoi ?

— Rester présent tout en pensant à autre chose. Mais revenons à ce qui nous préoccupe.

Jeremiah chercha une position plus confortable dans son fauteuil de cuir, et prit sur lui pour ne pas laisser transparaître sa frustration.

— Tu ne devrais pas en passer par là pour obtenir ce que tu as gagné, reprit Amara. Ce n'est pas juste. Ces parts devraient te revenir.

— Tu sais que ce n'est pas ce que dit le testament de Ace.

— Je sais aussi qu'il est très facile de modifier cette clause. Tu es bien plus un fils pour lui que ne l'est Deuce. Ce n'est pas juste et, si tu ne dis rien, c'est moi qui le ferai.

— Amara, ça suffit !

Jeremiah frappa du plat de la main sur le plateau de son bureau, et regretta aussitôt ce mouvement d'humeur.

— Oui, je mérite ces parts, mais je ne vais pas supplier pour les avoir, décréta-t-il.

Seuls les enfants faisaient des caprices quand ils n'obtenaient pas ce qu'ils voulaient. Les hommes adultes prenaient sur eux et faisaient avec.

— Laisse tomber, Amara. Je suis aux côtés de Ace depuis l'âge de seize ans. S'il n'a pas changé son testament durant tout ce temps, c'est qu'il avait une bonne raison. Ce n'est pas à nous de juger ce qu'il fait avec ses actions.

Il ravala son amertume et essaya de tempérer sa colère.

— Quels que soient nos sentiments, la seule chose qui compte, c'est ce que veut Ace, conclut-il.

Il faisait rarement preuve d'autorité envers Amara qui avait joué un rôle vital dans sa réussite chez Devereaux Inc., mais sur ce sujet il ne transigerait pas. Il donnerait à Ace ce dont il rêvait depuis des années, même s'il devait pour cela s'écarter.

Il ferma les yeux et se pinça l'arête du nez.

— Tu es sûre que Trey peut se substituer à Deuce pour réclamer les parts, et que je pourrai ensuite les lui racheter ?

Quand il rouvrit les yeux, il vit qu'Amara l'observait.

— Oui. Mais je vois bien à ta façon de plisser le front que cela t'inquiète de la faire entrer dans le capital.

Il hocha la tête.

— Qui sait ce que Deuce lui a raconté sur Ace. A-t-elle vraiment l'intention d'aider, ou y voit-elle une occasion de cracher son venin au visage de son grand-père ? Imagine qu'elle soit aussi manipulatrice que Martha et qu'elle refuse de me vendre les actions après les avoir reçues. Il y a tellement d'inconnues…

Amara posa sa main sur la sienne.

— Je ne peux pas répondre à ça, Jeremiah. Tout ce que mon enquêteur a pu trouver entre votre rencontre d'hier soir et ce matin, c'est qu'elle est au niveau. Au-delà de ça, je ne peux te donner aucune garantie.

Il haussa un sourcil.

— Qu'est-ce que tu suggères ?

— Limite ses accès. Tiens-la à l'écart de Devereaux Inc. pour le moment. Commence par la présenter à Ace. Sa façon de se comporter avec lui te dira comment procéder.

Elle baissa les yeux quelques instants et, quand elle les leva à nouveau, Jeremiah y vit briller des larmes contenues.

— Nous n'avons pas beaucoup de temps, murmura-t-elle. Oncle Ace ne tiendra pas plus de quelques mois.

Jeremiah laissa échapper un soupir.

Comme toujours, Amara avait raison. Il ne leur restait que peu d'options à ce stade, et il devait faire quelque chose s'il voulait sauver Devereaux Inc.

Il ferma le dossier ouvert sur sa table de travail et le rendit à Amara, qui le glissa dans son porte-documents.

Au moment où elle se levait, la sonnette de la porte

d'entrée retentit. Jeremiah voulut se lever à son tour, mais Amara l'arrêta d'un geste de la main.

— Laisse-moi l'accueillir, s'il te plaît. Quiconque parvient à faire sortir de ses gonds le flegmatique Jeremiah Benton doit être une femme hors du commun.

Bien plus qu'elle ne pouvait l'imaginer ! songea Jeremiah.

Postée à l'angle des avenues Clinton et Gates, Trey observait avec stupéfaction le manoir Beaux-Arts qui éclaboussait de son éclat cette rue animée de Brooklyn, tel un joyau dans la nuit.

Typique de l'architecture américaine de la fin du 19e siècle, la bâtisse à la façade couleur coquille d'œuf, de trois étages, regorgeait de détails caractéristiques de ce style grandiose : pilastres, colonnes, fenêtres cintrées, guirlandes sculptées et statues.

Son père lui avait formellement interdit de s'en approcher quand elle était enfant, et la surveillance rapprochée que ses parents exerçaient sur elle durant son adolescence ne lui avait pas laissé l'occasion d'explorer la grandeur du manoir Devereaux.

Et voilà qu'elle se trouvait devant cette maison où, à une époque, deux générations de Devereaux avaient vécu.

Un frisson la traversa, tandis qu'elle révisait son plan. Non seulement elle enfreignait l'ordre de son père de se tenir à l'écart de Ace, mais elle s'apprêtait à voler son entreprise à un mourant.

Et pas n'importe quel mourant. Son grand-père.

Elle frissonna de plus belle.

En affaires, elle était sans pitié. Mais il n'y avait rien de personnel dans le monde des affaires. Cette fois, c'était différent. Les enjeux étaient plus élevés. Agissant comme la main armée de Deuce, à l'insu de celui-ci, elle restituerait à son père son héritage naturel tout en lui prouvant qu'elle était prête à tout pour DD Enterprises.

Les enjeux étaient aussi plus risqués. Si son père apprenait ce qu'elle s'apprêtait à faire…

Avant que sa conscience ne la fasse changer d'avis, elle fit un pas en avant, puis un autre, jusqu'à ce qu'elle se trouve devant la porte d'entrée à deux battants.

Redressant les épaules, elle prit une profonde inspiration et sonna.

Jeremiah n'ayant pas expliqué dans le détail pourquoi il voulait la rencontrer ici, elle ignorait tout de ce qui l'attendait.

La porte s'ouvrit, et une belle femme, dont les traits lui étaient familiers, lui apparut, souriante.

Surprise de rencontrer une personne qui lui ressemblait, en dehors de son père, Trey resta bouche bée. Elle avait devant elle les mêmes yeux bruns, les pommettes hautes et ciselées, et les fossettes réputées être une marque de fabrique dans la famille.

— Bonjour, je suis Amara. Ta cousine.

Trey tendit la main et continua à observer Amara, jusqu'à ce que celle-ci hoche la tête d'un air entendu.

— Je comprends ta surprise, dit-elle. Les gènes Devereaux sont vraiment puissants. Même si mon grand-père a presque dix ans de moins que le tien, on dirait des jumeaux. Cela vaut aussi pour ma mère et moi. Et j'imagine que tu es le portrait craché de ton père.

Le ravissement apparent et la curiosité naturelle d'Amara firent sourire Trey.

— Au grand regret de ma mère, je suis la copie conforme de mon père, aussi bien physiquement que du point de vue du caractère ! fit-elle remarquer.

Amara éclata de rire.

— Malheureusement, c'est le lot de tous ceux qui font des enfants avec un Devereaux.

Elle ouvrit la porte en grand et fit signe à Trey d'entrer.

— Oncle Ace sera tellement heureux de te voir. Je sais qu'il y a de la tension autour du conflit entre ton père et lui. Mais, crois-moi, ta présence le touchera infiniment.

Trey ne savait pas quoi en penser.

Ace avait abandonné son fils quand celui-ci avait le plus besoin de lui. Comment quelqu'un qui était aussi dénué de cœur pourrait-il se réjouir de faire la connaissance de sa petite-fille ?

— Jeremiah t'attend dans le salon, précisa Amara. C'est la première porte sur la droite.

Trey hocha la tête et commença à se diriger dans la direction indiquée.

Une main délicatement posée sur son bras la retint.

— Moi aussi, je suis heureuse de te rencontrer, et j'ai hâte que nous devenions de vraies cousines, lui dit Amara en souriant. De vraies amies.

Elle plongea la main dans sa poche et en sortit une carte de visite.

— Si tu as besoin de quelqu'un pour t'expliquer le fonctionnement de cette famille, ou si tu as simplement envie de parler, n'hésite pas, ajouta-t-elle en s'éloignant.

Trey regarda la carte de visite, en proie à un vague malaise. Aussi charmante que soit Amara, elle n'était pas venue ici pour sympathiser avec la famille qui avait renié son père adoré. Ce qu'elle voulait, c'était les faire payer de la façon la plus douloureuse possible.

— J'espère qu'Amara ne vous a pas effrayée.

Trey s'arracha à ses pensées et se tourna dans la direction d'où venait la voix.

L'imposante carrure de Jeremiah Benton emplissait l'embrasure d'une porte. La veille, il était un concentré d'élégance dans un costume Armani qui flattait sa silhouette. Aujourd'hui, il portait un pantalon de toile beige et un polo noir qui lui donnaient un charme plus juvénile. Le crâne rasé, il arborait un bouc court parfaitement taillé et entretenu, et tout dans son attitude indiquait l'assurance et le contrôle de soi.

Il était indéniable qu'elle le trouvait séduisant. Mais elle avait pour mission de venger son père. Fantasmer sur le bras droit de son grand-père n'était pas à l'ordre du jour.

Elle afficha un sourire de façade, peaufiné par une longue pratique.

— Pas du tout, assura-t-elle. Je ne savais pas comment j'allais être reçue en venant ici, mais l'accueil d'Amara a été parfait.

Il s'écarta et lui fit signe d'entrer.

Au passage, elle perçut l'odeur puissamment épicée de son eau de toilette, et elle fit un effort pour masquer son trouble.

Lorsqu'elle entra dans la pièce, qui s'avéra être un immense salon, un grand tableau accroché au-dessus de la cheminée attira son attention. Il représentait son père le jour de la remise de son diplôme universitaire.

— Vous l'avez mis là pour moi ? demanda-t-elle.

Puis, remarquant l'air perplexe de Jeremiah, elle ajouta :

— Le portrait de mon père.

— Ace m'a accueilli chez lui il y a vingt-deux ans, et le tableau était déjà là.

Elle hocha la tête et regarda une nouvelle fois le portrait de son père.

Ace était son ennemi juré mais, à cet instant, elle ne

pouvait s'empêcher de ressentir un petit quelque chose pour lui.

— Si vous me disiez le genre d'aide que vous attendez de mon père, dit-elle soudain en se tournant vers Jeremiah.

Il s'était montré avare en détails, la veille, lui demandant de venir ici le lendemain, plutôt qu'au siège de l'entreprise, afin de poursuivre la conversation.

Lui désignant les canapés, il lui sourit.

— Je vois que vous avez hérité de votre grand-père la capacité à aller droit au but.

— Cela fait gagner du temps, répondit-elle en s'asseyant dans un vaste canapé disposé sous la fenêtre.

Le regard de Jeremiah s'attarda sur elle, comme s'il se demandait jusqu'à quel point il pouvait lui faire confiance.

— Hier soir, je voulais simplement voir si vous étiez intéressée, fit-il remarquer.

Il avait raison d'être prudent. Elle sourit, espérant le rassurer, et se cala contre les coussins.

— Si j'ignore ce dont il s'agit, je ne pourrai pas vous aider, monsieur Benton.

— Votre grand-père possède quarante pour cent de Devereaux Inc. Compte tenu de la progression rapide de sa maladie, j'ai commencé à mettre de l'ordre dans ses papiers personnels, et j'ai découvert que son testament met en danger l'avenir de la compagnie. Pour faire simple, votre père, ou l'un de ses descendants directs, doit réclamer les parts de Ace. Sinon, elles iront à sa sœur Martha.

Trey hocha la tête.

— Ace ne peut-il modifier son testament ou ajouter

un codicille pour empêcher que sa sœur s'approprie ses parts ? s'enquit-elle.

— Il pourrait, et je lui ai même demandé de le faire. Mais modifier ce testament si près de son décès présumé pourrait donner lieu à une contestation. Et, connaissant Martha, je sais qu'elle le fera.

— Donc, vous espérez que mon père se présentera à la lecture du testament et réclamera les parts de son père. C'est parier gros sur un parfait inconnu qui n'a pas échangé un mot avec son père depuis plus de trente ans. Et Amara ? Ne peut-elle y prétendre ?

— Le testament précise que l'héritier doit être un descendant direct de Jordan Dylan Devereaux, premier du nom. Si personne ne remplit cette clause, les actions iront à son plus proche parent, et Amara n'entre pas dans cette catégorie.

— Je suppose qu'il y a un problème avec cette chère tante Martha, si vous estimez devoir appeler mon père à l'aide.

— En dehors d'être une tête de mule aigrie, elle n'a aucun sens des affaires, et elle a déjà exprimé le désir de liquider l'entreprise. Aujourd'hui, elle est à la tête de notre marque *lifestyle* Inkosi.

— Inkosi ? Pourquoi avoir choisi le mot zoulou signifiant « roi » pour votre marque ?

— Parce qu'elle est digne d'un roi. Tout ce que nous faisons, promouvons ou dans lequel nous investissons doit être de la plus haute qualité. Il faut que ce soit aussi proche de la perfection qu'il est humainement possible. Uniquement le meilleur pour le roi.

— Je vois. Mais pourquoi avez-vous mis à ce poste une personne qui n'a aucun sens des affaires ?

— Martha possède un sens créatif fantastique et

un flair inégalé pour anticiper les nouvelles tendances avant tout le monde. Et ne croyez surtout pas que je sois machiste et que je croie qu'il existe des rôles réservés aux femmes. Ce n'est pas du tout le cas. Nous ne pourrions pas lancer la moitié de nos projets sans la contribution de Martha.

— Alors, parce qu'il ne veut pas que sa sœur prenne la suite, Ace vous a demandé d'aller chercher mon père pour sauver sa compagnie du feu. Il ne manque pas de toupet !

— Vous savez, le plus grand regret de Ace est d'avoir chassé son fils parce qu'il voulait épouser votre mère. Il en éprouve une grande culpabilité. Jamais il ne demanderait l'aide de votre père.

— Parce qu'il se trouve trop bien pour ça ?

Jeremiah secoua lentement la tête, avant de répondre posément :

— Parce qu'il pense qu'il ne mérite pas d'être aidé.

Trey ne s'attendait pas à cette réponse.

La gorge nouée par une émotion inattendue, elle détourna le regard et prit quelques secondes pour se ressaisir avant de demander :

— Donc, c'était votre idée ?

— Oui. Ace ignore que j'ai pris contact avec votre père.

— Pourquoi l'avez-vous fait, alors ? D'autant que je suis persuadée que vous auriez voulu avoir ces parts.

Il la regarda droit dans les yeux.

— Vous avez raison. Je veux ces parts. Et dès que votre père ou vous les aurez réclamées, je vous ferai une offre de rachat si prodigieuse que vous ne pourrez pas la refuser.

Il avait du cran, elle devait lui reconnaître cela. Il n'y avait aucun signe de subterfuge dans son affirmation.

— Et si je ne parvenais pas à vous convaincre, ce serait toujours une solution plus acceptable que de laisser Martha s'en emparer, ajouta-t-il. Ace m'a sauvé la vie quand j'étais un petit voyou de seize ans qui écumait les rues d'East New York. C'est un juste retour des choses, que je l'aide aujourd'hui.

Trey fut sensible à cet amour farouche pour une figure paternelle. Cela ressemblait à l'amour qu'elle avait pour son père.

Mais à son admiration grandissante pour cet homme se mêlait une peur diffuse. Elle allait devoir surveiller de près ce Jeremiah Benton. Et pas parce qu'il était l'un des plus beaux spécimens d'hommes qu'elle ait jamais rencontré.

Si sa dévotion pour Ace était aussi forte que celle qu'elle avait pour son père, il ferait tout pour protéger le vieil homme.

Elle devait être prudente, car l'affection de Jeremiah pour Ace faisait de lui son ennemi.

— Maintenant que les choses sont claires, si vous me présentiez à mon grand-père ?

- 4 -

— Ace, il y a une visite pour toi. Tu te sens la force d'avoir de la compagnie ?

Trey attendit patiemment une réponse à la question de Jeremiah, tandis qu'ils attendaient devant la porte légèrement entrebâillée de la chambre de son grand-père.

La pensée de se faire refouler lui apporta un mélange de soulagement et de déception.

— Ça dépend s'il s'agit de cette fichue infirmière qui vient chaque semaine pour me piquer et me malmener.

Trey baissa la tête pour dissimuler un sourire. L'âge et la maladie rendait la voix de Ace rocailleuse, mais ses facultés mentales étaient intactes.

Jeremiah se tourna vers elle et murmura :

— Il n'a jamais eu la langue dans sa poche, j'en ai peur.

Il poussa légèrement la porte, et passa la tête dans l'embrasure.

— Nous pouvons entrer ?

Trey n'entendit pas la réponse de Ace, mais il avait dû donner sa permission car Jeremiah ouvrit la porte en grand et s'avança dans la pièce, avant de lui faire signe de le suivre.

Ace était assis dans un imposant lit à colonnades d'acajou, calé contre une montagne d'oreillers. Il n'avait pas l'air malade et, même en pyjama, il se dégageait de lui une impression d'autorité indéniable.

Il la fixa de son regard pénétrant. Elle était une inconnue pour lui, et il était compréhensible qu'il la détaille de la tête aux pieds pour essayer de déterminer qui elle était et ce qu'elle voulait. Néanmoins, elle ne put s'empêcher de se crisper un peu, plus intimidée qu'elle ne l'aurait cru possible.

— Jordan Dylan Devereaux III.

Ace avait prononcé son nom comme une évidence.

Trey tourna la tête vers Jeremiah pour lui demander s'il avait parlé d'elle à son grand-père mais, avant qu'elle ait eu le temps de formuler sa question, il secoua la tête.

— Vous savez qui je suis ? s'enquit-elle.

Un large sourire illumina le visage du vieil homme, tandis qu'il lui faisait signe d'approcher.

Elle adressa à nouveau un regard à Jeremiah, et vit qu'il était en train de quitter discrètement la pièce.

Restée seule avec son grand-père, elle prit place dans le fauteuil installé près du lit.

— Je reconnaîtrais ma chair et mon sang n'importe où. Tu es le portrait de ton père, qui me ressemble comme deux gouttes d'eau.

— Mais comment savez-vous mon nom ? Vous n'avez pas parlé à mon père depuis plus de trente ans, après l'avoir renié pour vouloir épouser une fille pauvre née du mauvais côté de Brooklyn.

Il tiqua, baissa les yeux un instant, avant de la regarder à nouveau, avec un sourire attendri.

Tandis qu'il se penchait, une lueur d'émerveillement passa dans ses yeux, comme s'il était face à une sorte de miracle.

— Même si j'ai sottement laissé passer trop de temps

entre ton père et moi, cela ne veut pas dire que je ne me suis pas tenu au courant de sa vie et de la tienne.

Il se pencha pour ouvrir le tiroir de la table de chevet, et en sortit un petit album qu'il lui tendit.

Elle n'était pas sûre de savoir quoi en faire, mais Ace hocha la tête pour l'encourager à l'ouvrir.

Elle retint son souffle en découvrant la photo familière de sa mère qui la tenait dans ses bras, alors qu'elle venait de la mettre au monde dans un hôpital de Brooklyn. Son père se tenait à côté et souriait fièrement.

Elle continua à tourner les pages, découvrant des photos retraçant sa vie, depuis son enfance jusqu'à ses derniers succès professionnels.

Elle voulut parler, mais l'émotion l'en empêcha.

Ce n'était pas ainsi que cela devait se passer ! Elle était venue ici pour rétablir une injustice, pas pour se laisser attendrir.

Elle referma l'album et s'accorda quelques secondes pour se ressaisir.

Elle était bien plus forte que ça. Ce n'étaient pas quelques photos qui allaient la détourner de sa mission. Elle regarda Ace droit dans les yeux.

— Où avez-vous eu ces photos ?

— Ta mère me les a envoyées. Ton père m'en voulait énormément, et je pouvais le comprendre. Je ne voulais pas m'imposer dans sa nouvelle vie avant qu'il soit prêt. Mais ta mère souhaitait que je connaisse mon unique petit-enfant, ma descendante, mon héritière. Alors elle m'a envoyé régulièrement des photos des grands événements qui ont jalonné ta vie. J'ai des quantités d'albums de toi, dans la maison.

Il souriait tristement, comme s'il répertoriait les aspects décevants de son passé.

— Je ne méritais pas autant de gentillesse de la part de ta mère, mais je partirai en lui vouant une reconnaissance éternelle. Grâce à elle, j'ai pu te voir grandir, même de loin.

Il jeta un coup d'œil plein d'espoir vers la porte, comme elle l'avait vu le faire plusieurs fois tandis qu'elle regardait les photos.

— Si vous voulez que j'aille chercher Jeremiah, je peux le faire, proposa-t-elle.

Le vieil homme secoua la tête.

— Je pense qu'il veut nous laisser du temps, seul à seule. Ce n'est pas lui que je cherche.

— Qui, alors ?

De ses mains tremblantes, il lissa le drap de lin couvrant ses jambes, avant de lever les yeux vers elle.

— Est-ce que mon fils est venu avec toi ?

Mal à l'aise, Trey eut du mal à retrouver son souffle. Elle ne connaissait pas cet homme, mais son attente pleine d'espoir, qui se traduisait par un petit sourire triste et tremblant, lui brisait le cœur.

— Non, il n'est pas là.

— Seulement cette fois-ci, ou est-ce qu'il ne viendra jamais ?

— Je ne sais pas. Il a beaucoup de ressentiment envers vous, mais tout peut arriver. Je suis bien assise à côté de vous, à vous écouter parler de ma vie. Cela doit vouloir dire que rien n'est impossible.

Il l'observa attentivement, semblant analyser chacun de ses mots. Finalement, il hocha la tête et lui adressa le même sourire éblouissant avec lequel il l'avait accueillie.

— Tu as raison, dit-il. Je vais considérer ce moment avec toi comme une bénédiction, et laisser le reste se dérouler à son rythme.

Il y eut un silence étrange, chargé d'émotion contenue, emplissant la chambre d'un air aussi dense et lourd qu'une journée d'été humide à New York.

Désireuse de s'arracher à cette emprise, Trey se redressa sur son siège et s'éclaircit la gorge : .

— Eh bien, on dirait que vous en savez beaucoup sur moi, Ace. Vous pourriez peut-être me parler un peu de vous…

Jeremiah avait préféré laisser Ace et Trey seuls pour qu'ils puissent parler à leur guise.

Ces retrouvailles entre Devereaux étaient à la fois belles et douloureuses à voir. Il savait combien il en avait coûté à Ace de ne pas faire partie de la vie de son fils et de sa petite-fille, mais cela n'avait jamais été aussi flagrant qu'à présent.

Descendu à la cuisine, il essaya de trouver à s'occuper. Il aurait voulu rester dans la chambre, afin de pouvoir surveiller comment les choses se déroulaient. Mais il savait qu'il était trop protecteur à l'égard de Ace pour ne pas s'énerver contre Trey si cette dernière manquait de respect à son grand-père.

Ace avait besoin de cet entretien avec sa petite-fille, et Jeremiah avait conscience qu'il devait faire tout son possible pour que cela se passe bien.

Il était beaucoup trop nerveux pour travailler et, hormis la salle de sport, la cuisine était le meilleur endroit pour l'aider à évacuer son énergie négative.

Les mains sur les hanches, il réfléchit à ce qu'il allait préparer pour le déjeuner auquel il convierait Trey, si elle le souhaitait.

Ignorant ce qu'elle aimait, il décida de s'en tenir à

quelque chose de simple. Pourquoi pas des sandwichs au thon et une soupe à la tomate ?

L'appétit de Ace était quasi inexistant. Souvent, la soupe était tout ce qu'il pouvait avaler.

Tandis qu'il se mettait au travail, il s'autorisa enfin à laisser ses pensées vagabonder vers Trey. Aujourd'hui, elle portait un chemisier ample taillé dans une étoffe légère dont il ignorait le nom, un jean très ajusté, et des sandales à semelles compensées. Qu'elle porte un élégant tailleur de créateur, comme la veille, ou une tenue décontractée, elle était toujours aussi attirante et sexy.

La veille, sous l'éclairage tamisé du Vault, elle était sensuelle et captivante. À la lumière du jour, elle était majestueuse et mystérieuse. Sinon, pour quelle raison l'aurait-il dévorée du regard pendant qu'elle admirait le tableau représentant son père dans le salon ?

Le déjeuner fut rapidement prêt, et il monta un plateau recouvert d'une cloche pour Ace.

Après un coup discret frappé à la porte, il entra.

Trey était toujours assise au même endroit. Elle se tenait sur ses gardes, et Jeremiah ressentit de l'appréhension, jusqu'à ce qu'il découvre le sourire confiant de Ace.

— Tu es prêt à déjeuner ? s'enquit-il.

— En fait, je suis un peu fatigué, répondit le vieil homme.

Il désigna le plateau d'un index tremblant et ajouta :

— Ça peut attendre plus tard.

— Bien sûr. Je le ferai réchauffer. Quand tu seras prêt, appelle-moi.

Trey se leva, salua Ace d'un signe de la main, et quitta la chambre.

Jeremiah l'invita à le suivre jusqu'à la cuisine.

Après qu'il eut mis de côté le plateau de Ace, il se retourna et vit que Trey se tenait toujours sur le seuil.

Son regard glissa sur ce corps somptueux, baigné dans le halo du soleil entrant à flots par une fenêtre voisine.

C'était une vision à couper le souffle. Cette femme était sculpturale, tout en courbes, sûre d'elle… Quel homme pourrait résister à cette combinaison ?

— Ça sent bon, fit-elle remarquer.

Il s'obligea à reprendre ses esprits et à lever les yeux vers son visage.

— C'est de la soupe à la tomate. Je sais qu'il fait chaud, mais Ace mange très peu, et les soupes sont ce qu'il accepte le plus facilement.

— Il faut bien que la climatisation serve à quelque chose, fit-elle remarquer. Encore que, dans une maison aussi ancienne, le confort doit être spartiate.

— Détrompez-vous. Ace a fait modifier toutes les installations d'électricité et de chauffage, et une climatisation discrète a pu être intégrée. Il est vrai qu'il a fallu déployer des trésors d'ingéniosité pour respecter l'architecture de la maison, mais le résultat est à la hauteur.

— Je veux bien vous croire.

— Voulez-vous vous joindre à moi pour déjeuner ?

Elle hocha la tête, se percha sur un tabouret de l'îlot central et regarda par la fenêtre.

Il mit rapidement le couvert, posa la soupière et les sandwichs sur le comptoir et remplit deux verres de thé glacé.

Il aurait dû insister pour qu'ils retournent à l'étage où Ace, même endormi, ferait tampon entre eux. Il allait le suggérer quand Trey détourna les yeux de la fenêtre et croisa son regard. Il y avait quelque chose de triste dans son expression, qui lui donnait un air plus doux, une vulnérabilité en total contraste avec son attitude quand elle était arrivée.

Il avait beau avoir la réputation d'un homme flegmatique et sous contrôle, il ne contrôlait plus rien en présence de cette femme. Ni son cœur qui battait trop vite, ni le désir qu'il essayait d'ignorer depuis qu'il avait fait sa connaissance la veille.

— Alors, quelle est la position de Deuce ? s'enquit-il, s'en voulant un peu de s'attaquer d'entrée de jeu à ce sujet sensible.

Il s'assit à côté d'elle et se concentra sur sa soupe, en prétendant que c'était la chose la plus intéressante de la pièce.

— Mon père est toujours très en colère. Il n'est pas prêt à négocier avec Ace. C'est pour cela qu'il m'a envoyée.

— Donc, il se lave les mains de ce qu'il adviendra ? Il va simplement refuser l'héritage ?

Elle tendit la main vers son thé glacé et porta le verre à ses lèvres, prenant le temps de boire une gorgée avant de répondre :

— Mon père a bâti DD Enterprises en partant de rien, et il se désintéresse totalement de Devereaux Inc. Il faudra vous contenter de moi.

— C'était si compliqué que ça de discuter avec Ace ? Vous semblez un peu perturbée.

Il n'avait pas prévu de dire cela aussi brutalement. C'était à croire que la présence de cette femme lui faisait perdre tout contrôle.

— Je ne sais pas comment décrire ce qui s'est passé, murmura-t-elle. C'était à la fois agréable et étrange. J'avais l'impression d'être dans un film. Comme si cela arrivait à quelqu'un d'autre.

Elle soupira et ajouta :

— Il y a tant de choses à considérer, et tellement peu de temps pour le faire…

— Je suis heureux que vous ayez accepté de le rencontrer. Merci.

— C'est bizarre que vous me remerciiez parce que je fais quelque chose pour mon grand-père. Normalement, ce devrait être le contraire.

À nouveau, elle laissa échapper un soupir.

— Je suppose que c'est ce qui arrive quand on laisse la colère et la mesquinerie l'emporter sur l'amour, fit-elle remarquer.

S'il percevait une certaine tristesse dans son expression, il ne pouvait s'empêcher de penser qu'elle cachait quelque chose.

Peut-être était-ce sa façon de se replier sur elle-même quand elle parlait de la relation entre son grand-père et son père qui le rendait méfiant.

Ou alors, il cherchait une raison de ne pas l'apprécier parce qu'elle pourrait se retrouver en possession des actions qui auraient dû lui revenir à lui.

Malgré tout, il éprouva le besoin de la réconforter.

— Je ne pense pas que la colère ou la mesquinerie vous animent, dit-il en posant sa main sur la sienne. Sinon, vous ne seriez pas assise à côté de moi.

- 5 -

Assise au volant de sa Cadillac Escalade, Trey était garée juste en face de la pâtisserie Junior's.

Elle avait passé la journée de la veille avec son grand-père et le Directeur général de Devereaux Incorporated. Rien que cela méritait bien la généreuse part de cheesecake qu'elle avait l'intention de s'offrir.

Venant d'elle, s'en tenir à une seule part était une remarquable démonstration de retenue. Franchement, elle méritait un gâteau tout entier.

Elle essaya de ressentir de l'excitation à la pensée du coulis de fraises dégoulinant sur la pâtisserie crémeuse... mais n'eut pas le moindre frisson.

Même le fait d'être dans sa voiture ne lui faisait ni chaud ni froid. D'habitude, quand elle prenait place dans le siège de cuir noir, et caressait le tableau de bord incrusté de bois précieux de l'imposant SUV, elle exultait de fierté.

Fermant les yeux, elle se massa les tempes et essaya de mettre de l'ordre dans ses pensées.

C'était une nouvelle journée, et elle aurait déjà dû tourner la page sur ce qui s'était passé la veille. Le problème, c'était qu'elle ne parvenait pas à déterminer ce qui s'était passé !

Elle était entrée dans la maison familiale des Devereaux, déterminée à détruire l'homme qui avait abandonné son père. Mais, quelque part entre la rencontre avec Ace et le déjeuner avec Jeremiah, sa motivation s'était perdue en route.

Si les révélations de Ace l'avaient surprise, la gentillesse de Jeremiah avait été un choc. Ils ne se connaissaient pas bien et, pourtant, quand il avait posé sa main sur la sienne, elle avait eu l'impression de se débarrasser d'un fardeau qu'il aurait accepté d'endosser à sa place.

Quel genre d'homme était-il donc ?

Rien ne se déroulait comme elle l'avait prévu.

Il était encore tôt, bien sûr mais, même à ce stade, elle voyait bien que quelque chose venait de dérailler. Elle était submergée par toutes sortes d'émotions, à la fois intriguée par un grand-père qu'elle n'avait jamais connu, et se sentant obligée d'être en colère contre lui par loyauté envers son père.

Par ailleurs, elle se demandait si elle avait pris la bonne décision en cachant à Deuce la maladie de Ace. Six mois, ce n'était pas long, mais cela pourrait suffire à ce qu'ils renouent le dialogue. Privait-elle son père de dire au revoir au sien ?

Confrontée aux mêmes circonstances, elle savait qu'elle aurait voulu passer avec son père tout le temps qu'il lui restait, profiter de chaque instant avec lui. Mais la colère de Deuce était si profondément ancrée, si vive et virulente encore, qu'elle ne pouvait être certaine qu'il penserait comme elle.

Comme si le fait de penser à lui l'avait fait se matérialiser, son téléphone sonna et le visage paternel emplit le large écran de son Smartphone.

— Coucou, papa.

Sa voix, rauque d'appréhension, résonna étrangement à ses oreilles. Après la façon dont leur dernière conversation s'était terminée, elle ne savait pas quoi attendre de cet appel.

— Coucou, ma puce.

Ces mots lui firent l'effet d'un baume apaisant. Son père ne l'appelait « ma puce » que lorsqu'il était penaud ou attendri.

Elle attendit quelques instants pour déterminer dans quel état d'esprit il se trouvait.

— Je n'aime pas quand on se dispute, Trey. Et comme tu ne m'as pas appelé, je me suis dit que je ne pouvais pas laisser passer davantage de temps. Je ne veux pas que quoi que ce soit me sépare de ma petite fille chérie.

— Papa…

— Ma puce, j'ai eu tort. Je me suis laissé aveugler par de vieilles blessures, et j'ai rejeté la faute sur toi.

Trey sentit sa poitrine se gonfler d'émotions qu'elle n'osa pas identifier, et qui l'empêchaient de respirer correctement.

Comme elle ne répondait pas, son père continua :

— Trey, tu es ce qui m'est arrivé de mieux. Et, même si j'étais très en colère, il y a deux jours, ça m'a fait un choc quand ton assistante m'a appris que tu ne reviendrais pas au bureau avant quatre semaines. Là, j'ai réalisé que j'étais allé trop loin.

— Papa, ce n'est pas pour cette raison que j'ai décidé de ne pas revenir travailler. Nous avons déjà eu des conflits avant, et cela ne m'a jamais empêchée de faire mon travail. J'ai simplement réalisé que j'avais besoin de prendre du temps pour moi. Comme il n'y avait rien d'urgent sur mon agenda, ça m'a semblé être le bon moment.

De plus, qui pourrait prendre en charge une journée de travail complète, exécuter des plans de revanche compliqués, et gérer une famille portée sur le mélodrame ? Certainement pas elle.

Quand elle entendit son père soupirer, son cœur se serra.

Malgré sa colère, elle n'avait jamais eu l'intention de l'inquiéter.

— Peu importe la raison, affirma ce dernier. L'essentiel, c'est que tu saches que rien de ce que tu feras ne me détournera jamais de toi. Je ne suis pas mon père, et je ne te ferai jamais ce qu'il m'a fait.

— Justement, en parlant de Ace…

Elle pesa soigneusement ses mots pour ne pas trop en révéler.

— Est-ce que tu pourrais envisager de lui reparler un jour ? Je sais que ce qu'il t'a fait est impardonnable, mais s'il était malade ou mourant, est-ce que cela changerait quelque chose ?

Son père resta un long moment silencieux, avant de répondre :

— Pour moi, Ace Devereaux est mort depuis longtemps.

— Papa, tu ne peux pas dire ça.

— Et pourtant, je le dis. La seule relation que j'aurai avec lui, c'est quand j'arracherai Devereaux Incorporated à ses griffes et lui prouverai que je suis meilleur que lui dans tous les domaines. En tant que mari, père, homme d'affaires et être humain.

Trey mit rapidement fin à la communication, attrapa sa pochette Louis Vuitton, modèle Kirigami, et descendit de sa voiture pour aller chercher un ticket de stationnement.

Jeremiah se trouvait à l'angle de Flatbush et DeKalb Avenue, quand il aperçut Trey au volant de son luxueux SUV noir bardé de chromes.

Même à cette distance, il lui semblait percevoir les ondes qui irradiaient d'elle. Dès qu'elle se trouvait à proximité, tous ses sens se mettaient en alerte.

Il s'était dit que c'était la nouveauté de la rencontre et ses liens avec Ace qui le faisait réagir ainsi mais, comme Trey descendait de sa voiture, ses interminables jambes brunes révélées par un short en jean, il se dit que l'effet qu'elle lui faisait n'avait rien à voir avec la nouveauté. C'était plutôt parce que cette femme était une force de la nature par qui il avait envie de se laisser emporter.

Il sourit en la voyant se diriger vers la pâtisserie Junior's. De là où il se trouvait, il était aux premières loges pour admirer le T-shirt rouge vif qui moulait ses seins généreux. L'imprimé sur le thème Melanin Poppin lui donnait une excuse pour observer Trey plus longtemps que les bonnes manières le permettaient.

Ses longues boucles brunes étaient relevées sur le dessus de sa tête en chignon palmier. De grands et fins anneaux d'or se balançaient à ses oreilles, soulignant un cou gracile.

Baissant les yeux, il découvrit des baskets blanches Nike Air Force 1 et son sourire s'élargit tandis qu'il entendait jouer dans sa tête les paroles de LL Cool J *Around the Way Girl*. C'était précisément la vibration qui se dégageait de Trey.

À l'exception de sa voiture, elle ne donnait pas l'impression d'avoir de l'argent. Comme la plupart des gens du quartier, elle se fondait dans le paysage urbain.

— Vous avez opté pour le casual chic aujourd'hui, dit-il en la rejoignant au moment où elle arrivait à la porte de la pâtisserie.

Elle leva les yeux du téléphone qu'elle tenait à la

main, et suivit le son de sa voix jusqu'à ce qu'elle croise son regard.

— Quand je ne travaille pas, je m'habille comme ça, répondit-elle. Le chic façon Brooklyn, c'est tout ce que j'aime.

— Ça se voit.

Il désigna ses pieds en souriant et ajouta :

— Seul un connaisseur en sneakers sait que des chaussures de sport comme l'Air Force 1 ne se démodent pas.

À son tour, elle regarda ce qu'il portait aux pieds.

— Si ces Jordan Dior sont une indication, je ne suis pas la seule à avoir un faible pour les sneakers.

Il haussa les épaules.

— Je plaide coupable. J'ai toute une pièce de ma *brownstone* dédiée à mon amour des Jordan, avoua-t-il, en faisant allusion à sa maison de ville en grès brun-rouge, typique du New York résidentiel.

— Votre *brownstone* ? Vous voulez dire que vous ne vivez pas au manoir Devereaux ? demanda-t-elle, visiblement étonnée.

— Non. J'y ai toujours une chambre, mais je vis à quatre pâtés de maisons d'ici, sur St. James and Greene.

Il s'écarta, tenant la porte ouverte, et lui fit signe d'entrer.

— J'allais prendre un café. Voulez-vous vous joindre à moi ?

Elle consulta sa montre Tiffany Art Deco.

— Pourquoi pas. Puisque nous sommes ici tous les deux, ce serait stupide d'occuper deux tables.

Elle passa devant lui, et il remercia le ciel de cette opportunité qui lui était donnée d'admirer ses hanches moulées dans son short.

Trey se mordillait la lèvre tout en admirant Jeremiah qui avait pris place en face d'elle, après lui avoir élégamment tiré sa chaise.

Il était splendide, impossible de dire le contraire. Que ce soit en costume Armani ou en débardeur et pantalon de jogging en molleton gris, son corps était une merveille de proportions.

— Vous avez faim, Trey ?

De lui, certainement. C'était simple, elle brûlait de le dévorer.

— Pas vraiment, répondit-elle. Mais je me laisserais bien tenter par une part de cheesecake.

— Vos désirs sont des ordres.

Posant les coudes sur la table, elle se pencha vers lui.

— Et vous, qu'est-ce qui vous tente ?

Elle vit, à l'éclair qui traversa son regard, que sa question à double sens avait fait mouche.

— Des pancakes, répondit-il.

— Il est un peu tard pour des pancakes.

— Il n'est jamais trop tard pour ça. Vous devriez peut-être essayer. Ce qui avait l'air de vous préoccuper quand vous étiez assise dans votre voiture vous paraîtrait moins grave.

— Vous m'observiez ?

— Pas de la manière malsaine que votre question suggère.

Elle aurait probablement dû se sentir vexée par cette remarque, mais elle décida de le prendre à la légère.

— Vous pensez que les pancakes ont des pouvoirs magiques ? s'enquit-elle.

— Et comment ! Rien de tel pour tout arranger qu'une copieuse pile arrosée de sirop d'érable, un café brûlant et une bonne conversation.

L'espace d'un instant, elle se demanda si c'était vraiment une bonne idée de devenir trop amie avec le Directeur général de Devereaux Incorporated.

Mais, cédant au charme du rire sensuel de Jeremiah, elle préféra mettre ses doutes de côté.

- 6 -

— Tu es revenue ?

Trey sourit poliment à son grand-père tandis qu'elle entrait dans la chambre.

— J'ai dit que je le ferai. Un Devereaux…

— N'a qu'une parole, conclut Ace.

Levant une main tremblante, il lui fit signe de s'approcher.

— Mon père m'a appris cela, et je l'ai appris au tien. Je suis content qu'il t'ait à son tour transmis cette devise.

Aujourd'hui, il était assis dans son fauteuil roulant, positionné devant un large bow-window agrémenté d'une banquette.

Sous la vive lumière qui entrait à flots, la teinte grisâtre de sa peau, que Trey avait remarquée lors de sa première visite, avait disparu. L'espace d'un instant, elle pouvait presque oublier qu'il était malade.

— Comment va Deuce ? s'enquit-il.

— Bien. Je lui ai parlé ce matin.

— De moi ?

L'espoir qui l'habitait était presque palpable, et cela la mit mal à l'aise.

Elle se cala contre les coussins et croisa les jambes, cherchant à gagner du temps.

— Votre nom a été mentionné dans la conversation, répondit-elle.

Pourquoi voilait-elle la vérité ?

Dans le travail, elle pouvait gérer toutes les situations. Mais décevoir ce vieil homme lui déchirait le cœur. Elle ne pouvait pas lui asséner comme ça la vérité brutale et froide.

— Mon fils n'est toujours pas prêt à me pardonner, n'est-ce pas ?

Elle vit la tristesse dans ses yeux, mais devina aussi, à la façon dont il serrait les dents, qu'il ne voulait aucune pitié.

Si les rôles avaient été inversés, elle ne voudrait probablement pas de la sienne non plus.

— Je vous ai dit qu'il n'en était pas encore là, Ace. Mais, si vous me permettez cette remarque, vous ne lui avez pas demandé pardon. Vous avez laissé les années passer, sans jamais chercher à exprimer vos remords. Si vous l'aviez fait, il aurait peut-être surmonté sa colère.

Ace lui sourit, les yeux brillant de larmes contenues.

— Tu es directe, mais je sais que tu as un grand cœur. Ne cesse jamais de dire la vérité, Trey. C'est une grande qualité.

Elle savait qu'elle méritait d'autant moins cet encouragement qu'elle mentait à son grand-père depuis leur première rencontre. Et pourtant, elle se sentit réconfortée par son sourire, et protégée de quelque chose qu'elle ne pouvait même pas nommer. Elle le connaissait depuis moins de quarante-huit heures, mais son affection lui donnait l'impression d'être comprise comme jamais.

Tous les hommes qu'elle côtoyait, de son père à ses collaborateurs, en passant par ses petits amis, considéraient sa franchise comme un défaut. Elle était trop impétueuse, trop agressive. Mais, pour une fois, quelqu'un lui disait d'être elle-même.

Quelle ironie que ce conseil lui soit donné précisément au moment où elle prétendait être quelqu'un qu'elle n'était pas !

Après quelque temps, Ace commença à bâiller, et ses paupières se fermèrent toutes seules.

— Excuse-moi, Trey. Je suis un peu fatigué. Je pense qu'une petite sieste serait la bienvenue.

— Pas de problème.

Elle consulta sa montre, et réalisa que deux heures s'étaient écoulées depuis son arrivée.

— Je ne voulais pas rester trop longtemps et vous fatiguer.

— Pas du tout, protesta Ace. J'ai été très heureux de te voir.

Attrapant son téléphone posé sur une console à proximité, il tapa un numéro.

— Jeremiah, j'aimerais que tu emmènes ma petite-fille faire un tour dans le quartier. Tu lui montreras les endroits où son père a grandi. Et si elle en a envie, tu pourras même lui faire visiter les locaux de Devereaux Inc.

Il mit fin à la communication et sourit à Trey.

— C'est un brave garçon. Il va s'occuper de toi.

— Ce n'est pas nécessaire, Ace. Je n'ai pas besoin d'un baby-sitter. J'ai grandi à Brooklyn. Je connais le quartier par cœur.

— Que tu crois ! s'exclama Ace en souriant. Jeremiah n'a pas son pareil pour s'occuper de ce qui compte pour moi. En dehors de ton père, il n'y a personne d'autre en qui j'ai confiance pour prendre soin de toi.

Trey se leva et, comme elle se dirigeait vers la porte, Ace l'interpella :

— Une jolie fille comme toi ne doit pas rester enfermée avec un vieux monsieur par une belle journée d'été.

Il lui adressa un clin d'œil, révélant plus de malice qu'un homme de son âge devrait probablement en avoir.

— Et puis, je suis sûr que la compagnie de Jeremiah te paraîtra plus agréable.

Tandis qu'ils traversaient Clinton Hill, Jeremiah jeta discrètement un coup d'œil à Trey. Elle était silencieuse depuis qu'ils avaient quitté le manoir Devereaux, et gardait les yeux rivés sur le trottoir.

Elle n'était pas dans son état normal. Il l'avait remarqué quand elle était descendue de la chambre de Ace, et il ne pouvait s'empêcher de se demander ce qui s'était passé.

Le vieil homme n'était pas toujours facile à vivre. Il disait exactement ce qu'il pensait, se souciant trop peu de la réaction de ses interlocuteurs pour faire preuve d'un minimum de tact.

— Vous êtes bien calme, Trey. Est-ce que ça va ?

Elle prit son temps pour lui accorder un regard, et ne répondit pas. Mais elle l'avait entendu, il en était certain. Elle était comme un animal sauvage, consciente de son environnement et toujours aux aguets.

— Trey ?

— Je vais bien. Je réfléchis juste à tout ce qui est en train de se passer. Je ne m'attendais pas à rencontrer Ace un jour. Il était comme une légende, dont l'évocation provoquait la colère de mon père. J'ai du mal à associer ce que je sais de lui à l'homme avec qui j'ai passé les deux derniers jours. Je n'arrive pas à croire qu'il s'agisse de la même personne.

Jeremiah rit doucement.

— Ace est beaucoup de choses, vous savez. C'est un homme d'affaires sans pitié et un charmeur. Son charisme naturel vous incite à le suivre jusqu'au bout du monde. Mais le froid détachement dont il est capable tient à distance la plupart des gens, comme votre père, par exemple.

— Vous avez une vision intéressante de mon grand-père.

— Cela fait plus de vingt ans qu'il m'a sorti de la rue. Pendant tout ce temps, je n'ai jamais rencontré personne capable de donner envie à son interlocuteur de faire prudemment marche arrière, tout en l'attirant à son insu dans ses filets.

Il marqua une pause, afin d'accentuer son effet, et conclut :

— Jusqu'à vous.

Tandis qu'il l'observait, s'imaginant ce que ce serait de se libérer et d'obtenir ce qu'il désirait, Trey se rapprochait, l'enveloppant de son parfum.

— Que voulez-vous dire exactement, monsieur Benton ?

Ses intonations basses et sensuelles tandis qu'elle prononçait son nom lui arrachèrent un frisson.

— Que votre grand-père et vous savez tous les deux comment ensorceler les gens. Il reste à déterminer si vous en faites bon usage ou non.

— La première règle en affaires est de mettre tous les avantages de son côté. C'est comme ça que l'on gagne.

Il avait une envie folle de s'emparer de ses lèvres, et de l'embrasser jusqu'à en perdre la raison…

— C'est parce que vous avez peur que je remporte la partie que vous êtes aussi crispé ? Vous redoutez que je détruise l'entreprise de Ace ?

Sans prévenir, une impression de froid l'envahit, comme si on lui avait renversé un seau d'eau sur la tête.

Sous la chaleur new-yorkaise, cette sensation aurait

dû être un soulagement. Mais le fait qu'elle exprime à haute voix sa plus grande crainte le mit en alerte.

— Qu'est-ce qui vous fait dire ça ? s'enquit-il.

Elle haussa les épaules.

— Cela fait trois jours que nous avons fait connaissance, et deux jours que je passe du temps avec Ace, ou que vous me parlez de lui. Mais vous n'avez toujours pas évoqué Devereaux Inc.

Il ne la corrigea pas. À quoi bon ? Il était évident qu'ils connaissaient tous les deux la vérité.

— Ne vous inquiétez pas.

Sa voix se fit murmure quand il précisa :

— Quand j'aurai envie de plus que ce qui m'est offert, je n'hésiterai pas à vous le faire savoir.

Elle ne tressaillit même pas. Telle une guerrière, elle était en chasse. Il l'avait compris à l'instant où elle avait franchi la porte du Vault, et avait croisé son regard.

Elle savait exactement comment se diriger dans la salle à la lumière tamisée. On ne se déplaçait avec une telle confiance que lorsqu'on savait exactement pourquoi on était venu.

Une question demeurait : était-elle là pour aider Ace ou pour s'aider, elle ?

Et s'il avait la réponse, cela mettrait-il un terme à cet inopportun – et peut-être funeste – désir qu'il avait de la posséder ?

- 7 -

— Je n'en reviens pas que vous ayez battu ces jeunes aussi facilement.

Posté à côté du SUV de Trey, qui était garé devant le manoir Devereaux, Jeremiah souriait, encore étonné.

Au retour de leur promenade, ils avaient rencontré un groupe de jeunes filles qui pratiquaient le *Double Dutch*, un jeu de saut à la corde double répondant à des règles bien précises. Trey avait demandé si elle pouvait participer, et une des adolescentes avait commis l'erreur de lui faire remarquer qu'elle était peut-être un peu trop vieille. Bien sûr, elle avait relevé le défi haut la main.

Elle haussa les épaules, tandis que sa bouche se retroussait en ce délicieux sourire qui commençait à lui être un peu trop familier.

— Ça joue en ma faveur quand les gens me sous-estiment, dit-elle. Je fais du saut à la corde depuis que je sais marcher. C'est un rite de passage pour une fille de Brooklyn. Quand on associe l'expérience et les compétences, l'issue est inévitable. Ces filles ne savaient pas à qui elles avaient affaire.

Le regard de Jeremiah glissa sur son corps, tonique et puissant. Ce qui le fascinait chez Trey, c'était cette force contenue, cette assurance. Au premier abord, elle semblait inoffensive. C'était une très belle femme, sensuelle et charmeuse, comme il y en avait des centaines. Mais elle pouvait aussi être terriblement dangereuse.

Il approuva d'un hochement de tête, tandis qu'elle s'accotait à la portière arrière.

— Effectivement. Mais ce sont des gamines. Seul un adulte peut se rendre compte de ce que vous êtes, fit-il remarquer.

Tournant légèrement la tête, elle lui lança un regard narquois.

— Et je suis…, monsieur Benton ?

— Dangereuse.

Il chercha son souffle et enfouit ses mains dans ses poches pour lutter contre le frisson de désir qui le traversait.

Pourquoi son nom de famille prenait-il une consonance aussi érotique quand il franchissait les lèvres de cette femme ?

La façon dont la voix sensuelle de Trey s'enroulait autour de chaque syllabe provoquait des tensions dans son corps. Et, compte tenu qu'il portait un pantalon de jogging en molleton, il avait intérêt à se contrôler s'il ne voulait pas se mettre dans l'embarras devant cette femme.

— Comme toute chose potentiellement dangereuse, je ne représente un problème que si l'on me cherche des noises, répliqua-t-elle. Autrement, je suis aussi inoffensive qu'un papillon.

Et aussi gracieuse, chatoyante et enchanteresse que ces délicats lépidoptères.

Sauf qu'il n'y avait rien d'inoffensif chez Trey.

Ni dans son apparence, ni dans l'intelligence que laissait transparaître son regard affûté, et encore moins dans la sensualité qu'elle ne craignait pas d'exprimer librement.

— Vous êtes dangereuse, Trey. Et vous jouez avec le feu, en me regardant comme ça.

Une lueur provocatrice dans le regard, elle se mordilla la lèvre inférieure, et il dut faire appel à toute sa volonté pour ne pas l'embrasser sauvagement.

— Et je vous regarde comment, Jeremiah ?

— Comme si j'étais un verre d'eau glacée dans le désert.

Elle l'enveloppa d'un lent regard appréciateur, avant de planter ses yeux dans les siens.

— Je mentirais en disant que je n'ai pas soif..., murmura-t-elle.

— J'essaie de rester sur un plan professionnel. Vous ne m'aidez pas.

— Vous savez bien que nous ne sommes pas là pour ça.

Il l'observa attentivement, essayant d'anticiper ses prochaines paroles.

Si elle voulait arrêter ce petit jeu, c'était maintenant. Car il ne refuserait pas l'opportunité de l'avoir si elle le proposait.

— À vous de voir si vous avez envie de prendre le risque, conclut-elle.

Ce qui aurait dû être un simple baiser ne tarda pas à se transformer en une étreinte passionnée.

Trey n'était en rien timide, donnant autant qu'elle recevait. La façon dont ses mains caressaient son crâne rasé le rendait fou, et il plaqua ses hanches contre les siennes, ne lui laissant rien ignorer de son désir. Le gémissement qu'elle laissa échapper acheva de mettre le feu à ses sens.

Ce fut seulement quand elle s'écarta, essoufflée, le

contemplant d'un regard enflammé, qu'il comprit à quel point ils étaient allés loin.

— Depuis combien de temps tu attendais ça ? demanda-t-elle dans un murmure.

— Depuis que je t'ai vue entrer au Vault.

— J'espère que c'était à la hauteur de tes espérances.

— Et même mieux.

Il recula et passa la main sur son débardeur, tout en ayant conscience du regard affamé qu'elle faisait glisser sur son corps, comme si elle le dévorait centimètre par centimètre.

— Il faut vraiment que tu arrêtes ça ! s'exclama-t-il.

Elle lui jeta un regard innocent.

— Quoi ?

— Tester mes capacités à résister à la tentation. J'ai du travail, et j'ai bien envie de me dérober à mes devoirs pour passer tout mon temps à t'embrasser.

— C'est tout ce que tu as envie de faire avec moi ?

Il ferma un instant les yeux, essayant de contrôler son désir.

— Trey, tu ne joues pas à la loyale.

— Jamais quand il s'agit d'obtenir ce dont j'ai envie.

— Tu es tellement dangereuse…

— Ça, nous l'avons déjà établi.

Il rit. Il apprenait vite. Trey avait toujours une repartie en stock.

La regardant à nouveau, il découvrit en elle une hésitation, une vulnérabilité inhabituelle qui lui donna envie de la prendre dans ses bras et de la réconforter.

— Si tu veux en rester là, ça me va, dit-il vivement.

Il ne voulait pas qu'elle ressente une quelconque pression. Il ne voulait pas non plus s'emballer et le regretter ensuite.

— Il ne s'agit pas de ça, répliqua-t-elle. Mais nous devons admettre qu'entamer une relation n'est pas la chose la plus intelligente à faire.

Fine, intelligente, rationnelle, et ne craignant pas d'aborder les sujets qui fâchent, y compris les conséquences d'un baiser échangé en public en pleine rue.

Face à ce constat, il n'en avait que plus d'admiration pour elle.

— Trey…

Il avait murmuré son prénom comme une prière, avec déférence et un espoir immense.

— J'ai conscience des ramifications que cela entraînerait, mais je ne peux pas ignorer ce qu'il y a entre nous, même au prix d'un effort surhumain, dit-il.

Un frisson le traversa, tandis que sa déception s'ancrait un peu plus à chaque seconde écoulée sans réponse de Trey.

Il ne la connaissait pas depuis longtemps, ne savait pas vraiment comment elle fonctionnait, mais ce silence ne lui disait rien qui vaille.

Peut-être était-il allé trop vite ?

Comme il s'écartait, elle l'agrippa par la taille.

— Ce baiser était époustouflant, et je mentirais en affirmant que je n'ai pas envie de connaître à nouveau cette sensation, Jeremiah. Mais je pense que la situation est trop compliquée pour que nous envisagions quoi que ce soit de plus sérieux.

Ces paroles lui firent l'effet d'une craie crissant sur un tableau, et il se crispa, déçu au-delà de ce qu'il avait imaginé.

— Cela dit, ce serait aussi de la folie d'ignorer cette alchimie, au moins sur un plan physique, conclut-elle.

Il l'observa attentivement quelques secondes avant de demander :

— Donc, si je comprends bien, tu me proposes une aventure sans lendemain ?

— En effet. Pas de promesse. Pas d'engagement. C'est la meilleure solution pour éviter les problèmes.

Il aurait aimé qu'elle se trompe. Seulement, quand tant d'intérêts étaient en jeu, s'impliquer émotionnellement pourrait compliquer inutilement la situation.

— C'est d'accord, dit-il. Pas de promesse. Pas d'engagement.

Il l'embrassa à nouveau, mais cette fois avec plus de retenue. Il aurait pu passer la journée à s'abreuver à ses lèvres délicieuses, mais une montagne de travail l'attendait à la maison.

Il termina leur baiser en saisissant délicatement sa lèvre inférieure entre ses dents, et s'écarta en souriant.

— Hélas, le devoir m'appelle, dit-il.

Un doigt passé sous le menton de Trey pour le soulever, il plongea son regard dans le sien avant d'ajouter :

— Tu dînes avec moi, demain soir ?

— Depuis deux jours, nous partageons tous nos repas. Pourquoi demander ?

Il vit à son expression narquoise qu'elle faisait mine de ne pas comprendre.

— Trey, je sais que je n'ai pas fait cela depuis longtemps, entre le travail et les soins apportés à Ace, mais je sais que je ne suis pas rouillé au point que tu ne comprennes pas qu'il s'agit d'une invitation à sortir.

Elle haussa les épaules.

— J'aime la simplicité, Jeremiah. Dis-moi juste ce que tu veux, et je serai plus encline à te le donner.

— Ce qui veut dire que tu acceptes mon invitation ?

— Je croyais que l'on ne devait pas s'attacher. Aller ensemble au restaurant ou au cinéma, c'est déjà un début de relation, non ?

— Pas si on décide le contraire. Qu'en dis-tu ?

Elle resta silencieuse et, s'il n'y avait pas eu cette lueur machiavélique dans ses yeux, il aurait pu croire qu'elle l'ignorait.

Elle laissa descendre ses mains le long de son dos, avant d'empoigner fermement ses fesses. Puis elle s'aventura sur le côté de ses jambes. Glissant la main dans sa poche gauche, elle en sortit son téléphone et le brandit devant lui pour qu'il puisse le déverrouiller.

Quand il l'eut fait, il lui donna le téléphone. Elle se tourna dans ses bras, de façon à ce que les courbes généreuses de ses fesses appuient précisément sur son érection, et une image d'elle penchée sur les accoudoirs de son fauteuil préféré, tandis qu'il se tenait derrière elle, la possédant sauvagement, faillit lui arracher un gémissement.

Elle trouva son nom dans ses contacts, ajouta son adresse, et se tourna pour lui rendre son téléphone.

— Viens me chercher à 20 heures, murmura-t-elle. Une tenue particulière exigée ?

— Juste confortable. Et par pitié, choisis quelque chose qui ne me vaudra pas d'être arrêté pour débauche sur la voie publique.

Elle rit et déposa un petit baiser au coin de ses lèvres.

— Ah, chéri, tu ne sais pas quel genre de défi tu viens de me lancer.

— Je savais que l'on ne [illegible] [illegible] [illegible] [illegible] [illegible] [illegible] [illegible]

[illegible] [illegible] [illegible] [illegible] [illegible]

[illegible] [illegible] [illegible] [illegible] [illegible] [illegible] [illegible] [illegible]

[illegible] [illegible] [illegible] [illegible] [illegible] [illegible] [illegible] [illegible] [illegible] [illegible] [illegible] [illegible] [illegible]

[illegible] [illegible]

[illegible] [illegible] [illegible] [illegible] [illegible] [illegible] [illegible] qu'il se [illegible] [illegible] [illegible] [illegible]

[illegible] [illegible] [illegible] [illegible] [illegible] [illegible] [illegible]

[illegible] [illegible] [illegible] [illegible] [illegible] [illegible] [illegible] [illegible]

[illegible] [illegible] [illegible] [illegible] [illegible] [illegible]

— Ah [illegible] [illegible] ne [illegible] pas [illegible] [illegible] [illegible] [illegible] [illegible]

- 8 -

Jeremiah avait hâte que cette réunion avec son assistante se termine, afin qu'il puisse se précipiter chez lui et se préparer pour sa soirée avec Trey.

— Global Hyatt attend l'évaluation de la chaîne d'hôtels qu'ils envisagent d'acquérir, lui fit remarquer Sharon.

Il tapa quelques touches sur son clavier, et annonça :

— C'est fait. Je vous ai envoyé une copie. Fixez un rendez-vous avec eux la semaine prochaine.

— Bien. Nous en avons terminé avec votre agenda. Qu'avez-vous besoin d'autre ?

— Non. Je ne vais pas tarder à m'en aller. Ce qui veut dire que vous pouvez partir plus tôt vous aussi, Sharon.

— Bien, monsieur.

Elle quitta le bureau, le laissant seul avec ses pensées… entièrement occupées par Trey.

L'excitation à la fois intellectuelle et physique qu'il ressentait l'inquiétait. Trey n'était pourtant pas la première belle femme avec qui il avait une liaison. Un homme aussi occupé que lui n'avait pas le temps pour une relation durable.

Il ne devrait pas laisser Trey accaparer son attention plus que les autres femmes avec qui il passait quelques heures de bon temps.

Mais cette fois, il y avait un sacré problème : Trey n'était pas n'importe quelle femme.

Pour commencer, elle était la petite-fille de Ace, et rien que cela la rendait importante. Elle avait aussi la possibilité de perturber sa vie de façon très désagréable, si elle en avait envie.

La place qu'il occupait dans la vie de Ace n'avait jamais été remise en question, jusqu'à présent. Mais à voir comme Ace s'était entiché de son unique petite-fille, Jeremiah savait que le cœur du vieil homme se briserait s'il faisait souffrir Trey.

Et la déception de Ace n'était pas le seul sujet.

À ce stade, il ne savait toujours pas quelles étaient les réelles motivations de Trey à l'égard de son grand-père comme de Devereaux Inc. S'il la laissait se familiariser trop avec l'entreprise, elle pourrait détruire tout ce que Ace et lui avaient bâti ensemble.

Rien que pour ça, il devrait garder ses distances avec elle.

Mais au contraire, il ne faisait que se rapprocher. Il voulait davantage. Et le fait qu'elle ne veuille rien d'autre que son corps l'agaçait.

Ce qui ne devrait pas être le cas. Sa volonté de refuser toute attache aurait dû le rassurer. Et pourtant, il le vivait mal.

La sonnerie de la ligne fixe de son bureau le fit sursauter.

— Qu'y a-t-il, Sharon ?

— Mme Devereaux-Smith voudrait vous voir. Êtes-vous disponible ?

Jeremiah se massa la tempe. La simple mention du nom de Martha lui donnait mal à la tête.

Tapant du bout des doigts sur le plateau en acajou

de sa table de travail, il se demanda s'il devait ignorer la sœur de Ace. Ce ne serait pas la première fois qu'il le ferait, mais elle était coriace et elle ne lui laisserait aucun répit tant qu'elle ne lui aurait pas parlé.

— Faites-la entrer, Sharon.

Il s'arma de courage en attendant son arrivée.

Son bureau était vaste, avec de hauts plafonds et un mur entièrement vitré qui laissait entrer la lumière à flots. Pourtant, quand Martha franchit le seuil, la pièce parut rapetisser !

Soudain, l'air fut tellement suffocant qu'il prit conscience de chaque respiration qu'il prenait.

Martha était une femme extrêmement mince, qui affectionnait les robes et les tailleurs évoquant la mode des années quatre-vingt. Sa garde-robe semblait n'être composée que de jupes crayon et de hauts aux épaulettes surdimensionnées, le tout coupé dans des étoffes scintillantes aux couleurs fluo.

Ses cheveux blancs étaient tirés en un chignon strict qui faisait paraître ses pommettes plus proéminentes. Ses traits anguleux étaient habilement soulignés par un maquillage qui lui donnait un teint resplendissant.

À soixante-dix ans, grâce à la magie du *contouring* – et sans doute un peu aussi à la chirurgie esthétique –, elle en paraissait quinze de moins.

— Martha, à quoi dois-je ce plaisir ?

Elle le toisa sévèrement avant de prendre place dans l'un des fauteuils disposés face à son bureau.

— J'ai appelé Sharon hier pour lui demander les rapports trimestriels de l'entreprise, et elle a refusé de me les donner. Je suis donc venue en personne les chercher.

Jeremiah haussa un sourcil, et lui offrit un sourire de façade.

— Martha, ces documents ne sont communiqués qu'au P-DG, au directeur général et au directeur financier. Vous dirigez notre marque *lifestyle*, ce qui ne vous donne pas accès aux rapports trimestriels. Vous le savez parfaitement. Donc je vous pose la question : pourquoi êtes-vous là ?

Elle grimaça.

— Le jour viendra bientôt où tu cesseras de me dire ce que j'ai le droit de faire, Jeremiah. Mon frère est mourant. Je suis sa plus proche parente.

— Son fils est toujours vivant.

— Ce petit ingrat a abandonné Ace, et a par conséquent renoncé à ses droits à l'héritage il y a trente ans ! Cette entreprise me revient de droit, et une fois que la maladie aura eu raison de Ace, j'en ferai ce que je voudrai.

Jeremiah serra les dents.

Ce serait si bon de clouer le bec à Martha… Mais il ne pouvait pas prendre le risque de dévoiler quoi que ce soit maintenant.

— Pourquoi détestez-vous autant votre frère ? s'enquit-il d'une voix maîtrisée. Ace n'a jamais rien fait d'autre que d'aimer cette famille. Vous comprise.

Crispant ses doigts autour des accoudoirs du fauteuil, Martha se pencha légèrement avant de répondre :

— Je n'ai pas besoin de cette prétendue marque d'amour. Ce qu'il m'a pris ne pourra jamais être remplacé. La seule compensation que j'accepterai, c'est la destruction totale de la seule chose qu'il ait jamais aimée.

— Quand le temps viendra pour Ace de fermer les yeux sur ce monde, ses parts de la compagnie iront à une personne de son sang. Seul le temps dira s'il s'agit de vous… ou pas.

— Profite bien de ton petit pouvoir, tant que tu l'as

encore, Jeremiah. Mais fais-moi confiance, ma première décision, en tant que dirigeante de cette entreprise, sera de demander au conseil d'administration de voter ton licenciement.

Elle haussa légèrement le ton, le désignant d'un index menaçant avant d'ajouter :

— Tu es un intrus, un petit voyou qui a embobiné mon frère. Quand il ne sera plus là, je rectifierai son erreur.

Jeremiah haussa les épaules.

— Si on devait en arriver là, vous auriez ma démission avant même d'avoir demandé mon renvoi, Martha. Seulement, en attendant, je suis le directeur général de cette compagnie, à la demande de Ace et, en tant que tel, je vous demande de regagner votre bureau, et de faire ce pour quoi Devereaux Inc. vous paie. Laissez la gestion de l'entreprise à ceux qui en ont les capacités.

Il pressa un bouton sur son poste téléphonique, et attendit que son assistante réponde.

— Oui, monsieur Benton ?

— Sharon, Mme Devereaux-Smith s'en va. Veuillez la raccompagner, s'il vous plaît.

— Bien, monsieur Benton.

Jeremiah regarda Martha et s'émerveilla de sa faculté à dissimuler sa rage derrière ce masque de respectabilité qu'elle arborait depuis qu'il avait fait sa connaissance. C'était une sacrée bonne femme, il fallait le reconnaître, mais elle était aussi amère que mesquine, une mauvaise combinaison qui lui compliquait la tâche à mesure que les jours passaient.

Elle se leva et se dirigea vers la porte d'une démarche de reine.

Avant de l'ouvrir, elle jeta un coup d'œil par-dessus son épaule et lui adressa un sourire glaçant.

— Tes jours sont comptés, Jeremiah. Ne l'oublie pas.

Elle ouvrit la porte et la laissa délibérément ouverte derrière elle.

Quelques instants après son départ, la menace qu'elle avait lancée flottait encore dans l'air.

Jeremiah songea à Trey.

Il était temps pour lui de jouer cartes sur table et de passer à l'étape suivante de son plan.

Il devait absolument pousser Trey à réclamer ses parts afin de mettre Martha hors d'état de nuire une bonne fois pour toutes.

Et si la chance était de son côté, ces parts finiraient par lui revenir.

Sinon, l'avenir de Devereaux Inc. s'annonçait funeste.

- 9 -

Jeremiah attendait dans le hall de l'immeuble de Trey, contenant à grand-peine son impatience.

Le portier l'avait orienté vers le bureau de la réception, où un jeune homme affable lui avait fait signer le registre des visiteurs, et lui avait annoncé que Trey n'allait pas tarder à descendre.

Pour passer le temps, Jeremiah étudia le sol fait de larges dalles d'ardoise, et les murs ornés de panneaux de chêne clair, qui donnaient à l'ensemble un aspect à la fois chaleureux et moderne.

Un discret tintement attira son attention vers la rangée d'ascenseurs, et il se campa solidement sur ses jambes, prêt à affronter ce que lui réservait Trey.

Il l'avait vue en tailleur chic et en tenue décontractée et, chaque fois, ses courbes affolantes l'avaient fait flancher.

Ce soir, ce n'était en rien différent.

Avec son T-shirt rose vif à une épaule, orné d'une couronne sous laquelle on pouvait lire « Les vraies reines sont nées à Brooklyn », et son legging blanc qui collait comme une seconde peau à ses hanches généreuses, elle était à couper le souffle.

Mais quand il baissa les yeux et découvrit des Jordan rétro blanches, avec une semelle compensée rose, il éclata de rire.

— Tu es fantastique, Trey.

— Tu m'as dit de choisir une tenue confortable. J'espère que ça va.

Il hocha vigoureusement la tête.

— Bon sang, tu es vraiment la reine des sneakers. Tourne un peu, que je les admire.

Elle pivota lentement, prenant la pose pour qu'il puisse admirer ses baskets sous toutes les coutures.

— C'est la génération douze, fit-il remarquer. Mais je ne me souviens pas de cette combinaison blanc/rose vif.

— C'est normal, elles étaient destinées aux petites filles et n'ont été commercialisées que dans des tailles enfants. Mais une de mes meilleures amies est cadre chez Nike, et j'ai accès à des prototypes qui ne sont pas toujours mis sur le marché.

Jeremiah posa les mains sur les épaules de Trey, et chercha son regard.

— Arrête ! Tu as vraiment tes entrées chez Nike ?

Elle éclata de rire.

— En effet. Et si tu abats correctement tes cartes, Jeremiah Benton, je pourrais *peut-être* te faire bénéficier de mes contacts. Mais seulement si tu te comportes bien.

Décrochant de son épaule un petit sac à dos Louis Vuitton blanc, elle y jeta la clé de son appartement, et commença à se diriger vers la porte.

À mi-chemin, elle se retourna et lui adressa un clin d'œil.

— Tu vas bien te comporter, Jeremiah ?

Oh que oui ! Et il n'avait même pas besoin de savoir ce que cela supposait. La promesse de ce qui allait suivre, contenue dans son sourire, suffisait à le rendre soumis.

Il était prêt à faire tout ce que lui demanderait cette femme, à part commettre un crime. Et encore, même ça pouvait se débattre.

Tandis qu'il la rattrapait, il se refusa à admettre combien il était irresponsable de suivre aveuglément cette femme.

Hypnotisé par son déhanchement, les courbes affolantes de ses fesses, la tonicité de ses cuisses, il ne rêvait que de faire glisser son legging le long de ses jambes, et de se perdre entre elles…

— C'est curieux, remarqua Trey, alors qu'ils roulaient depuis un moment en centre-ville.

— Quoi ?

— Je t'aurais davantage imaginé au volant d'une Jaguar que d'une Lexus LS. Ou peut-être du sportif et rapide comme une Ferrari.

Il lui lança un bref coup d'œil avant de reporter son attention sur la circulation.

— À Brooklyn ? Où il y a un feu tricolore à chaque coin de rue ? Jamais de la vie ! J'ai beau m'habiller en Hugo Boss ou Armani, je reste un pur produit d'East New York. Si ce n'est pas une Lexus, une BMW, une Mercedes ou une Escalade, je ne prends pas le volant.

— Tu parles comme un vrai p'tit gars de Brooklyn.

Elle éclata de rire, se rappelant sa jeunesse à East New York.

— À l'époque, quand un frère conduisait autre chose qu'une de ces voitures, ou au pire une Acura Legend, sa réputation dans le quartier était fichue, dit-elle.

— Tu n'imagines pas combien j'ai eu le cœur brisé lorsque la fabrication de l'Acura Legend a été arrêtée en 1995, dit-il, portant la main à sa poitrine, comme s'il était blessé. Ça a dévasté mon petit cœur de douze ans quand j'ai compris qu'elle serait obsolète avant que j'aie mon permis.

— Tu sembles t'en être remis.

Il hocha la tête.

— Uniquement parce que ton grand-père a trouvé une occasion dans un état exceptionnel, et l'a conservée dans son garage jusqu'à ce que j'aie l'âge de conduire. Il me l'a offerte quand j'ai obtenu mon diplôme de Brooklyn Tech avec mention.

Trey fut surprise d'apprendre qu'il avait fréquenté le lycée public de New York, spécialisé en science, mathématiques et ingénierie.

— Tu as étudié au Tech ? s'enquit-elle.

Elle nota son expression distante et se demanda s'il était vraiment concentré sur la route ou si ses pensées s'étaient envolées là où elle ne pouvait pas aller.

— J'avais seize ans quand j'ai rencontré ton grand-père. Je traînais dans la rue quand il s'est arrêté pour me demander si je rêvais d'une autre vie.

Il eut une petite moue embarrassée et précisa :

— À l'époque, cela voulait dire ne pas finir comme certains de ma bande, mort ou en prison. Bref, cela faisait un bout de temps que je n'avais plus mis les pieds à l'école, et je ne connaissais pas mon niveau. Mais Ace a vu que j'étais malin, et il a fait jouer ses relations pour me faire inscrire au Tech. Je suis sûr qu'il a dû faire une grosse donation, ou prendre en charge la rénovation d'un bâtiment.

Il resta silencieux quelques instants, avant de reprendre :

— Au bout de deux ans, avec l'aide d'un précepteur que Ace avait engagé pour moi, et d'un gros effort de travail, j'ai obtenu mon diplôme de fin d'année avec les honneurs, et j'ai pu intégrer l'université d'Howard.

Trey ne dit rien tandis qu'elle assemblait ces quelques pièces de la vie de Jeremiah.

Ace ne l'avait pas seulement sorti de la rue. Tel un père, il lui avait donné toutes les chances, utilisant une partie de la fortune familiale pour changer sa vie.

— Finalement, Ace t'a donné les clés du succès, alors que le système était contre toi, fit-elle remarquer.

— C'est vrai. Je lui dois tout. Même ma vie. Sans lui, je serais probablement mort, à l'heure qu'il est.

— C'est assez ironique de voir que nous avons suivi des chemins parallèles à cause de la brouille entre mon grand-père et mon père.

— Comment cela ?

— J'ai grandi à East New York avec la famille de ma mère. Mon père a économisé chaque centime pour bâtir DD Enterprises à partir de rien. C'est un succès international, à présent. Mais seulement parce que mon père était déterminé à prouver qu'il pouvait réussir sans l'aide de Ace.

Elle réfléchit, avant de le regarder d'un air interrogateur.

— Nous avons à peu près six ans de différence, c'est ça ?

— Oui.

— Eh bien, au moment où Ace te sortait de la rue, mon père installait sa famille dans un penthouse. C'est alors que j'ai compris et expérimenté l'impact de la richesse sur la vie d'une personne. Je suis aussi allée à Tech et à Howard. Ce sont les écoles attitrées du clan Devereaux. Des générations s'y sont succédé, d'après mon père. Ace ne t'a pas seulement fait une faveur. Il a fait de toi un membre de la famille.

La voiture avait ralenti, et Trey se rendit compte que l'environnement lui était familier. Ils étaient presque arrivés au bout d'Atlantic Avenue.

Quand Jeremiah tourna à droite pour s'engager dans

Furman Street, elle se sentit soulagée. Encore quelques centaines de mètres dans la direction opposée, et ils se seraient retrouvés devant le siège de DD Enterprises.

Plutôt gênant pour elle.

Tandis qu'elle bataillait avec sa conscience, Jeremiah bifurqua encore et se gara sur une place de stationnement près d'East River.

Il coupa le contact et tendit le bras pour lui prendre la main.

— Merci de m'avoir dit ça, Trey. J'ignorais, pour Tech et Howard. Ace a toujours été bon pour moi, mais je ne savais pas à quel point. Je ne comprendrai jamais pourquoi il m'a choisi, parmi tous les garçons qui traînaient dans la rue, mais je lui en serai toujours reconnaissant.

Trey se pencha vers lui, souriante.

— Ace a vu ce que je vois aussi. Un homme bon et intelligent, capable de faire de grandes choses. Il ne faut pas d'autre raisons.

Il l'embrassa et ce fut doux et tendre. Plus réconfortant que sensuel, révélant en lui une vulnérabilité qu'elle n'avait vue que lorsqu'il était en présence de Ace.

D'après ce qu'elle avait pu voir, ces derniers jours, Jeremiah était fort, puissant, et gardait toujours le contrôle. Mais sa façon de la toucher, comme s'il avait besoin de trouver son ancrage, la bouleversait infiniment.

Quand il s'écarta d'elle, quelque chose avait changé, et elle vit qu'il s'en était rendu compte aussi. Il la regardait comme s'il essayait de comprendre ce qui venait de se passer entre eux.

Trop effrayée pour s'attarder sur ce détail, elle s'éclaircit la gorge pour briser la tension.

— Donc, nous sommes à Brooklyn Bridge Park,

dit-elle. Est-ce que nous allons dans un restaurant ? Si c'est le cas, je ne crois pas que nos tenues soient adaptées.

— C'est vrai.

Il lui adressa un sourire et l'embrassa à nouveau.

Elle se cala confortablement au fond de son siège. Embrasser cet homme commençait à devenir son passe-temps favori.

— Nous allons à la marina. J'ai pensé que nous pourrions passer une soirée tranquille sur mon yacht, expliqua-t-il.

Elle haussa un sourcil.

— Tu as un yacht ?

Il écarta son pouce et son index de moins d'un centimètre.

— Un petit. Il ne fait que soixante-cinq pieds.

Il lui adressa un clin d'œil, sortit de la voiture, et en fit le tour pour lui ouvrir la portière.

La lueur malicieuse dans ses yeux était toujours présente quand il lui tendit la main et l'aida à sortir.

Ce fut à cet instant, entre son sourire dévastateur et le désir qui enflammait ses yeux, qu'elle réalisa dans quel pétrin elle était.

Sa vie était sur le point de basculer de manière significative, mais ce fut pourtant sans regret qu'elle précéda Jeremiah sur les docks.

Ils marchèrent en silence jusqu'au milieu de la jetée, et il lui reprit la main pour l'aider à monter à bord.

— C'est une merveille, Jeremiah !

Il sourit fièrement, et elle aurait pu jurer le voir bomber le torse.

— Je ne connais pas beaucoup de gens de Brooklyn, ou même de New York, qui ont des yachts amarrés dans la zone des five boroughs, fit-elle remarquer.

— Merci. C'est mon petit coin de paradis dans la jungle urbaine. Chaque fois que j'ai envie de m'éloigner un peu du travail et de respirer, il me suffit de venir ici.

Elle n'avait aucun mal à en voir les avantages. Les oscillations du bateau contribuaient déjà à l'apaiser.

— Viens, je te fais visiter, proposa-t-il.

Le tour du propriétaire s'acheva avec les cabines, au nombre de trois.

Devant les portes fermées, elle demanda :

— Laquelle est la tienne ?

Il en désigna une.

— C'est la master suite.

— Bon à savoir.

Elle lui prit la main et se dirigea vers la pièce qu'il venait de lui indiquer.

Pour une cabine de yacht, elle était spacieuse, équipée d'un grand lit, d'un téléviseur, et d'une salle d'eau.

— Vous êtes bien installé, monsieur Benton, dit-elle d'un ton moqueur.

Puis elle prit place sur le lit, et ôta son sac à dos, qu'elle posa à côté d'elle.

— Mets-toi à l'aise, dit-il. La commande de la télé est dans le tiroir de la table de chevet. Je vais nous préparer quelque chose à manger.

— En fait…

Elle se coucha, en appui sur les coudes.

— … j'ai une meilleure idée. Si tu venais me rejoindre sur ce lit très confortable, et que nous nous mettions en appétit ?

Il soupira.

— Trey. J'essaie de me comporter en gentleman. Mais avec toi c'est dur.

Elle laissa échapper un petit rire.

— J’espère bien que ça l’est !

— Tu ne vas pas me laisser faire les choses en finesse, hein ?

Elle envoya valser ses sneakers, et remonta vers la tête de lit, jusqu’à ce qu’elle soit calée contre les coussins.

— La finesse, la délicatesse, tous ces trucs barbants, ce n’est pas ce dont j’ai envie à cet instant, répliqua-t-elle.

Il se rapprocha et, un bras posé de chaque côté de sa taille, se pencha au-dessus d’elle.

— De quoi as-tu envie ? demanda-t-il.

Elle plongea le regard dans ses yeux bruns que le désir éclairait de petites flammèches d’or.

— De toi.

Il suffit de cette réponse pour transformer le flirt sans conséquence dans lequel ils s’étaient engagés en quelque chose de beaucoup plus intense.

— Rien ne nous y oblige, Trey. Je serais ravi de cuisiner pour toi et de dîner devant la télé.

Nouant les bras autour de son cou, elle se souleva légèrement et déposa un petit baiser sur ses lèvres irrésistibles.

— Je sais que tu as cette fibre de gentleman en toi, et j’admets que c’est terriblement sexy. Mais si je suis sur ce lit, c’est que j’ai l’intention de découvrir ce que ça fait de te sentir en moi.

Joueuse, elle haussa légèrement les épaules.

— Si ce n’est pas ce que tu veux, va pour la télé, ajouta-t-elle. Mais j’espère que l’idée de te mettre nu avec moi te tente davantage.

— Et comment !

Basculant sur le dos, il l’entraîna avec elle et enfouit sa bouche dans le creux de son cou, tandis que ses mains glissaient le long de son dos.

L'une remonta sous l'ourlet du T-shirt. L'autre disparut sous la taille élastiquée du legging.

La sensation des doigts de Jeremiah sur sa peau souffla sur les braises d'un désir à peine naissant, le transformant en incendie.

Elle s'était imaginé qu'ils prendraient leur temps, pour mieux savourer le moment. Mais quand il lui prit les fesses à pleines mains, et la positionna juste sur son érection, l'idée d'aller lentement perdit tout son attrait.

Elle avait besoin de lui en elle maintenant. Elle ne pouvait plus attendre.

Elle voulait s'ouvrir à lui, céder aux chocs de son corps, réceptive et consentante, éprouver au plus profond d'elle-même les assauts redoublés de ses coups de reins puissants.

- 10 -

Trey se mit à ronronner quand Jeremiah se pencha pour picorer de baisers la courbe qui allait de son oreille à son épaule.

Il avait découvert ce point sensible la veille, pendant qu'ils faisaient l'amour sur le yacht, et il semblait déterminé à en abuser tant qu'elle le lui permettrait.

— Si c'est comme ça que tu laisses tomber les filles après un premier rendez-vous, j'aurais peut-être envie que tu m'invites de nouveau à sortir.

Abandonnant son cou, il dessina un chemin de baisers le long de sa joue, jusqu'à ce que ses lèvres se posent sur les siennes.

— Si c'est une invitation, je suis partant. Nous pourrions monter et discuter de tout ça… *en détail.*

Elle ronronna à nouveau, traversée par un délicieux frémissement entre les jambes à la pensée de ce que les paroles de Jeremiah contenaient de promesse.

— J'adorerais, mais tu n'as pas dit que tu devais passer voir Ace, puis aller à ton bureau ?

Il grommela, s'arracha à ses lèvres, et retomba contre le dossier de son siège.

— Ce n'est pas très élégant d'utiliser ton grand-père pour me couper mes effets !

Elle éclata de rire.

— C'est vrai, mais ça fonctionne.

Il lui lança un regard en coin qui se voulait charmeur, et elle rit de plus belle.

Il soupira.

— D'accord. Je vais me tenir tranquille, marmonna-t-il.

Il descendit de voiture et la contourna pour lui ouvrir la portière.

Quand elle prit la main qu'il lui tendait pour l'aider, il l'attira contre lui et passa un bras autour de sa taille.

— Est-ce que j'ai au moins droit à une récompense pour l'effort surhumain que je fais actuellement pour me contenir ? s'enquit-il.

Se haussant sur la pointe des pieds, elle noua les bras autour de son cou, et l'embrassa jusqu'à ce qu'elle sente son corps vibrer contre le sien.

Quand elle fut satisfaite de sa réaction, elle se recula.

— File. Plus vite tu seras parti, plus vite tu pourras me retrouver ici pour dîner.

Il gémit douloureusement, mais ne put s'empêcher de sourire. Il était aussi enthousiaste d'avoir eu ce rendez-vous qu'elle l'était de le lui avoir donné.

Tandis qu'il lui prenait la main et entrelaçait ses doigts aux siens, elle se dit que ce geste, tout simple en apparence, signifiait beaucoup.

Cette pensée était d'autant plus dérangeante qu'elle risquait de remettre ses plans en question.

Infiltrer le clan du patriarche avait été moins difficile qu'elle ne le pensait. Coucher avec Jeremiah compliquait tout.

Si leur nouvelle intimité incitait Jeremiah à lui faire confiance, la prochaine étape de son plan serait plus facile à exécuter. Mais serait-elle capable de sacrifier délibérément ce qui était en train de se jouer entre eux ?

Elle n'en était pas certaine, et cela la terrifiait.

Ils marchèrent en silence et, sans même s'en rendre compte, se retrouvèrent dans le hall de l'immeuble.

— Trey, merci pour la nuit dernière.

Elle le regarda, surprise.

— Aucun homme ne m'a jamais remerciée pour un échange sexuel. Je ne sais pas quel est le protocole, dans ce cas-là.

Les épaules de Jeremiah furent agitées d'un rire silencieux.

— Tu sais bien que je ne parlais pas de ça, même si c'était génial, dit-il. Depuis que Ace est malade, j'ai partagé mon temps entre lui et l'entreprise, et je n'ai pas réalisé combien j'avais besoin de passer une soirée à me détendre en bonne compagnie. Alors oui, merci pour le sexe. Mais surtout, merci de m'avoir changé les idées.

En proie à des pensées contradictoires, elle ne sut pas quoi dire, et elle fut soulagée quand Jeremiah déposa un rapide baiser sur ses lèvres.

— À ce soir, dit-il après avoir rompu leur baiser et détaché ses doigts des siens.

Elle le regarda partir, admirant sa démarche féline et nonchalante, typique des hommes de Brooklyn qui avaient le style et l'attitude inscrit dans les gènes.

Il y avait chez Jeremiah un mélange de self-control et de rudesse qui la faisait craquer.

Si elle n'était pas prudente, la tentation causerait assurément sa perte.

Le mieux à faire pour elle était de se tenir à l'écart de cet homme. Aussi ne comprit-elle pas pourquoi elle l'appela.

Il se retourna, les sourcils levés en signe d'interrogation.

Elle aurait pu dire quelque chose comme « sois prudent » ou « à plus tard ».

Mais son esprit la trahit.

— Apporte ton sac.

Sa bouche incroyablement sexy s'étira en un sourire époustouflant, et elle faillit se répandre comme de la glace fondue devant les ascenseurs.

Il ne dit rien, se contenta d'un signe de tête, et quitta le hall.

Trop médusée pour analyser son propre comportement, elle fouilla dans ses affaires à la recherche de la carte magnétique nécessaire pour actionner l'ascenseur privé desservant l'étage qui lui était exclusivement réservé.

Lorsqu'elle ouvrit la porte de son appartement, l'odeur familière du parfum pour homme Clive Christian X la frappa de plein fouet. Elle ne connaissait qu'une personne qui vouait une fidélité presque religieuse à cette marque anglaise de parfums exclusifs.

En proie à un mélange d'angoisse et d'agacement, elle traversa son appartement, et ses yeux découvrirent ce que son nez savait déjà.

Assis sur un des tabourets du coin-bar de sa cuisine, se trouvait son père.

— Papa ? Que fais-tu là ?

Il lui sourit, comme s'il était normal qu'elle le trouve chez elle alors qu'elle ne l'avait pas invité.

— Je viens voir ma fille chérie, bien sûr.

Elle posa son sac sur le comptoir et croisa les bras sur sa poitrine.

— Tu sais que je suis toujours contente de te voir, mais tu n'es pas supposé utiliser sans me le dire la clé que je t'ai confiée. Est-ce que je vais devoir changer la serrure ?

Il grimaça, embarrassé, et leva les mains en signe de capitulation.

— Désolé, ma puce. Je respecte ta vie privée, mais cela fait un moment que tu n'as pas donné de nouvelles. Et tu connais ta mère… Je voulais seulement m'assurer que tout allait bien. C'est tout. Je te promets que je n'en ferai pas une habitude.

Soulagée, elle s'avança vers lui, et ils échangèrent une de ses longues et tendres accolades dont ils avaient l'habitude.

Quand elle s'écarta, il l'observa avec amusement.

— On peut savoir ce que tu as fabriqué, hier soir, pour rentrer à 9 heures du matin ? s'enquit-il.

— Non.

Il hocha la tête en riant.

— On ne peut pas reprocher à un père d'essayer !

Trey savait qu'il plaisantait. Depuis qu'elle était majeure, son indépendance n'était jamais un sujet de discussion. Ses parents ne se mêlaient pas de sa vie privée, et elle leur en était reconnaissante.

— Dis-moi au moins quelque chose, ma puce. Tu apprécies ton temps libre ?

— Beaucoup. Je n'avais pas réalisé à quel point j'en avais besoin.

— Ta mère m'a fait remarquer que tes dernières vacances remontent à un an. C'était avant que tu commences à travailler sur la prise de contrôle de Devereaux Inc.

Elle hocha la tête. Il était indubitable que cela avait consumé sa vie. Le simple terme de « temps libre » avait été banni de ses journées.

— Écoute, Trey, je n'avais pas l'intention que mon obsession pour l'entreprise de mon père devienne la tienne. Je me rends compte aujourd'hui de la pression que je t'ai fait endurer.

— Comment en es-tu arrivé à cette conclusion ?

— Ma chérie, je ne t'ai pas vue sourire comme ça depuis que tu as commencé à travailler sur ce dossier. Il a suffi de quelques jours loin du bureau pour que tu apparaisses reposée et insouciante. Il faudrait être idiot pour ne pas comprendre.

Elle balaya cette remarque d'un geste, et prit appui contre le comptoir.

— Papa, je suis ton bras droit. Je savais que ce travail serait astreignant quand je l'ai accepté. Tu n'as pas besoin de t'excuser pour ça.

— Non, tu te trompes. Ce n'est pas comme les autres affaires que nous avons gérées avant. Je me suis montré plus exigeant à cause de mon contentieux avec mon père. Je n'aurais pas dû te faire subir ça. Mais ne t'inquiète pas, ça va changer à partir de maintenant.

Trey se frotta les mains et sourit.

— Quoi ? Je vais être augmentée ? Tu sais que je n'ai rien contre l'idée d'un bonus.

— Tu es déjà très bien payée, ma puce. Non. Sérieusement. J'ai été trop dur avec toi. Donc, pour me faire pardonner, je t'accorde deux semaines de repos supplémentaires. Prends le temps de recharger tes batteries, Trey. Quand tu reviendras, nous trouverons un nouveau moyen de prendre le contrôle de Devereaux Inc. sans que cela pèse aussi lourd sur ta vie.

La culpabilité qu'elle ressentait vint troubler ce joyeux moment qu'ils partageaient.

Elle mentait à son père, même si c'était pour accomplir quelque chose qu'il souhaitait. Sa conscience lui criait qu'elle devrait avoir honte d'elle-même.

— Papa, nous avons peut-être abordé ce dossier de la mauvaise façon. Au lieu de faire des manigances, nous pourrions peut-être avoir une discussion avec Ace, et trouver une solution ensemble. Je pourrais même servir d'intermédiaire. L'absence de griefs entre nous lui permettra peut-être de comprendre qu'il a eu tort d'agir comme il l'a fait il y a trente ans.

Son père grommela, le visage soudain morose.

— Je ne veux plus jamais avoir affaire à cet homme. Il est mauvais. Promets-moi de ne pas l'approcher, Trey. Il te détruirait.

Elle ravala sa culpabilité et hocha la tête.

— Bien sûr, papa.

Les épaules de son père se relâchèrent, et il sourit à nouveau.

— C'est bien, ma puce.

Et il plaqua un gros baiser bruyant sur sa joue, comme il le faisait quand elle était petite.

- 11 -

Au sortir de l'ascenseur, Jeremiah prit le temps d'admirer une excellente réplique d'une œuvre de Faith Ringgold, intitulée *The Bitter Nest, Part II : The Harlem Renaissance.*

La vibrante mosaïque de tons rouges, bruns et noirs offrait un contraste saisissant avec le blanc immaculé du mur.

Il l'admirait encore lorsqu'il entendit s'ouvrir la porte d'entrée en métal noir, et vit Trey passer la tête dans l'embrasure.

— Te voilà ! Je pensais que tu t'étais perdu.

— Dans un ascenseur privé qui ne dessert que le parking, le hall d'entrée et le penthouse ? J'ai eu une dure journée, mais pas à ce point.

Il désigna la courtepointe, support de prédilection de l'artiste connue aussi pour ses peintures et ses sculptures.

— C'est une réplique exceptionnelle, fit-il remarquer. Je ne suis pas un expert en art, mais elle semble vraie.

— Sans doute parce qu'elle est vraie.

— Quoi ? Je croyais qu'elle était exposée au Smithsonian.

— Elle l'était, mais je l'ai achetée il y a quelques années.

— On peut acheter des œuvres appartenant aux collections du Smithsonian ?

Elle haussa les épaules.

— On peut tout acheter quand on a de l'argent et du culot, répondit-elle. Par chance, j'ai les deux.

Elle vint le prendre par la main et le fit entrer, le guidant le long d'un couloir qui débouchait sur une pièce immense.

Les teintes brunes aux reflets noirs du parquet en wengé contrastaient avec les murs blancs qui servaient de toile de fond à différentes œuvres d'art.

Disposés sous la table basse en verre, près du bow-window agrémenté d'une banquette rouge, devant la cheminée, des tapis apportaient une note chaleureuse.

— C'est magnifique ici, s'exclama-t-il, admiratif. Comment as-tu fait pour trouver un appartement aussi grand dans Downtown Brooklyn ?

— En fait, ce serait plutôt Brooklyn Heights, mais c'est du pareil au même.

Elle le soulagea de son sac de voyage et disparut dans un couloir sur la droite.

De retour, elle le guida vers un grand canapé de cuir.

— Au début, c'étaient trois appartements. Je les ai remodelés en penthouse, expliqua-t-elle en se laissant tomber sur les coussins.

Il s'assit tout en continuant à observer le décor qui mélangeait les styles contemporains et ethniques.

— Alors, c'est ici chez toi, dit-il.

Elle replia ses pieds sous ses fesses et, la tête inclinée, sourit.

— Oui, c'est chez moi. Un mélange de neuf et d'ancien. D'Amérique et d'Afrique.

— Ça me plaît. Je ferai peut-être appel à ta décoratrice. Ça me plairait d'avoir quelques pièces rappelant nos racines et célébrant notre connexion aux terres ancestrales.

— En fait, il s'agit de ma mère.

Le visage de Trey s'était illuminé, et sa voix s'était teintée d'une douceur qu'il n'avait pas remarquée avant.

— Elle t'a créé un magnifique endroit, fit-il remarquer. C'est chaleureux, accueillant et inspirant. Tout ce dont j'avais besoin, conclut-il en soupirant. Désolé. Les derniers jours au bureau ont été plutôt intenses.

— Je me disais bien que je connaissais cette expression.

— Quelle expression ?

— Celle qui dit : je suis au bout du rouleau. Mais je connais le remède idéal.

Il fronça les sourcils, tout en observant la mimique malicieuse de Trey.

— Ah bon ? Et qu'est-ce que cela peut bien être ?

— Moi.

Il lui vola un baiser et laissa aller sa tête contre le dossier du canapé.

— Je ne doute pas que tu puisses réparer tout ce qui ne va pas mais, avant, je dois vraiment te parler de Devereaux Inc.

Elle secoua la tête et le fit taire en posant un doigt sur ses lèvres.

— Non. Pas avant que tu te sois détendu.

Elle attrapa l'ourlet de son sweat-shirt, et le souleva jusqu'à ce que le vêtement passe au-dessus de sa tête. Puis elle se mit à genoux sur le tapis pour lui ôter ses sneakers et leva les yeux vers lui.

— Tu as besoin d'une invitation pour retirer le reste de tes vêtements ?

— Qu'est-ce que tu peux être dirigiste !

Il se leva et acheva de se dévêtir, avant de se rasseoir.

— Je crois que c'est exactement ce dont tu as besoin ce soir, dit-elle, sûre d'elle.

Elle fit remonter ses mains sur ses cuisses, et il sentit ses muscles frémir d'anticipation.

— Quelqu'un va prendre soin de toi, pour une fois, murmura-t-elle.

— Qu'est-ce que tu veux dire ?

Elle déplaça lentement ses mains vers ses abdominaux, et les étincelles que cette caresse provoqua en lui le firent frissonner.

— Tu prends soin de mon grand-père, et tu gères son entreprise sans aide, tout en devant combattre sa vipère de sœur. Quand vas-tu laisser quelqu'un faire la même chose pour toi ?

Du bout de ses ongles, elle effleura ses tétons, déclenchant un courant électrique sous sa peau, et il s'enfonça dans les moelleux coussins du canapé.

— Vous voulez bien que je prenne soin de vous, monsieur Benton ?

Il ne devrait pas.

Elle était imprévisible, et surtout incontrôlable. Tout pouvait lui exploser au visage. Lui faire confiance n'était vraiment pas malin.

Il fit l'erreur de plonger son regard dans le sien, et toute pensée rationnelle lui échappa.

Il n'y avait plus qu'un mot dans sa tête, que sa bouche s'empressa de prononcer :

— Oui.

Il était fatigué et plus que contrarié par sa journée, et pourtant il suffisait que Trey le touche pour que son corps s'enflamme. Qu'il s'autorise ou non à admettre que son cœur était engagé, il savait qu'il aurait du mal à oublier cette sensation quand leur relation se terminerait.

Car elle se terminerait. Inévitablement.

C'était bien gentil de la part de Trey de jouer à des jeux d'adultes avec le directeur général nommé par son grand-père, tant qu'elle n'avait aucun lien avec l'entreprise familiale. Mais si elle rejoignait la compagnie, une femme comme elle ne compromettrait pas sa réputation ou son autorité en couchant avec un employé.

Il ferma les yeux, essayant d'ignorer cette pensée qu'il pourrait devenir un simple employé chez Devereaux Inc. Il avait servi Ace avec fidélité pendant toutes ces années mais, quand le vieil homme serait parti, il risquait de se retrouver à la case départ : sans travail et sans famille.

Il sentit que le désespoir essayait de l'entraîner loin de l'oasis que Trey essayait de créer. Mais quand elle enroula les doigts autour de son érection, il comprit une chose : Trey Devereaux pouvait très vite devenir une addiction dont il aurait du mal à se défaire.

La chaleur de sa caresse lui fit écarter les jambes, lui laissant tout l'accès dont elle avait besoin. C'était une invitation. Sa façon de dire « Fais ce que tu veux. »

Sa paume était ferme et douce, et ses premiers va-et-vient furent de l'étoffe dont étaient faits les rêves. Ou du moins il le crut jusqu'à ce que la chaleur humide de sa bouche se referme autour de son sexe.

Trey contempla Jeremiah endormi dans son lit King size, une jambe repliée, l'autre étirée. Il prenait une grande partie de la place, et elle réalisa qu'elle s'en moquait. L'image sereine qu'il offrait, sa présence et sa satisfaction la rendait heureuse, c'était tout ce qui comptait.

Et… elle en voulait plus.

Cette pensée assombrit son humeur. Que lui avait fait Jeremiah pour qu'elle envisage de laisser tomber son père pour être avec lui ?

Quel que soit le sort qu'il lui avait jeté, la force de son pouvoir magique la fit trembler. Justifiait-il la déception qu'elle causerait à son père ?

La réaction de Deuce quand il avait appris qu'ils avaient perdu le contrat Singleton serait une bluette comparée à l'éruption volcanique qui se produirait s'il découvrait à quel point elle s'était installée en territoire ennemi.

Il serait fou de rage qu'elle suive son propre plan pour prendre le contrôle de la compagnie de Ace, sans l'avoir consulté. Et que ce plan implique un contact direct avec l'homme qu'il lui avait interdit de rencontrer.

Mais surtout, il considérerait comme une trahison le fait qu'elle se soit autorisée à développer une profonde tendresse pour le père qu'il haïssait.

Et s'il apprenait qu'elle avait *aussi* une liaison avec le protégé et bras droit de Ace, il était probable qu'il la déshériterait sur-le-champ.

Était-elle vraiment prête à trahir l'homme qui lui avait donné la vie pour l'homme qui la faisait se sentir vivante ?

Son cœur se serra à la pensée de perdre son père. Deuce était son héros. Il l'avait élevée pour n'avoir peur de rien ni de personne. Sans ses encouragements et ses compliments quotidiens, serait-elle assez courageuse pour envisager de prendre ce qu'elle voulait, sans attendre qu'on le lui offre sur un plateau ?

Une question ne cessait de la tarauder.

Jeremiah Benton valait-il la peine qu'elle remette tout en question ?

Il se tourna dans son sommeil, son corps cherchant instinctivement le sien. Quand il la prit dans ses bras, tout devint clair, et il n'y eut qu'une seule réponse possible.

Oui, il en valait la peine.

- 12 -

Une agréable sensation de chaleur contre sa peau tira Jeremiah du sommeil.

Il ouvrit les yeux et découvrit Trey endormie, blottie contre lui dans la pénombre.

Légèrement désorienté, il prit son téléphone sur la table de chevet. Il était 9 heures, mais la trompeuse obscurité créée par les rideaux lui donnait envie de rester au lit avec Trey pendant quelques heures encore.

Il songea à la nuit qu'il venait de passer ensemble.

Cela avait été autre chose que la simple recherche du plaisir physique. Une sorte de réconfort et d'attention.

Jamais il n'avait connu ce genre de connexion. La simple présence de Trey suffisait à ce qu'il se sente mieux.

— Arrête de penser aussi fort, tu déranges mon sommeil.

La voix ensommeillée de Trey le fit rire, tandis qu'elle remontait la couette sur ses épaules, lui tournait le dos, et enfouissait son visage dans l'oreiller.

Passant un bras en travers de sa taille, il se rapprocha jusqu'à ce qu'il n'y ait plus le moindre espace entre eux, et soupira d'aise.

— Comment se fait-il que je sois à la fois satisfait, profondément détendu, et épuisé ?

Elle pivota dans ses bras pour lui faire face.

— C'est simple. J'ai un certain savoir-faire.

— Je le reconnais. Ta façon de faire l'amour est presque létale. Je ne sais pas ce qui se serait passé si j'avais été une petite nature.

— Tu n'aurais tout simplement pas été là. J'avais deviné en toi certains talents, et il est vrai que tu sais t'y prendre.

Joueuse, elle lui donna un coup de poing léger dans l'épaule.

— Tu gères, mon vieux.

— En parlant de gérer, il faut vraiment que je te parle de Devereaux Inc.

Elle se redressa sur un coude pour l'observer.

— Il y a un problème ?

— Martha est passée au bureau avant que je me prépare pour notre soirée. Elle voulait me prévenir qu'une fois Ace décédé et les actions en sa possession, je serai viré.

— C'est pour ça que tu es si déterminé à la stopper ? Tu t'inquiètes pour ta place ?

Il secoua la tête.

— Il est évident que je n'ai pas envie de quitter Devereaux Inc. mais ce n'est pas aussi simple que ça. En tant que dirigeante, tu es mieux placée que d'autres pour le comprendre. Il y a certaines personnes qui cherchent le pouvoir, alors qu'elles ne devraient jamais être autorisées à l'avoir.

Trey hocha la tête.

— Parce que le pouvoir absolu corrompt, je sais.

Laissant passer un silence, elle reprit :

— Faisons un pacte. Plutôt que de t'inquiéter pour quelque chose sur quoi tu n'as aucun contrôle, si tu passais la matinée avec moi ? Je vais t'emmener manger les meilleurs pancakes de Brooklyn, et tout ira bien.

Il haussa un sourcil.

— Les meilleurs pancakes sont ceux que je fais, rétorqua-t-il. Tu oses mettre mes talents en doute ?

Elle lui adressa un clin d'œil entendu.

— Chéri, tes talents sont inégalables.

— J'en suis fort aise, mais revenons à notre conversation. Je viens de te dire que Martha est une menace à prendre au sérieux.

— Tu te trompes. Martha est source d'agacement. Je suis la menace.

Il pensa au début que c'était une simple provocation, mais il comprit que cela ne se limitait pas à ça.

— Mon nom est Jordan Dylan Devereaux III. Il n'y a personne qui puisse aller contre ça. Ce nom me donne tous les droits. Martha échouera, quels que soient les plans qu'elle fomente, pour une simple raison. Peu importe les sacrifices, je n'aurai pas de répit tant que Devereaux Inc. ne sera pas à sa place légitime.

Trey observait avec ravissement Jeremiah dévorer la pile de pancakes à l'amaretto posée dans son assiette.

— Quoi ? demanda-t-il en avalant sa dernière bouchée. J'ai du sirop d'érable sur le visage ?

— Non, répondit-elle en riant. Je me disais simplement que je n'avais jamais vu un homme être aussi sexy en mangeant des pancakes.

Il prit sa serviette et se tamponna les lèvres.

— Qu'est-ce que tu veux, j'adore les pancakes. Surtout quand ils sont aussi bons, et que je n'ai pas à les faire moi-même.

Il termina son café, avant de la regarder à nouveau.

— Pour en revenir à notre conversation de ce matin, tu as un plan pour stopper Martha ?

Elle posa sa main sur la sienne, en essayant d'imprimer la sensation de sa peau dans sa mémoire.

Elle ne voulait pas penser à ça maintenant. Elle n'était pas prête à trahir son père et toutes les promesses qu'elle lui avait faites.

Comme si l'univers voulait lui rappeler qu'il lui restait peu de temps, elle entendit la voix poignante de Sam Coole entonner *A Change Gonna Come.*

Oui, un changement était sur le point de se produire. Et, quoi qu'elle fasse, elle ferait souffrir quelqu'un qu'elle aimait.

— Trey ? Tu m'as entendu ?

— Oui. J'ai effectivement un plan pour que Martha te fiche la paix.

Il voulut parler, mais elle leva la main pour l'interrompre :

— Nous en discuterons avec Ace. Il est nécessaire qu'il donne son avis. Et je dois également soumettre mon idée à mon père.

— J'ai l'impression que tu t'attends à ce qu'il la désapprouve.

— Deuce ne veut aucun contact avec Ace. Il ne parvient pas à oublier ce qui s'est passé. Et s'il devait un jour y avoir une réconciliation, ce ne sera pas maintenant.

Jeremiah se gratta le menton, songeur, et posa sur elle un regard interrogateur.

— Tu penses qu'il ne sera pas emballé par ton plan, quel qu'il soit ? s'enquit-il.

Elle haussa les épaules.

Elle savait très bien que son père ne serait pas ravi d'apprendre qu'elle lui mentait, qu'elle passait du temps avec Ace dans son dos, et qu'elle couchait avec un homme qu'il considérerait inévitablement comme un ennemi.

Mais quel choix avait-elle ?

— Laisse-moi m'inquiéter de mon père.

Elle avait l'estomac noué à la pensée de toutes les choses qui pouvaient dégénérer.

Mais elle n'avait pas le temps de s'y attarder pour le moment. Elle était déjà trop empêtrée dans ce bourbier, et n'avait pas d'autre choix que d'avancer.

Ses sentiments pour Jeremiah ne lui permettaient pas de tout abandonner maintenant, même si, au bout du compte, il risquait de la haïr.

Levant la main pour réclamer l'addition, elle conclut :

— Il est temps de retourner voir Ace et de nous mettre au travail.

- 13 -

Trey coupa le contact de son SUV et resta assise un moment dans le confortable siège de cuir.

Une fois qu'elle serait descendue de voiture et aurait tourné le coin de la rue, les choses changeraient.

Ce ne serait plus une bataille théorique. Quand elle aurait parlé à Ace de son projet, il n'y aurait pas de retour en arrière possible.

— À quoi penses-tu ? lui demanda Jeremiah.

Il allait la détester quand il réaliserait qu'elle n'avait fait que mentir d'un bout à l'autre.

— Trey ?

Elle parvint à esquisser un sourire et à hocher la tête.

— Ça va.

Il lui prit la main et y déposa un baiser.

Elle se dit qu'elle ne méritait pas d'être réconfortée, mais ce geste l'apaisa un peu.

— Je te promets que tout se passera bien, lui assura Jeremiah. Je sais que tu es forte, mais je suis là si tu as besoin de moi.

Son regard était si intense… Cela la réconfortait, certes, mais cela attaquait aussi la couche de protection supposée la maintenir en sécurité le temps que son plan s'enracine.

— Ne fais pas de promesses que tu ne pourras pas

tenir, Jeremiah. Sinon je serai obligée de te les rappeler quand l'enfer se déchaînera.

Il sembla s'inquiéter de ce commentaire. On le voyait à la confusion qui assombrissait ses yeux couleur whisky.

— Trey, qu'est-ce que… ?

— Chut, murmura-t-elle. Laisse-moi profiter de ce moment. Le reste se mettra en place tout seul à son rythme.

Elle pouvait percevoir les questions non formulées qui le taraudaient, mais il se pencha et l'attrapa fermement par le cou, avant de conclure :

— Comme tu voudras.

Elle se laissa emporter par son baiser, par la caresse de ses doigts sur sa nuque, et par le goût de sa bouche, où se mêlait amaretto et sirop d'érable.

Il lui fallait se rappeler chaque détail de ce moment, car rien de ce qu'ils avaient vécu jusqu'à présent ne se reproduirait, une fois qu'ils seraient sortis de la voiture.

Dès que Trey entra dans la chambre de Ace, le poids de son regard sur elle lui donna mauvaise conscience.

Quand elle s'était lancée dans cette mission, elle était persuadée que c'était un juste retour des choses.

Ace avait mis son fils dehors, le coupant de toutes les prérogatives attachées au nom des Devereaux. Deuce s'était retrouvé sans un sou vaillant, avec une jeune épouse et un bébé, mais il avait survécu, cumulant les emplois pour subvenir aux besoins de sa famille, tout en bâtissant la compagnie qui rivaliserait un jour avec celle de son père.

Après avoir vu son père traverser tout cela, le bien-fondé de sa motivation semblait évident. Mais quand elle regardait le charmant vieil homme à l'esprit si vif et à la bonne humeur permanente malgré la maladie, calé contre une montagne de coussins, sa démarche lui semblait totalement injustifiée.

D'un geste de la main, il lui fit signe d'avancer, puis il tapota le matelas à côté de lui.

L'espoir qui vibrait dans les yeux du vieil homme lui brisa le cœur, et elle se tourna vers Jeremiah, en demande de réconfort.

Ce fut une erreur. Dès que leurs regards se croisèrent, sa culpabilité se renforça.

Elle parvint à sourire, en espérant que rien de ce qu'elle ressentait ne se verrait de l'extérieur.

Que ne donnerait-elle pas pour se trouver dans son appartement, blottie contre Jeremiah dans son lit…

Mais il semblait que cela remontait à une éternité. Et maintenant, ils étaient là.

Même si les regrets rongeaient son âme, elle ne pouvait plus arrêter la machine. C'était déjà allé trop loin.

— Voici ma petite-fille chérie !

Allait-elle vraiment voler son entreprise à ce vieil homme mourant ?

Elle s'assit sur le lit, et son grand-père lui prit la main.

— Ace, j'ai quelque chose à te dire. Sais-tu pourquoi Jeremiah a pris contact avec moi ?

— Oui. Il voulait aider un vieux fou à se sentir mieux avant de quitter ce monde.

Elle tourna la tête vers Jeremiah et put voir dans ses yeux tout l'amour et l'admiration qu'il avait pour Ace.

— C'est en partie vrai, dit-elle. Mais il m'a aussi fait venir parce que Martha guette le bon moment pour s'emparer de ton entreprise. En as-tu conscience ? Est-ce ce que tu veux ? Jeremiah pense que je peux l'arrêter.

Seulement, avant de tenter quoi que ce soit, j'ai besoin de savoir si c'est ce que tu souhaites vraiment.

Elle scruta attentivement le visage de son grand-père.

— Est-ce que cela justifiera l'énergie que je vais devoir dépenser ? ajouta-t-elle.

— Tu veux dire, est-ce que cela justifiera le chaos que cela va engendrer entre ton père et toi ?

Une expression de malice et de lucidité s'affichait sur le visage de Ace, lui rappelant qui elle était, qui était son père. Et elle se sentit fière. Ils descendaient tous les deux de cet homme.

— Deuce ne sera pas content, c'est certain, avoua-t-elle. Tu es son concurrent direct. En t'aidant à sauver ta compagnie, je mets ma relation avec lui en danger, et cela risque de s'aggraver si je persiste dans cette voie. Est-ce que cela en vaut la peine ?

Le regard de Ace, posé sur elle avec une intensité presque intimidante, semblait chercher à déchiffrer ses attentes et ses motivations, et à soupeser sa sincérité.

Soudain, elle se sentit mise à nu, percée jusqu'au plus profond de l'âme, et sa conscience fut à nouveau mise à mal.

— J'ai construit cette compagnie pour mon fils et pour ses héritiers, reprit Ace. Martha est ma sœur, et j'ai de l'affection pour elle, mais elle ne peut pas avoir ce que j'ai créé. Fais ce qu'il faut pour l'arrêter, et fais-le vite. Elle a appelé avant que tu arrives, et je sens qu'elle mijote quelque chose.

Un coup discret frappé sur la porte ouverte interrompit la conversation.

Amara entra, un mug à la main.

— Oncle Ace.

Elle alla se placer du côté opposé du lit, et déposa la tasse fumante sur la table de chevet.

— Je suis désolée, je n'ai pas pu m'empêcher d'entendre ce que vous disiez, dit-elle. Ace, tu es sûr de vouloir impliquer Trey ? Affronter Martha est déjà une gageure pour n'importe qui. Alors pour quelqu'un qui vient juste d'arriver dans la famille…

Ace éclata de rire.

— Ma chère Amara, tu es bien comme ta mère et ton grand-père, toujours à t'inquiéter des conséquences. Sache que si tu prépares bien ton plan d'action, les retombées seront insignifiantes, je te l'ai toujours dit. De toute façon, Trey n'a rien à craindre de Martha.

— Tu n'en sais rien, oncle Ace. Sans vouloir t'offenser, tu ne sais pas grand-chose à propos de Trey, en dehors des quelques visites qu'elle t'a rendues. Comment peux-tu lui accorder une telle confiance ?

C'était une question légitime, que Trey aurait assurément posée si elle s'était trouvée à la place d'Amara, aussi n'en prit-elle pas ombrage.

Mais une étincelle d'enthousiasme mêlée de certitude s'alluma dans le regard du patriarche.

— Amara, Trey est ma descendante directe. Personne ne peut s'opposer à elle. Le même sang que le mien coule dans ses veines. C'est le véritable héritage du clan Devereaux. Martha ne peut pas gagner.

À ces mots, Trey sentit sa gorge se nouer.

— Tu ne la laisseras pas gagner, n'est-ce pas, Trey ? ajouta Ace en la regardant avec une détermination impressionnante.

Ces mots la faisaient trembler, et pourtant elle ne s'était jamais sentie aussi forte ni aussi capable de toute sa vie.

— Je ne la laisserai pas gagner, affirma-t-elle. Mais je

vais avoir besoin d'un acte venant de toi pour invalider toute possibilité pour elle de contester ton testament.

Ace ne demanda pas quoi. Il se contenta de hocher la tête, comme s'il savait déjà à quoi elle pensait.

C'était probablement le cas, mais elle ressentit le besoin de l'exprimer. Elle avait besoin de s'assurer qu'ils étaient sur la même longueur d'ondes.

— J'ai besoin que tu me vendes toutes les parts de Devereaux Incorporated que tu possèdes, dit-elle.

- 14 -

Sous le choc, Jeremiah mit quelques secondes à se remettre de ce coup de tonnerre. Puis, comme personne ne contestait cette demande ridicule, il toisa sévèrement Trey.

Il l'avait appelée à l'aide, présumant que Deuce ou elle réclamerait les parts de Ace après son décès. Mais ce qu'elle venait de proposer n'était pas du tout ce qu'il avait en tête. Agir ainsi, c'était tout simplement dépouiller Ace de ce qu'il avait bâti en partant de zéro.

— Tu n'es pas sérieuse ! s'exclama-t-il.

— Au contraire, répondit-elle posément.

Son intonation était douce, rationnelle. En un mot, professionnelle. Il n'y avait place pour rien d'autre, et surtout pas l'intimité qu'ils avaient partagée quelques heures auparavant.

— Jeremiah, c'est le seul moyen.

— Tu parles ! Il y a toujours un autre moyen. Ne me dis pas que c'est ça, ton plan brillant.

— C'est le seul à offrir la garantie que Martha ne mettra pas la main sur les actions de Ace.

Cette fois, elle avait parlé avec une froideur qui le mit hors de lui.

— C'est n'importe quoi, et tu le sais !

Il avait haussé le ton d'une façon qui en faisait d'ordinaire trembler plus d'un. Trey, elle, ne broncha pas.

— Jeremiah, c'est vraiment la seule façon, insista-t-elle, toujours aussi calme.

Elle avait l'air de croire qu'à force de répéter cette phrase, un déclic finirait par se faire dans sa tête, et qu'il admettrait qu'elle avait raison.

Mais jamais il ne capitulerait.

Il avait travaillé trop dur pour protéger Ace de toutes les menaces, et il ne voulait pas imaginer que Trey pourrait en être une.

Surtout après ce qui s'était passé entre eux.

— Tu n'as rien trouvé de mieux que d'obliger Ace à renoncer à tout ce qu'il a bâti ? s'enquit-il. Jamais je ne te laisserai faire ça !

Comme elle ne réagissait pas, et que tout le monde gardait le silence, il se tourna vers Amara.

— Amara, tu ne peux pas approuver cette folie.

Cette dernière, visiblement gênée, se passa la main sur le front.

— Cela ne m'enchante pas, mais Trey a raison, Jeremiah. C'est une option qui peut s'envisager. Martha ne pourra pas contester le testament si les actions ont été vendues avant le décès de Ace.

Jeremiah ne répondit pas et se tourna vers Trey.

Elle se dirigea vers le bow-window qui offrait un semblant d'intimité, et lui fit signe de l'y rejoindre. Son regard était assuré et franc, sans trace de culpabilité ou de peur. De toute évidence, elle tenait à défendre son projet jusqu'au bout.

— Jeremiah…

Il sentit son irritation s'évanouir, rien qu'en entendant le son de sa voix. Pourtant, la colère était le seul moyen qu'il avait de lutter contre elle.

Bon sang, comment avait-il pu capituler ainsi devant elle ? Quand l'avait-il laissée prendre le dessus ?

— Trey, je ne peux pas accepter qu'il te donne toutes ses parts comme ça.

— Il ne s'agit pas de me les donner, mais de me les *vendre*.

— C'est une entreprise qui vaut un billion de dollars. Ace possède quarante pour cent des parts. Je te laisse faire le calcul. Tu as cette somme cachée quelque part dans un bas de laine ? ajouta-t-il, moqueur.

Trey se raidit et plissa les paupières, lui adressant un sourire sarcastique.

— Tu préfères un chèque ou un virement ? rétorqua-t-elle. Je te proposerais bien des espèces, mais avec toutes ces tracasseries bancaires, cela risque de prendre quelques jours.

Il accusa le coup. Eh bien, elle avait du répondant, quand elle était agacée !

Il y avait dans ses yeux la même flamme qu'il y avait vue le soir où elle était venue au Vault. Leur couleur brun foncé avait pris la même tonalité d'ambre que lorsqu'ils étaient au lit… Mais ce n'était peut-être pas le moment de penser à ça.

Il évita son regard et s'écarta. Il avait besoin de se libérer de son emprise, et de retrouver un contrôle illusoire.

— Jeremiah…

Sa voix, comme un souffle, eut raison du peu de retenue qu'il avait encore.

— Je t'ai demandé la nuit dernière si tu avais confiance en moi. Tu as dit oui. Alors fais-moi confiance maintenant. Je te promets que l'entreprise de Ace ne tombera pas dans les mains de Martha.

La sincérité qu'il perçut dans sa voix brisa son armure

de méfiance, comme si elle avait tiré sur le fil d'un pull-over, le détricotant rang après rang.

Avec peu d'efforts et un maximum de résultat, elle avait anéanti ses défenses et atteint cet endroit où il s'était juré que personne n'entrerait jamais : son cœur.

Et ce constat le choquait profondément. Et le terrifiait.

Les mains sur les hanches, il secoua vigoureusement la tête.

— Tu aurais quarante pour cent de Devereaux Inc. Ce qui ferait de toi l'actionnaire détenant le plus de parts. Seulement tu ne serais pas décisionnaire, fit-il remarquer.

Elle haussa les épaules, comme s'il s'agissait d'une broutille. Or, il était question du contrôle et de l'avenir d'une société figurant sur la liste des cinq cents plus grosses fortunes du pays.

— D'après mon expérience, les gens suivent la majorité, répondit-elle. Avec mes quarante pour cent et tes seize, nous pourrons faire barrage à Martha. De plus, Amara est présente avec nous et pourra témoigner, en tant qu'avocate, que Ace avait bien toute sa tête quand la décision a été prise. S'il me lègue ses parts, à moi qu'il connaît à peine, son testament pourra être contesté. Au contraire, s'il me les *vend*, ce sera considéré comme une judicieuse transaction, digne du magnat des affaires qu'il est.

Sûre d'elle, elle conclut :

— C'est un plan infaillible.

À son grand dam, Jeremiah le reconnaissait volontiers.

Tout comme il devait admettre… qu'il était tombé amoureux de Trey.

Et maintenant, il ne savait plus s'il aidait Ace, ou s'il le menait à sa perte.

— Amara, aide-moi, dit-il. Tu ne peux pas souscrire à cela.

Il s'attendait à ce que cette dernière lui lance une bouée de secours. Mais quand il l'entendit soupirer, il n'eut plus beaucoup d'espoir.

— Cela ne me plaît pas plus qu'à toi, Jeremiah.

La voix d'Amara s'était brisée sur son prénom. Il ne se rappelait pas une seule fois où il l'avait vue aussi vulnérable, et cela lui fit mal au cœur. Il avait beaucoup d'affection pour Amara. Elle était pour lui ce qui s'apparentait le plus à une sœur. La voir souffrir lui faisait de la peine.

— Mais Trey a raison, conclut-elle. Si elle achète les actions de Ace, cela coupera l'herbe sous le pied de Martha.

Amara le regardait avec une infaillible dévotion, tandis que Trey avait pour lui un regard empli de compassion. Les deux femmes semblaient comprendre son besoin de protester, et son refus de céder.

Ce qui ne lui était pas d'un grand secours, à cet instant.

Tout ce qu'il voulait, c'était sauver Ace, comme celui-ci l'avait sauvé. Et s'il faisait une erreur de jugement, s'il manquait de prudence, le vieil homme pourrait tout perdre.

Il se tourna vers son mentor, espérant que son esprit brillant avait déjà pris dix tours d'avance, comme c'était toujours le cas.

Mais quand il vit les yeux de Ace briller de larmes contenues, il comprit qu'il avait perdu cette bataille.

— Jeremiah, je sais que tu essaies de te battre pour moi, mon garçon. Et je t'en suis infiniment reconnaissant. Mais c'est ainsi que ce doit être. Mes jours sont comptés.

À quoi me serviraient ces actions si je ne peux pas les utiliser pour stopper Martha ?

Jeremiah hésitait encore. Mais quand Trey se rapprocha de lui et posa une main sur son bras en un geste d'apaisement, sa peur s'évanouit et la décision à prendre lui apparut clairement.

— Bien, dit-il. Si c'est le seul moyen, c'est ce que nous ferons. Mais à une condition, qui devra être stipulée contractuellement.

Trey le fixa, ne masquant pas son impatience de savoir la suite.

— Les parts acquises ne pourront être données, léguées ou vendues qu'à un descendant direct de Jordan Dylan Devereaux I, décréta-t-il. C'est-à-dire ton père ou tes héritiers, Trey. Personne d'autre. Même s'il y a d'autres actionnaires, Devereaux Inc. est une affaire familiale, et elle doit le rester.

S'il ne pouvait pas sauver Ace, il pouvait au moins s'assurer que son rêve de transmettre son héritage au sein du clan perdurerait au-delà de la génération de Trey.

— D'accord, répondit-elle.

La conviction dans sa voix le bouleversa. Ne se sentant pas prêt à parler, il se contenta de hocher la tête.

— Amara, si nous descendions ? suggéra Trey. Je te mettrai en contact avec mon avocat, et nous pourrons préparer la vente.

Amara lui adressa un signe de tête, accompagné d'un sourire tremblant, et les deux femmes quittèrent la pièce, laissant Ace et Jeremiah tête à tête.

— Elle est fantastique, n'est-ce pas ?

Les paroles de Ace prirent Jeremiah au dépourvu.

— Qui ? Amara ? Elle a toujours été formidable, répondit-il.

Haussant un sourcil, Ace eut un petit rire narquois.

— Oui, ma nièce est formidable, je le sais. Mais je pense que tu sais aussi bien que moi que je ne parlais pas d'elle, Jeremiah. Je faisais allusion à ma petite-fille, Trey. Un jour, elle conquerra le monde, un cœur après l'autre.

Tout sourire, le vieil homme ajouta :

— Et on dirait qu'elle a commencé avec le tien.

Le mensonge était sur le bout de sa langue, mais Jeremiah était à bout de forces et désabusé. Il n'avait pas l'énergie nécessaire pour détromper un homme aussi perspicace que Ace.

— Je crois que tu pourrais avoir raison, vieux sage.

Ace éclata de rire.

— Que comptes-tu faire, mon garçon ?

Jeremiah haussa les épaules, puis il se rapprocha du lit et se laissa choir dans le fauteuil tout proche.

— Je n'en sais fichtre rien.

— Écoute, fiston, cela nous arrive à tous. L'amour te fait tomber à la renverse, et tu n'as que deux solutions : le combattre ou te rendre en criant grâce. Est-ce qu'elle sait ?

Jeremiah secoua la tête. Comment Trey pourrait-elle le savoir, alors qu'il venait lui-même de le découvrir ?

— Les jeunes gens d'aujourd'hui compliquent tout, reprit Ace. J'ai rencontré Alva, et deux mois après nous étions mariés. Vous, mes petits gars, vous ne savez pas y faire.

— Eh bien, puisque tu sais tout, apprends-moi.

Ace soupira.

— C'est ce que j'essaie de faire, mais tu m'interromps tout le temps.

Jeremiah fit mine de tirer une fermeture Éclair sur ses lèvres, et en fit des tonnes pour donner l'impression de boire les paroles de Ace.

— Si tu commençais par l'inviter au Legacy Ball ? suggéra ce dernier.

Il s'agissait de la célébration annuelle réunissant les cadres et les employés de Devereaux Inc. Les buffets regorgeaient de plats raffinés, l'alcool coulait à flots, et on s'y amusait beaucoup.

— D'ici là, la vente de mes actions sera entérinée et, comme à leur habitude, les membres du conseil d'administration seront présents, continua Ace, tu présenteras Trey aux interlocuteurs essentiels, qu'elle saura sans nul doute charmer avant la prochaine réunion du conseil. Et ce sera pour vous l'occasion de passer une soirée ensemble.

Jeremiah dut admettre que le conseil de Ace ne manquait pas de bon sens. Il ne fallait pas s'étonner que l'homme ait connu un tel succès jusqu'à présent.

En toutes circonstances, il parlait d'or.

Jeremiah s'apprêtait à se lever et à quitter la pièce, quand Ace leva la main.

— Attends un peu. Je voudrais te parler.

Le ton du vieil homme était grave, et Jeremiah devina qu'il s'agissait de quelque chose d'important.

— De quoi s'agit-il ?

Ace se pencha pour ouvrir le tiroir de la table de chevet, et en sortit le document que Jeremiah lui avait présenté peu avant que Trey entre en scène.

— Jeremiah, tu m'as demandé de prendre le temps de réfléchir à ton souhait de changer de nom, et c'est ce que j'ai fait.

Jeremiah sentit quelque chose dans sa poitrine se serrer, tandis qu'il attendait avec espoir et impatience les prochaines paroles de Ace.

— Dès que je t'ai ouvert la porte de ma maison, je

t'ai considéré comme un membre de la famille. Tu as toujours été un Devereaux pour moi.

— Mais ?

— Il n'est pas nécessaire que tu changes de nom pour que je t'aime.

Dans le silence qui suivit, Jeremiah sentit son cœur battre à tout rompre. Ce suspense que lui infligeait Ace était insoutenable.

— Toutefois je serais terriblement fier si tu le faisais. Parce que toi, Jeremiah Benton Devereaux, tu es le meilleur des fils, et tu appartiens à cette famille.

Entendre Ace employer le nom officiel qu'il s'était choisi représentait tout pour Jeremiah. Mais, tandis que l'amour explosait dans son cœur, l'ombre de la jalousie vint planer au-dessus de lui, tel un oiseau de malheur, l'empêchant de savourer pleinement cette merveilleuse nouvelle.

— Si c'est vrai, pourquoi ne m'as-tu pas légué tes actions dans ton testament ? s'enquit-il.

La surprise se peignit sur le visage de Ace, et il se redressa tant bien que mal dans son lit.

— Mon garçon, il y a des choses que tu ne peux pas comprendre.

— Je comprends que Deuce est parti depuis plus de trente ans, et que tu refuses de changer ton testament, pour qu'il puisse à tout moment retrouver sa place. Ma loyauté envers toi et la compagnie n'a jamais vacillé. Pourtant, tu lui laisses tout à lui, même si tu sais que cela peut mener à la destruction de l'entreprise.

Affichant une moue désabusée, Jeremiah secoua lentement la tête.

— J'ai essayé de comprendre, Ace, et la seule

explication qui me vient à l'esprit, c'est que je ne fais pas autant partie de la famille que tu le prétends.

Ace prit une profonde inspiration, en posant une main au milieu de sa poitrine, comme si parler lui était douloureux.

— Je n'ai jamais douté que tu puisses mériter ces actions, Jeremiah. À plusieurs reprises, au cours des années, j'ai même failli modifier mon testament pour te les léguer. Mais chaque fois, quelque chose m'a retenu.

— À cause de Deuce, bien sûr.

— Non. À cause de sa mère, Alva.

Ace chercha une position plus confortable dans son lit, avant de poursuivre :

— Ma femme était fille unique quand sa mère est morte. La nouvelle épouse de son père la considérait comme une gêne, et elle a tout fait pour l'éloigner. Pour avoir la paix, le père d'Alva l'a envoyée à Brooklyn, chez sa sœur. À la mort de son père, Alva a découvert que sa belle-mère l'avait évincée du testament. Elle a eu l'impression d'avoir été totalement effacée de l'existence de son père, et elle ne s'en est jamais remise.

Ému, Ace marqua une pause.

— Elle ne voulait pas que la même situation arrive à Deuce, et quand nous avons créé l'entreprise, elle m'a fait promettre, quelle que soit la tournure que prendrait notre relation, de ne jamais le rayer de mon testament.

— Donc, cette clause…

— C'était pour honorer une promesse faite à l'amour de ma vie. Et cela n'a rien à voir avec un manque de confiance en toi, ou un manque d'amour à ton égard, Jeremiah.

Le vieil homme prit une profonde inspiration, luttant visiblement pour masquer son émotion.

— Tu es l'un des miens, Jeremiah Benton Devereaux. Et mes sentiments pour mon fils n'y changent rien. Est-ce que ça te va ?

Que pouvait-il demander de plus ? Ace, son héros, sa figure paternelle, l'aimait comme un fils.

— Oui, bien sûr, répondit-il.

Il ne put rien dire de plus, submergé par l'émotion.

— Tu as réalisé mon rêve en assurant l'avenir de l'entreprise, reprit Ace. Je ne pourrais jamais assez te remercier, ni assez t'aimer, pour tout ce que tu m'as donné pendant ces années où j'ai eu la chance de te voir grandir, et encore aujourd'hui. Je suis désolé si j'ai pu te donner l'impression que tu n'étais pas aimé ou pas voulu. Cela n'a jamais été mon intention.

Ace tendit le bras et saisit la main de Jeremiah, avant de murmurer les mots les plus précieux à son oreille :

— Je t'aime, mon garçon. Et je n'ai plus qu'une chose à te demander.

Un sourire baigné de larmes illumina le visage du vieil homme.

— Aime Trey aussi sincèrement et totalement que tu m'as aimé.

Ace se laissa retomber contre ses oreillers, en tenant toujours la main de Jeremiah.

— Tu crois que tu peux faire ça pour moi ?

Jeremiah avait envie de répondre oui, sans réfléchir. Mais l'incertitude et le doute planaient encore dans son esprit.

Aimer Trey n'était pas ce qui posait problème. C'était déjà fait.

Mais lui faire confiance… c'était une autre histoire.

- 15 -

— Trey, quand tu disais que tu connaissais la personne idéale pour réaliser nos tenues de gala, je pensais à un style plus… *couture*.

Observant le quartier familier, avec ses rangées de maisons mitoyennes plus ou moins bien entretenues, et ses trottoirs craquelés, Jeremiah esquissa une moue sceptique avant d'ajouter :

— Pas un truc bricolé à la maison.

Trey éclata de rire.

— On dirait que tu mènes la belle vie depuis trop longtemps, monsieur Benton, et que tu as oublié tes humbles débuts.

— Pas du tout. Il m'arrive de revenir ici pour revoir certains de mes anciens amis. Mais, franchement, ça ne fait pas très tapis rouge. Qu'est-ce que nous fichons ici ?

Elle soupira, ne cachant pas son agacement.

— Nous sommes tous les deux des produits de ce quartier, Jeremiah. L'argent nous a offert des opportunités, mais nos fondations ont été bâties ici. Il y a de la force et de la beauté dans cet endroit.

— Je ne dis pas le contraire, mais je ne vois toujours pas le rapport avec le Legacy Ball.

Elle leva les yeux au ciel.

— Patience. Tu vas bientôt comprendre. Tu vois cette maison ? C'est là que vit Mme Ndiaye, une amie de ma mère. Elle crée des vêtements splendides qui correspondent à la personnalité de ceux qui les portent. Fais-moi confiance, tu ne le regretteras pas.

Voilà qu'elle revenait à la charge et lui demandait à nouveau de lui faire confiance. À chaque fois, son esprit se rebiffait. Puis elle lui souriait ou le touchait... et il oubliait sa méfiance.

— En parlant de regret, tu es toujours sûre de vouloir assister au gala ? Comment ton père le prend-il ?

— Il ne le sait pas encore. Mais je vais lui en parler. J'attendais juste le bon moment.

Ils sortirent de la voiture et se dirigèrent vers une maison à la façade de pierre grise. Trey sonna, et une femme corpulente d'une soixantaine d'années leur ouvrit la porte avec un immense sourire.

— Trey ! Ça fait bien longtemps que tu n'es pas venue ! Quel plaisir de te voir, ma belle. Et qui est ce bel homme ?

Mme Ndiaye dévisagea Jeremiah de la tête aux pieds, en hochant la tête d'un air approbateur.

— Entrez donc !

Ils la suivirent dans une grande pièce équipée de deux tables de drapier, de plusieurs mannequins en bois, de quelques machines à coudre industrielles, et de casiers débordant d'étoffes colorées et d'accessoires.

— Trey, quand tu m'as appelée pour me parler de ce gala et du message que tu voulais faire passer à travers ta tenue, j'ai aussitôt préparé des échantillons.

— Le message ? demanda Jeremiah, perplexe.

— Chaque vêtement a sa signification, et c'est encore plus vrai pour l'assemblage des couleurs, lui expliqua Mme Ndiaye. Venez voir.

Elle les emmena dans un coin de la pièce, et leur

présenta trois carrés d'étoffes, respectivement or, noir et violet.

— Le violet est la couleur de la royauté et de la grandeur. En tant que nouveaux dirigeants de l'empire Devereaux, Trey et vous êtes semblables à des monarques. Le noir est la couleur de la force, du pouvoir et de l'autorité. Et l'or… l'or c'est bien sûr la richesse, mais aussi la compassion, la sagesse et le courage.

Elle hocha doctement la tête et poursuivit :

— Sans ces attributs, aucun chef ne peut diriger son peuple. Alors je vais confectionner de glorieux atours composés d'or, de noir et de violet, qui raconteront cette histoire. Et tous ceux qui croiseront votre chemin sauront que les Devereaux sont des personnes puissantes, capables et de bonne volonté.

— Madame Ndiaye, votre vision est merveilleuse ! s'exclama Trey.

— Bien, bien. Maintenant, nous allons sélectionner les symboles Adinkra que tu voulais ajouter sur vos tenues.

— Les symboles Adinkra ? répéta Jeremiah, complètement perdu.

Cette fois, ce fut Trey qui lui fournit l'explication :

— Ce sont des symboles qui trouvent leurs origines parmi le peuple Ashanti du Ghana. Ils font généralement référence à des aspects spirituels que les gens veulent incarner. Ils figurent sur les vêtements, les poteries, les œuvres d'art. Tu as dit que tu aimais ma vibration panafricaine. J'ai pensé que ce serait une jolie façon de la partager avec toi.

Trey rejoignit ensuite Mme Ndiaye pour consulter avec elle une reproduction encadrée présentant toute une série de symboles anciens.

— Pour toi, ma reine en devenir, je ne vois qu'un seul symbole qui te corresponde.

Elle désigna deux machettes croisées pour former un X, avec un cœur sur la gauche, une lune croissante sur la droite, et une étoile à sa base.

— L'Akofena symbolise l'autorité, la légitimité et l'héroïsme.

Mme Ndiaye agita l'index devant Jeremiah.

— Pour vous, le prince consort, j'ai quelque chose d'autre en tête.

Il aurait dû la détromper, mais l'étincelle de fierté qui avait jailli en lui à l'idée d'être considéré comme digne d'accompagner une femme comme Trey lui fit tenir sa langue.

Mais il savait que la vérité était tout autre. Il ne représentait rien de spécial pour Trey. Elle n'avait jamais demandé rien de plus que les bons moments qu'ils passaient ensemble.

Il faut dire aussi qu'il ne lui avait jamais fait une quelconque déclaration…

— C'est Nsoroma, expliqua Mme Ndiaye en désignant une étoile à huit branches, avec un cercle en son centre. Cela signifie que vous êtes béni des dieux. C'est un symbole de loyauté. Et si j'en crois la façon dont vous regardez ma petite Trey, elle n'aurait jamais à s'inquiéter de savoir si vous serez là pour elle.

Qu'il s'agisse de mysticisme, d'intuition, ou simplement d'une très bonne connaissance de la nature humaine, Mme Ndiaye avait en partie raison.

Il voulait offrir sa loyauté à Trey, mais quelque chose l'empêchait de faire le premier pas, même si elle avait tous les droits sur son cœur.

Parvenu au dernier étage de l'immeuble, Jeremiah sortit de la cabine et fit deux pas vers la porte de Trey, avant de se raviser et de pivoter vers les portes miroirs de l'ascenseur, à présent fermées, pour vérifier son apparence.

Sa veste de smoking or formait un contraste saisissant avec sa chemise et son pantalon noirs, et ses derbies Giorgio Armani, également noires. Le symbole Nsoroma Adinkra brodé en fils de soie violets sur l'étoffe or symbolisait parfaitement sa loyauté à la famille Devereaux.

Il sonna, et Trey ouvrit précipitamment la porte.

— Tu es en avance ! s'exclama-t-elle d'un ton affolé. J'allais enfiler ma robe.

Ses yeux étaient maquillés dans un subtil dégradé de pourpres, et ses lèvres pleines rehaussées d'un violet royal audacieux. Ses cheveux lissés étaient coiffés de façon asymétrique, collant à sa nuque et cascadant sur une seule épaule.

— Tu es sublime, dit-il.

— En peignoir ?

— Et nue, aussi.

Elle le réprimanda d'une tape sur le bras.

— Inutile de faire ces yeux-là, nous n'avons pas le temps de faire toutes les choses coquines auxquelles tu penses.

Il soupira à fendre l'âme.

— Très bien. Va t'habiller, alors. J'attendrai dans le salon.

Quelques minutes plus tard, le cliquètement distinctif de talons aiguilles attirèrent son attention vers le couloir.

— Je suis prête. Qu'en penses-tu ?

Penser ?

Comment était-il supposé avoir une pensée cohérente

alors qu'une beauté troublante se tenait devant lui, perchée sur des Stilettos Louboutin noirs ?

Sa robe bustier en satin couleur améthyste, ajustée à la taille, s'arrêtait juste au-dessus du genou, ce qui aurait déjà suffi à faire d'elle la personne la mieux habillée de la soirée. Mais la traîne, coupée dans la même étoffe violette et bordée d'un galon or, où étaient brodés en fils de soie noirs une succession de symboles Akofena Adinkra, ajoutait une touche spectaculaire à sa tenue, tout en évoquant son statut et ses droits.

Une reine, voilà le message qu'elle envoyait.

Sa reine.

— Jeremiah ? Qu'est-ce qu'il y a ? C'est trop ? Je dois me changer ?

— Sûrement pas ! Jamais, de toute ma vie, je n'ai vu une femme aussi belle.

Elle voulut dire quelque chose, mais il leva la main et s'avança vers elle en la dévorant des yeux.

Il savait qu'elle serait époustouflante, mais il ne s'attendait pas à la voir transformée en déesse.

— Tout en moi ne demande qu'à t'adorer, murmura-t-il. Avec mes mains, ma bouche, mon âme.

Il vit le choc modifier ses traits. Si son aveu la surprenait, elle ne comprenait probablement pas combien c'était inattendu pour lui de ressentir cet émoi.

Or c'était la vérité. Pure et authentique. Et il était d'une sincérité absolue.

— Te présenter ce soir aux actionnaires de Devereaux Inc. est nécessaire pour mettre un terme aux manigances de Martha, mais dès que nous en aurons terminé avec nos obligations, je te ramène ici, décréta-t-il. Et si tu me le permets, je ferai tout ce qui est en mon pouvoir pour te démontrer l'ampleur de mon dévouement.

Trey le regardait, toujours sans un mot. Et il pria le ciel pour que cette soirée, si importante fût-elle, se termine rapidement…

Mais pour le moment, ils devaient sauver l'entreprise de Ace.

— Je vois que ton cou est nu, fit-il remarquer.

Elle grimaça.

— Je n'aime pas trop les colliers.

Il hocha la tête, et sortit de sa poche un écrin rond.

— Je sais. Quand je suis allé chez elle pour mon dernier essayage, Mme Ndiaye me l'a dit. Mais elle m'a fait promettre de te trouver un bijou qui compléterait ton allure royale.

Il ouvrit lentement l'écrin, et vit la surprise illuminer le visage de Trey.

— Est-ce que c'est un…

— Un diamant noir de cinq carats, taillé en forme de poire et serti dans un bracelet en or dix-huit carats ? Eh bien oui, c'est ça.

— Jeremiah…, murmura-t-elle en tendant une main tremblante vers le bracelet. Ce n'est pas un bijou fantaisie. Il a dû te coûter plus d'argent que certaines personnes gagnent en un an. Tu es sûr de vouloir l'offrir à quelqu'un qui…

Il l'interrompit d'un geste. Il ne savait pas ce qu'elle allait dire, mais son subconscient lui prédisait qu'il ne l'apprécierait pas.

Elle était tout, elle méritait tout, et il ne laisserait personne dire le contraire. Pas même elle.

Délicatement, il l'attira à lui.

— Tu crois que je ne sais pas ce que je veux, et qui je veux ? demanda-t-il, plongeant son regard dans le sien.

— Ne dis pas des choses que tu ne penses pas. Nous

étions d'accord pour nous en tenir à un simple amusement. Après cette soirée, la situation pourrait devenir très compliquée, professionnellement. Tu n'as pas peur que l'on nous voie ensemble en public ? Cela ne risque pas d'attirer sur nous une attention exagérée ?

Il s'était préparé à l'impact de ces mots, mais il en éprouva quand même de la douleur. Elle avait raison sur toute la ligne, bien sûr, mais cela ne l'empêchait pas d'en attendre plus d'elle.

Ils ne s'étaient rien promis mais, au fil du temps, sans qu'il s'en rende compte, elle lui était devenue importante.

— Trey, sache que les circonstances n'ont aucune emprise sur moi. Quand nous entrerons dans cette salle de bal ce soir, je veux que tout le monde sache que tu es à moi, et que je suis à toi.

Il ôta le bracelet de son écrin qu'il posa sur une console, et le glissa au poignet de Trey.

— Je voulais t'offrir un bijou qui te rappelle comment je te vois : belle, forte, royale et précieuse.

Il enclencha le fermoir et releva les yeux vers elle.

— Si tu décides de mettre un terme à notre relation, c'est ton droit, bien sûr, dit-il. Sache que ce n'est pas ce que je veux.

Visiblement submergée d'émotion, elle cilla pour chasser les larmes qui menaçaient de mettre à mal son maquillage.

— Je t'aurais bien embrassé, mais il faudrait que je me remette du rouge à lèvres.

— Ne t'inquiète pas, bébé. J'aurai tout le temps cette nuit de déranger ton maquillage et de te décoiffer.

- 16 -

Le cœur de Trey battait à tout rompre quand Jeremiah engagea la Lexus sur Pier 41. Ce n'était pourtant pas la première fois qu'elle se rendait au Liberty Warehouse, situé à Red Hook.

L'ancien entrepôt transformé en espace événementiel offrait une vue spectaculaire sur le port de New York. Quand on appartenait à une des familles les plus riches de Brooklyn, participer à des soirées ici faisait partie du jeu mondain. Alors, qu'y avait-il de différent ce soir ?

Pourquoi se posait-elle la question ? Elle savait bien ce qui était différent. Ce soir, elle était en compagnie de ce bel homme aux larges épaules et au postérieur de rêve.

Ah oui, et il y avait aussi un petit détail, tout à fait anecdotique : elle allait finalement venger son père.

Mais elle ne voulait pas penser à ça. Ce soir, elle prenait sa place d'actionnaire principale dans la compagnie de son grand-père.

Elle aurait dû s'en réjouir, mais savoir que son père détenait secrètement trente-trois pour cent des parts, avant même qu'elle ait mis les pieds au manoir Devereaux, assombrissait ce qui aurait dû être un des moments les plus heureux de sa vie.

Et le fait que ce soit elle qui avait acquis ces trente-trois pour cent pour le compte de son père lui posait maintenant un cas de conscience.

— Ça va ? demanda Jeremiah. Tu es incroyablement calme depuis que nous avons quitté ton appartement.

Comme toujours, il était impossible de prendre en défaut son sens de l'observation.

Non, elle n'allait pas bien, mais elle se garderait bien de le lui dire.

Elle passa le pouce sur le gros diamant noir à son poignet, en espérant y puiser du réconfort.

Le bracelet était plus qu'un ornement. C'était la preuve que ce sentiment inattendu et merveilleux qu'elle partageait avec Jeremiah était bien réel.

Et s'il était réel, cela signifiait qu'elle pouvait le perdre.

Ou plutôt, qu'elle le perdrait. Oui, elle le perdrait quand il découvrirait ses manigances…

— Ça va, répondit-elle. C'est un moment important pour moi. Je voudrais que tout se passe bien.

— Tu es numéro 2 chez DD Enterprises. Devenir l'actionnaire principale de Devereaux Inc. ne doit pas être si différent. Au fait, comment ton père a-t-il réagi quand tu lui as parlé des actions ?

Elle se tordit les mains en réfléchissant rapidement à sa réponse.

— Je ne lui ai encore rien dit. Je le ferai après le bal.

— De toute façon, l'événement est couvert par la presse. Il n'aura pas de mal à le découvrir. Et je ne peux pas imaginer qu'il ne soit pas content de te voir intégrée dans la sphère Devereaux.

— Ce soir, mes parents célèbrent l'anniversaire de leur première rencontre. Normalement, cela devrait les tenir éloignés de leur téléphone assez longtemps pour qu'ils ne soient pas au courant avant que je leur en parle moi-même.

Comme il lui lançait un regard d'avertissement, elle hocha la tête.

— Je sais, Jeremiah. Simplement, je ne veux pas gâcher cette soirée.

— Pourquoi es-tu si nerveuse à l'idée que les gens sachent que tu as acheté ces parts ?

— Il ne s'agit pas seulement des actions. Il y a aussi le fait de prendre ma place dans le clan Devereaux. Mais par-dessus tout, ce qui me déstabilise et me bouleverse, c'est ce qui a grandi entre toi et moi. Je n'ai jamais eu peur de rien, Jeremiah, et là je… La pensée de te perdre me terrifie.

Il lui prit la main et y déposa un doux baiser qui la fit frémir.

— Je t'ai déjà dit que je n'irai nulle part, affirma-t-il. Si c'est ça qui t'inquiète, il ne faut pas.

— Il y a des choses dans mon passé, mon passé récent, qui risquent de te faire fuir. Tu dois savoir dans quoi tu mets les pieds. Je ne peux pas accepter égoïstement le cadeau que tu représentes, sans que tu saches avec qui tu t'engages.

Il n'y avait plus qu'une voiture devant eux avant le poste du voiturier. Elle devait le dire avant d'être interrompue.

— Jeremiah…

— Non, Trey, arrête.

— Mais tu…

— Non ! Je ne suis pas un ange, et je n'ai pas le droit de te juger sur ton passé. Je te veux. Et je me moque de savoir qui tu étais avant d'entrer dans ma vie. Tout ce qui m'intéresse, c'est ce que nous ressentons maintenant.

Trey eut l'impression d'entendre en boucle dans sa tête le refrain de Patti LaBelle, *If Only You Knew*, maist pas dans le sens positif sous-entendu par la chanteuse.

Si Jeremiah savait, il partirait en courant, et elle perdrait aussi toutes les personnes qui étaient devenues importantes pour elle récemment, à commencer par son grand-père et Amara.

— Au moment où nous passerons la porte, nous serons des vainqueurs, Trey. Rien ne pourra nous arrêter.

La détermination de Jeremiah la fit frissonner. Elle voulait vivre ça avec lui. Redoutant de tout perdre à cause de ses mensonges, elle repoussa à plus tard le moment de lui parler.

Ce soir, elle profiterait de tout sans se poser de question : l'affection de Jeremiah et la fierté qu'elle éprouvait en occupant sa place légitime parmi les Devereaux.

Elle avait pris trop de risques pour arriver jusqu'à ce moment pour laisser la culpabilité la priver de tout ce qui l'attendait à l'intérieur.

Avec une détermination retrouvée, elle redressa les épaules, afficha son plus beau sourire, et laissa sa confiance en elle prendre le dessus.

Elle était Jordan Dylan Devereaux III, et il n'y avait rien dans cette salle qu'elle ne soit capable de prendre à bras-le-corps.

Jeremiah observait Trey qui charmait les uns après les autres les membres du conseil d'administration et de la famille Devereaux. Même David, le frère de Ace, lui mangeait dans la main.

Il n'y avait qu'une personne qui ne s'en laissait pas compter : Martha. Les sourcils froncés, la bouche pincée, elle sillonnait la salle, telle une sorcière sur son balai, en jetant des regards assassins à Trey.

Heureusement, la vente était entérinée, Trey était

maintenant l'actionnaire principale, et Martha avait perdu son pouvoir de nuisance.

— Si tu crois qu'avoir amené ici cette intrigante te servira à quelque chose, tu te trompes, Jeremiah, lui fit-elle remarquer sèchement en s'approchant de lui. Elle a beau faire de jolis sourires à tout le monde, cette opération séduction n'aura plus de sens une fois que j'aurai récupéré les parts de Ace.

Jeremiah arrêta un serveur qui portait un plateau de flûtes de champagne, et en prit une. Sachant que Martha détestait attendre, il se fit un malin plaisir de siroter lentement son verre pour l'agacer davantage, avant de lui accorder son attention.

— Appréciez-vous la soirée, Martha ?

Elle lui jeta un regard noir.

— Ne te mets pas en travers de mon chemin, Jeremiah, ou tu le regretteras. Et elle aussi.

Penché vers elle pour qu'elle puisse l'entendre malgré la musique, il dit entre ses dents serrées :

— Martha, je vous ai tolérée pendant toutes ces années parce que vous êtes la sœur de Ace. Mais comprenez bien ceci, si vous créez des problèmes à Trey, vous aurez affaire à moi.

Il se recula pour mieux l'observer, et vit un mélange de surprise et de peur passer dans ses yeux. Un muscle tressauta dans sa joue, puis elle baissa la tête et tourna les talons.

Il la regarda fendre la foule, avant de chercher Trey des yeux.

Elle se tenait à côté de Ace et, quand elle croisa son regard, elle agita la main pour l'inciter à les rejoindre.

Il fut près d'elle en quelques enjambées et passa son bras autour de sa taille pour l'attirer contre lui.

Il lui vola un baiser, et sourit à Ace.

— Comment mes Devereaux préférés trouvent-ils la soirée ? s'enquit ce dernier en leur jetant un regard entendu.

C'était une façon d'approuver leur relation, et Jeremiah réalisa qu'il attendait cette bénédiction.

C'était réconfortant de savoir que l'homme pour qui il avait tant de respect validait ce que Trey et lui étaient en train de construire.

— Ace ne va pas tarder à partir, dit Trey. Il voudrait faire l'annonce maintenant.

Jeremiah fit rouler le fauteuil du vieil homme jusqu'à l'estrade, puis Ace le chassa d'un geste de la main.

— File. Ton rôle est d'assister ma petite-fille, maintenant.

Il se saisit d'une élégante canne de marche posée sur un siège tout proche, et se leva.

— Sois son soutien, Jeremiah. Protège-la avec la même loyauté dont tu as fait preuve envers moi.

Jeremiah se contenta d'un hochement de tête, et s'écarta pour permettre à deux assistants d'aider Ace à monter les quelques marches, et à prendre place devant le pupitre posé au centre de l'estrade.

— Je ne le connais pas depuis assez longtemps pour savoir si c'est vrai, dit Trey, apparaissant à côté de Jeremiah, mais il semble plus heureux que d'habitude, ce soir.

— Sans doute, mais nous savons qu'il le serait davantage si ton père était là ce soir.

Trey hocha la tête, le regard soudain attristé.

— Tu avais raison tout à l'heure, dans la voiture, avoua-t-elle. Cette histoire de brouille ne peut plus durer. Dès que Ace aura fini son discours, je vais appeler mon père.

Jeremiah sourit, et l'attira plus étroitement contre lui, tandis que Ace prenait la parole :

— Ce n'est un secret pour personne que je vais bientôt quitter ce monde. Et quand un leader s'en va, il peut être difficile pour les autres de déterminer les étapes suivantes. Mais ne vous inquiétez pas. L'avenir de Devereaux Inc. et mon héritage sont plus assurés que jamais. Et cela grâce à une femme. C'est avec beaucoup de fierté que je vous présente ma petite-fille et actionnaire principale, Jordan Dylan Devereaux III.

Un tonnerre d'applaudissements explosèrent dans la salle. Et si Jeremiah n'avait pas eu le bras passé autour de la taille de Trey, il aurait applaudi plus fort que tout le monde. Il l'escorta jusqu'à l'estrade, ne se souciant pas d'afficher en public des gestes d'affection.

Un peu plus tard, quand elle eut à son tour prononcé quelques mots et répondu aux questions de la presse, Trey réclama un peu d'intimité afin de pouvoir appeler son père, et Jeremiah la guida vers un petit salon mis à leur disposition.

Ils traversaient le hall quand une voix de baryton familière la fit stopper net. Elle regarda par-dessus son épaule et vit l'imposante silhouette de son père fondre sur eux.

Il portait une veste de smoking ivoire Tom Ford, avec des revers en satin. Son pantalon, ses chaussures et sa pochette étaient noirs.

Pour quiconque ne le connaissant pas, son expression était plaisante. Mais Trey voyait bien, au feu qui roulait dans ses yeux, qu'il était fou de rage. Sa mère marchait à côté de lui et avait une main sur son bras, visiblement pour le calmer. Cela dit, l'ambiance électrique qui flottait dans le couloir témoignait que cette astuce ne fonctionnait pas.

Son père s'arrêta devant elle.

— Je te demanderais bien ce que tu fais là, mais il me semble que la réponse est évidente ! s'exclama-t-il.

— Vous avez un problème, monsieur ? demanda Jeremiah en s'interposant entre son père et elle. Je peux peut-être vous aider ?

Trey sentit la panique l'envahir.

Comment les choses avaient-elles pu tourner aussi mal ?

Elle saisit le bras de Jeremiah.

— Jeremiah, c'est mon père.

Il lui adressa un regard perplexe, mais elle n'avait pas d'explication. Son père l'avait prise totalement au dépourvu en débarquant de cette façon.

— Au moins, vous êtes protecteur avec ma fille, fit remarquer Deuce avec un sourire crispé.

Jeremiah serra la main tendue.

— Veuillez m'excuser, monsieur Devereaux. Je ne vous avais pas reconnu.

— Appelez-moi « Deuce ». Et vous êtes… ?

— Jeremiah Benton, le…

— Le bras droit de Ace, je sais. Si vous êtes aussi protecteur avec lui que vous semblez l'être avec ma fille, ce n'est pas surprenant que Devereaux Inc. se soit développé de façon aussi florissante.

Jeremiah sourit avec fierté.

— Je prends soin des gens que j'aime, monsieur.

Son père affichait ce que Trey appelait son « sourire commercial », courtois en apparence, mais pas nécessairement sincère.

— Eh bien, c'est quelque chose que j'apprécie, jeune homme. Je vois que vous avez d'autres projets, mais j'aimerais vous emprunter ma fille quelques minutes. J'ai deux mots à lui dire.

Jeremiah se tourna vers elle pour savoir si elle était d'accord, et comme elle hochait la tête, il se pencha pour déposer un baiser léger sur sa tempe. Puis il regarda Deuce.

— J'espère que vous aurez à cœur de rendre visite à Ace, dit-il. Il se trouve dans un salon, juste à côté. Je sais que cela lui ferait un immense plaisir.

— Hélas, je ne peux pas m'attarder. Je suis juste passé faire une surprise à ma fille, et la féliciter pour son récent succès.

Jeremiah hocha la tête, et se contenta de presser la main de Trey, avant de s'éloigner

— Deuce, intervint Destiny. Promets-moi de…

— Chérie, si tu allais discuter avec ce jeune homme que notre fille semble si bien connaître ? Je dois lui parler seul.

— Bien. Mais si je t'entends élever la voix, tu auras affaire à moi. La Terre entière n'a pas à connaître nos histoires de famille.

Deuce hocha la tête, et attendit que Destiny ait rejoint Jeremiah avant de se tourner vers Trey.

— Et maintenant ma fille, explique-toi !

— Il me semble que c'est assez évident.

— Je t'avais interdit de prendre contact avec Ace, et je te découvre en train de faire des mamours avec son directeur général !

Trey croisa les bras et soupira.

— Je sais ce que je fais, papa. Pour une fois, fais-moi confiance.

— Tu sais ce que tu fais ? Ça m'étonnerait ! Quel que soit le jeu que tu imagines jouer, Ace a un coup d'avance sur toi. Si ce n'est plusieurs. Il te détruira pour m'atteindre.

Trey se pinça l'arête du nez, s'exhortant à se rappeler qu'elle aimait et respectait son père.

— Papa, j'ai besoin d'encore un peu de temps, et tout ira bien.

— Trey, tu ne peux pas gagner de cette façon. Je ne connais pas les détails de ton plan, mais je sais pourquoi tu es là. Si tu es découverte, tu peux tout perdre. Y compris ta liberté. Je ne veux pas que tu prennes ce risque pour moi.

— Je dois le faire, papa. Il n'y a pas d'autres solutions.

— Quel père serais-je si je te laissais te sacrifier à cause de cette guerre entre Ace et moi ?

— Il n'est plus question de guerre maintenant. Cela va bien au-delà. Je n'ai pas eu le temps de te l'expliquer, mais j'ai d'autres motivations à présent.

— Deuce ?

Trey vit son père se crisper à l'appel de son prénom par Ace, avant de se tourner lentement.

— Mon fils ? C'est toi ?

Prenant appui sur sa canne, Ace s'avança lentement. Il tendit la main pour toucher le bras de Deuce, mais ce dernier fit un écart pour éviter tout contact.

— Tenons-nous-en à « Deuce », rétorqua-t-il. Inutile de prétendre qu'il y a un autre lien entre nous, en dehors de notre nom.

Ace vacilla comme si on l'avait frappé.

— Papa, est-ce que c'est vraiment nécessaire ? s'exclama Trey, offusquée.

Son père se tourna vers elle et la fusilla du regard.

— Tu prends sa défense maintenant ? Qu'est-ce qu'il t'a dit pour t'embobiner comme ça ?

— Papa !

— Ton père a raison, Trey. Tu ne devrais pas me défendre après ce que je lui ai fait, ainsi qu'à ta mère. Je me suis montré tellement borné.

Le vieil homme soupira et murmura :

— Je suis tellement désolé…

Trey vit un muscle jouer dans la mâchoire de son père, signe que la situation n'allait pas tarder à se dégrader.

— Tu es *désolé* ? rétorqua-t-il entre ses dents serrées. C'est supposé réparer ce que tu as fait ?

Trey posa une main sur le bras de son père, espérant détourner son attention de Ace.

— Papa… Ce n'est ni le moment, ni l'endroit.

— Elle a raison, dit Ace. Destiny et toi pourriez peut-être passer à la maison, afin que nous discutions et mettions tout à plat. J'ai tellement de choses à dire.

Deuce ricana.

— Qu'est-ce qui te fait penser que je m'intéresse à ce que tu veux, après ce que tu m'as fait ? répliqua-t-il sèchement.

— Je mérite ta colère, dit Ace, les épaules basses.

— Tu mérites bien pire ! Mais j'ai promis à ma femme que je ne ferai pas de scandale en public. Donc, la seule chose que je te souhaite, c'est d'aller brûler en enfer.

— Un voyage sans retour m'attend dans un futur proche, murmura Ace. Tu seras donc bientôt exaucé.

Deuce chercha le regard de Trey pour avoir une explication.

Elle secoua la tête, et pria pour qu'il ne pose aucune question.

— Ace, tu devrais retourner te reposer au salon, suggéra-t-elle. Jeremiah et moi n'allons pas tarder à te rejoindre.

Le vieil homme hocha la tête, et s'en retourna à petits pas d'où il venait.

— Qu'est-ce qu'il a voulu dire ? demanda Deuce, quand la porte du salon se fut refermée derrière Ace.

— Oh ! Parce que ça t'intéresse, maintenant ?

— Je veux juste savoir s'il va bien.

— Non. Il a un cancer. Il ne lui reste plus beaucoup de temps à vivre. C'était peut-être sa dernière opportunité de te demander pardon, et tu l'as envoyé promener. Je t'aime papa, mais tu dois savoir que je n'ai jamais eu aussi honte de toi !

Elle le laissa là, bouche bée, et se dirigea vers la pièce où Jeremiah et sa mère avaient trouvé refuge.

Quand elle poussa la porte, Jeremiah s'apprêtait à sortir. D'un regard, il comprit que quelque chose n'allait pas et la prit dans ses bras.

— Ça va ?

Elle fit un effort pour lui sourire.

— Oui, maintenant que tu es là.

Tournant la tête vers le couloir, elle vit que son père n'avait pas bougé.

— Martha, j'ai dit non !

Le cri de Ace attira leur attention, et ils se ruèrent tous vers le salon où était entré le vieil homme.

Lorsqu'ils entrèrent, Ace, en pleine dispute avec sa sœur, tremblait de colère.

— À quoi jouez-vous, Martha ? demanda Jeremiah.

— Reste en dehors de ça, Jeremiah. Tu n'es que le laquais de mon frère. Les affaires de famille ne te concernent pas, et je…

— Mais moi, ça me concerne, l'interrompit Trey, en allant se placer à côté de son grand-père.

Martha la toisa de toute sa hauteur.

— Jeune fille, on ne vous a pas appris la politesse ?

Du coin de l'œil, Trey vit sa mère s'avancer vers Martha, et sentit que la situation allait dégénérer.

S'il y avait une chose que l'on ne faisait pas en présence de Destiny Devereaux, c'était de manquer de respect à sa fille ou à son mari.

Trey s'interposa, et rassura sa mère d'un regard avant de se tourner vers Martha.

— Vous êtes donc Martha, dit-elle. J'ai beaucoup entendu parler de vous.

Le sourire narquois de la vieille dame lui donna envie de la gifler, mais elle n'avait pas envie de gâcher sa manucure.

— Puisqu'il s'agit de notre première rencontre, je ne relèverai pas le « jeune fille », reprit-elle. Mais si nous voulons bien nous entendre, à l'avenir, je crois qu'il va falloir établir quelques règles.

Elle pointa son index sous le nez de Martha et poursuivit :

— D'abord, en tant que petite-fille de Ace, si je vous surprends encore à le malmener comme ça, vous vous retrouverez les quatre fers en l'air, avant d'avoir compris ce qui vous arrive.

Martha tressaillit, la bouche pincée.

— Je suis dans cette entreprise depuis sa création ! rétorqua-t-elle. Et tu oses me menacer ? Pour qui te prends-tu ?

— Oh ! Vous n'avez pas entendu l'annonce ? Je suis l'actionnaire principale de Devereaux Inc. Avec l'aide de Jeremiah, j'en ai le contrôle. Donc, si l'envie m'en prenait, je pourrais faire de votre vie un enfer.

Croisant les bras, Martha ne céda pas un pouce de terrain.

— Je ne sais pas comment tu as réussi à voler les actions de mon frère, mais je vais arranger ça.

— Je pense que vous aurez des difficultés à le faire, mais vous pouvez toujours essayer, si cela vous amuse.

— Tu ne t'en sortiras pas comme ça ! Même si ce doit être mon dernier combat, je récupérerai ce que tu m'as volé !

— Tu veux dire, ce que mon absence t'a permis d'espérer, ma chère tante ? intervint Deuce qui avait rejoint le groupe.

Il fixait Martha avec le même regard froid et détaché, tout en se tenant prêt à l'attaque.

— Tu es parti, Deuce !

— C'est vrai. Seulement aujourd'hui je suis de retour. Et pour ton malheur, ma fille est de mon côté. Alors à ta place, j'éviterais de lui créer des problèmes. Si elle dit que tu n'as aucune chance, c'est qu'il n'y a rien à faire. À part accepter ta défaite.

Trey sentit son cœur se gonfler de fierté. Son père ne savait pas encore qu'elle avait acheté les actions de Ace, mais il la soutenait.

Malgré tout, et elle avait eu un peu trop tendance à l'oublier ces derniers temps, il était son père, et il était là pour elle, quoi qu'il arrive.

Martha lui jeta un dernier regard chargé de haine, avant de filer sans demander son reste.

— Bon débarras, murmura Trey.

Mais son soulagement fut de courte durée. Tournant la tête vers son grand-père, elle vit qu'il vacillait.

Avant que quiconque ait pu intervenir, il s'effondra.

- 17 -

Jeremiah était sorti prendre l'air dans la cour de l'hôpital.

Les médecins s'affairaient auprès de Ace, et attendre des nouvelles dans la minuscule salle d'attente le rendait fou.

— Vous vous inquiétez pour lui.

Jeremiah se tourna et découvrit que Deuce l'avait rejoint.

— Il est à l'hôpital. Évidemment que je m'inquiète. Et vous ?

Il toisa Deuce et ajouta :

— J'ai entendu ce que vous avez dit à Ace tout à l'heure. Je sais que vous avez un passé commun difficile, et que Ace en est responsable. Mais si vous êtes venu frapper un homme à terre, alors il faudra en passer par moi.

Deuce ne broncha pas, l'évaluant froidement, comme tout homme équilibré et sûr de lui.

— Vous proposez que l'on se batte pour l'honneur de Ace ? s'enquit-il d'un ton ironique en haussant un sourcil. Si c'est le cas, je préfère vous dire que j'ai payé ce smoking Tom Ford trop cher pour rouler dans la poussière avec vous.

Jeremiah éclata de rire.

— J'en ai moi-même quelques-uns dans ma penderie, et je peux vous comprendre !

Reprenant son sérieux, il poursuivit :

— Désolé de vous avoir parlé comme ça. Mais j'ai tellement peur pour Ace… Je ne suis pas prêt à le perdre maintenant. Il est tout ce que j'ai depuis si longtemps… Je sais que je ne suis pas son fils, mais c'est le seul père que j'aie jamais eu. Je remuerais Ciel et Terre pour le protéger.

Il se tut, la gorge nouée, et son regard se perdit dans la nuit.

Quelques secondes plus tard, leurs téléphones sonnèrent en même temps. Deuce fut le premier à consulter son message.

— C'est Trey. Elle dit que Ace est réveillé et demande ses fils. Nous ferions bien d'y retourner.

Jeremiah hésita.

— Je sais que les choses ont été problématiques entre votre père et vous. Je ne voudrais pas m'immiscer dans vos retrouvailles.

— J'ai laissé ma colère me couper de mon père. Et pendant que je me battais pour prouver au monde que je n'étais pas comme lui, vous étiez à ses côtés, et vous lui donniez l'amour que j'aurais dû lui donner.

Il posa doucement ses mains sur les épaules de Jeremiah et ajouta :

— Mon père a demandé *ses* fils. Au pluriel. Je souhaite donc que nous lui donnions ce qu'il demande, et que nous lui montrions que sa famille est là pour le temps qui lui reste.

La gorge de Jeremiah se serra, et il éprouva des difficultés à respirer. On pouvait dire que les hommes de la famille Devereaux avaient le don de bouleverser sa vie, simplement par des mots.

Avant que son esprit ait eu le temps de formuler une réponse, Deuce l'attira dans une vigoureuse accolade.

— Tu as porté le poids de mon absence pendant trop longtemps, Jeremiah. Laisse-moi te soulager de ce fardeau. C'est le moins que je puisse faire.

Jeremiah répondit à son étreinte.

Ils étaient des inconnus l'un pour l'autre, mais ils étaient connectés au même grand homme. Deuce, mieux que personne, comprenait en quoi son décès serait dévastateur.

Alors, sans la moindre honte, dans les bras de cet homme qu'il connaissait à peine, il laissa son chagrin s'exprimer.

Il était en famille, après tout. Et à quoi servait la famille, si on ne pouvait pas y puiser du réconfort ?

Trey regarda son père et Jeremiah entrer dans la chambre de l'hôpital, et constata un changement subtil chez l'un comme chez l'autre. Ils semblaient plus sereins, plus complices. Quoi qu'il se soit passé entre eux, ils semblaient avoir trouvé un terrain d'entente.

— Deuce ? Jeremiah ? appela faiblement Ace.

Les deux hommes se placèrent de part et d'autre du lit.

— Nous sommes là, papa, dit Deuce.

— Là où est notre place, renchérit Jeremiah.

Ace écarquilla les yeux, les contemplant tour à tour avec stupéfaction, avant de regarder Deuce.

— Mon fils, je…

— Ne dis rien, l'interrompit doucement Deuce. Ce qui s'est passé ne compte plus. Tout ce que je veux maintenant, c'est être ici avec toi et Jeremiah. Et aussi Destiny et Trey. C'est notre priorité.

Ace tourna la tête vers sa belle-fille.

— Destiny, je me suis si mal comporté avec toi. Si tu savais comme je regrette. Veux-tu bien me pardonner ?

— Allons, allons, ne parlons plus de ça. Inquiétez-vous plutôt de vous reposer et d'aller mieux.

Ace ferma les yeux, et l'ombre d'un sourire étira ses lèvres.

— Je veux rentrer chez moi, dit-il. Jeremiah, ramène-moi à la maison.

Deuce souleva la main de Ace et la porta à sa joue, et ce geste de tendresse émut infiniment Trey.

— Jeremiah, tu as entendu notre père, dit Deuce. Peux-tu rester avec lui, le temps que je trouve un médecin pour signer une décharge ?

— Je m'en occupe. Reste ici avec lui. Il a besoin de toi.

Trey suivit Jeremiah.

Lorsqu'il se tourna vers elle, elle l'attira et se haussa sur la pointe des pieds pour plaquer un rapide baiser sur ses lèvres.

— C'était pour quoi, ça ? s'enquit-il.

— Le père que j'adore, et le grand-père que j'ai appris à aimer sont enfin réunis. Cela n'aurait pas été possible sans toi. Avec tout ce qui s'est passé, je réalise combien ma vie aurait été différente si tu n'y avais pas fait irruption.

— Trey, ne dis pas ça si tu ne le penses pas.

Elle posa fermement une main sur sa nuque, et attira son visage vers le sien. Puis, retenant à grand-peine un sourire, elle lui répéta la phrase qu'il lui avait dite peu avant :

— Tu crois que je ne sais pas ce que je veux, et qui je veux ?

— Je n'oserais pas faire une erreur pareille, répondit-il d'un ton narquois. Si tu me veux, je suis à toi.

— Bien.

Elle posa une main sur sa joue, caressant du bout des doigts la ligne nette de son bouc.

— Au cas où tu ne l'aurais pas remarqué, les Devereaux aiment apposer leur nom sur ce qui leur appartient.

— Tant que le marquage est mutuel, je n'y vois pas d'inconvénient.

- 18 -

Trey découvrit que Jeremiah l'attendait en bas de l'escalier monumental du manoir Devereaux.

Quand elle arriva à la dernière marche, il l'attira contre lui et l'embrassa passionnément.

— Tu m'as manqué, ma chérie !

— Cela fait deux jours que je suis dans la maison avec toi. Comment je pourrais te manquer ?

Il resserra son bras autour de sa taille.

— Tu oublies que tes parents sont là aussi, et que nous passons tout notre temps à nous occuper de Ace. Cela ne laisse pas beaucoup d'opportunité de se retrouver seuls tous les deux…

Elle lui vola un baiser en riant.

— Tu ne vas quand même pas te plaindre pour deux jours d'abstinence.

— Tu t'es regardée dans un miroir ? Chaque seconde passée sans pouvoir te toucher est une véritable torture.

Ce flirt badin était exactement ce dont elle avait besoin pour consoler son âme meurtrie. Depuis le malaise de Ace au Legacy Ball, elle n'avait pas eu une minute à elle.

— Merci de me faire sourire, Jeremiah.

— Je suis là pour ça.

Ôtant la main de sa taille, il lui pinça affectueusement la joue.

— Ça va ? demanda-t-il.

— Aussi bien que possible, dans cette situation. C'est tellement étrange. Il y a deux jours, je pensais que Ace pouvait nous quitter à tout moment. Mais depuis qu'il est à la maison, entouré de mes parents, il a l'air d'aller mieux. Quand oncle David est arrivé tout à l'heure, Ace semblait au comble du bonheur. Tu comprends ça ?

— Bien sûr. Ace a passé tellement de temps à regretter son comportement et à souffrir d'avoir rejeté son fils, qu'il n'a pas l'intention de laisser la maladie lui gâcher ces retrouvailles.

— Je m'inquiète de ce qu'implique pour toi le retour de mon père.

— Pourquoi ?

— Cela fait vingt ans que tu es auprès de Ace, que tu travailles pour lui, que tu t'investis dans l'entreprise. Tu pourrais avoir l'impression que mon père cherche à te pousser vers la sortie.

— Pas du tout. J'aime Ace, et je sais qu'il m'aime aussi. Rien n'a changé. Et si j'étais plus concerné par mon ego que par la gratitude que je dois à l'homme qui s'est montré si bon envers moi, je ne mériterais pas son amour. Ni le tien.

Trey sentit son cœur se gonfler d'une joie immense. C'était incroyable ce que cet homme provoquait en elle d'émotions, rien que par ses paroles.

— Tu n'imagines pas ce que je te ferais à cet instant, si la famille n'était pas là…, murmura-t-elle.

Il rit et pressa brièvement ses lèvres sur les siennes.

— Dans ce cas, je suggère que nous allions chez moi recharger nos batteries.

Elle s'apprêtait à accepter, quand la sonnerie du téléphone de Jeremiah les interrompit.

Il s'écarta légèrement pour prendre l'appel.

— Salut, Amara. Je suis assez pris. J'espère que tu n'en as pas pour longtemps, dit-il.

Mais en écoutant ce qu'Amara lui disait, il se crispa, et son regard se durcit.

— Qu'est-ce que ça veut dire, bon sang ? s'exclama-t-il.

Il resta silencieux quelques secondes, avant d'ajouter :

— Écoute, je file chez moi me changer. Essaie de gagner du temps en attendant que j'arrive.

— Quoi ? Qu'est-ce qu'il y a ? demanda Trey, avant même qu'il ait eu le temps de glisser son téléphone dans sa poche.

— Martha a réuni le conseil d'administration sans m'avertir.

— Dans quel but ? Toi et moi réunis détenons la majorité. Ils n'ont pas le quorum, sans nous.

— Ce n'est pas une question de votes, mais d'influence. Martha n'a pas la majorité, mais cela ne veut pas dire qu'elle ne peut pas rallier des gens à sa cause, et faire de notre vie un enfer. Nous ne pouvons pas nous permettre de lutter pour remporter chaque décision. Et nous ne voulons pas non plus donner l'impression aux autres actionnaires que leur voix n'est pas entendue. Il faut y aller et lui faire barrage.

Trey hésita.

— Écoute, je ne sais pas si c'est le moment d'abandonner Ace. Il vit peut-être ses dernières heures…

— Allons, il ne faut pas dramatiser comme ça. Mais je comprends. Tu as raison. Reste ici avec la famille. Je vais y aller seul.

Il l'attira dans ses bras, pour une longue et tendre accolade.

— Ça va aller, dit-il. Je m'occupe de tout.

Trey hocha la tête, et il plaqua un baiser sur ses lèvres, avant de se précipiter vers sa voiture.

Elle refusa de le regarder partir, de crainte de faire quelque chose de stupide, comme de le suivre et de détruire le fragile équilibre qu'ils avaient réussi à bâtir en si peu de temps.

— Pourquoi as-tu refusé de l'accompagner ?

Son père se tenait en haut de l'escalier, et elle monta précipitamment les marches pour le rejoindre.

— Ce n'est pas important, papa. La seule chose qui me préoccupe, c'est de t'avoir menti pendant tout ce temps. J'aurais dû trouver un moyen de te convaincre de venir quand Jeremiah t'a écrit. Au lieu de quoi, j'ai manqué de courage, et je me suis fait passer pour toi.

Passant un bras autour de ses épaules, son père l'entraîna vers une banquette capitonnée de velours rouge, placée dans une alcôve du hall d'entrée.

— Quelle était ton intention ? demanda-t-il, tandis qu'ils s'asseyaient côte à côte.

— Protéger Devereaux Inc.– Dans ce cas, tu as bien agi, ma puce, et tu n'as pas à t'excuser.

Il soupira.

— À vrai dire, je suis content que tu l'aies fait. Tu t'es donné du mal pour guérir une vieille blessure. Et à ce titre, tu mérites cet héritage.

Trey se blottit contre l'épaule de son père, comme elle le faisait quand elle était petite et, soudain, des larmes incontrôlables se mirent à rouler sur ses joues.

— Hé ! Qu'est-ce qu'il y a ? Parle-moi, ma chérie.

— Si j'y vais, il saura que j'ai menti, et je ne suis pas prête à ce qu'il l'apprenne, dit-elle dans un souffle. Cela détruira tout s'il découvre ce que j'ai fait.

— Je t'avais prévenue, Trey.

— Ce n'était pas mon plan initial. Je voulais embobiner Ace et le convaincre de me léguer ses parts. Mais le testament aurait pu être contesté. La solution la plus sûre était donc de les acheter, en faisant passer cela pour une saine décision financière prise par un homme d'affaires avisé.

Elle se mit à sangloter, mouillant de ses larmes la chemise de son père.

— On dirait que tu t'es mise dans un beau pétrin, fillette.

Horrifiée, Trey tourna la tête, et vit son grand-père dans son fauteuil roulant poussé par David.

— Ace, je…

— Tu voulais me voler mon entreprise ? l'interrompit le vieil homme. Je sais. Je l'ai compris à l'instant où tu es arrivée.

Médusée, Trey regarda son père qui lui sourit et lui fit signe de rejoindre Ace.

La mine piteuse, Trey se leva et marcha jusqu'à son grand-père, surprise de voir ce dernier lui sourire.

— Comment pouvais-tu le savoir ? s'enquit-elle. Et si c'est le cas, pourquoi n'as-tu rien dit ?

— Trey, ton père t'a peut-être enseigné l'art des affaires, mais d'où crois-tu qu'il tient son savoir ?

Elle se tourna vers son père qui, toujours assis sur la banquette, lui adressa un sourire entendu.

Cette scène était totalement déroutante. Pourquoi tout le monde était-il si calme, alors que l'enfer se déchaînait ?

— Mon comptable a remarqué que quelqu'un achetait régulièrement de petites quantités d'actions, reprit Ace. J'ai donc demandé à un expert de tracer les transactions, et j'ai découvert que ces sociétés écran étaient des filiales de DD Enterprises. J'ai fait en sorte que Jeremiah n'en sache rien, et je t'ai laissée acquérir trente-trois pour cent. Puis j'ai débranché ta petite opération en demandant à Singleton de refuser ton offre.

Le cœur de Trey battait à tout rompre, tandis que toutes les pièces du puzzle se mettaient en place.

— Donc, tu savais pourquoi j'étais là, et tu m'as quand même laissée acheter tes parts. Pourquoi ?

Le vieil homme haussa les épaules.

— Peut-être pour te tester ? Pour savoir de quoi tu étais vraiment capable.

Trey baissa la tête, honteuse.

— Je ne serais jamais allée au bout de ma démarche, tu sais. Je suis venue pour te détruire, c'est vrai, mais une fois que je t'ai rencontré, que j'ai appris à te connaître, je n'ai pas pu continuer. Je voulais tout arrêter, mais Martha est entrée en scène.

Elle eut une petite moue contrite.

— Je suis désolée, grand-père.

Elle tressaillit quand deux mains puissantes enveloppèrent ses épaules. Son père les avait rejoints.

— Toute ma vie, j'ai gardé en moi ce jeune homme en colère, dit-il. Mais à l'instant où tu m'as appris que Ace était malade, tout s'est évanoui. Et maintenant, tu te retrouves dans une situation compliquée, et ce par ma faute. Je n'aurais jamais dû te transmettre ma haine, ma chérie.

Trey pleurait maintenant à chaudes larmes, en partie parce qu'elle était folle de joie que son père et son grand-père se soient réconciliés, mais aussi parce que la honte et la peur lui serraient le cœur.

Ace fit signe à David de rapprocher son fauteuil roulant, et prit la main de Trey.

— Tu es venue dans un but de destruction, mais l'amour t'a poussée à te sacrifier pour me sauver. Et à cause de cela, je vais faire ce que tout grand-père digne de ce nom ferait : t'épargner les ennuis, réparer tes erreurs, et tout arranger.

— Mais… comment ?

— Ton oncle David, qui dirige le département juridique de Devereaux Inc., va t'expliquer.

— Mais j'ai signé des papiers. J'ai versé de l'argent. C'est irréversible.

— Non, répondit David. Puisque la vente n'a pas vraiment eu lieu. Tu as signé des documents, et nous avons insisté pour être payés par chèque. Je n'ai jamais fait enregistrer ces documents, et Ace n'a pas encaissé le chèque.

La tête lui tournait. Elle ne comprenait pas.

— J'ai reçu des certificats de propriété. Je possède officiellement les quarante pour cent de Ace.

David hocha la tête.

— C'est exact. Mais pas parce que tu les as achetés. Parce que Ace te les a donnés. Ainsi, tu n'as rien commis d'illégal. Et, avec les trente-trois pour cent de DD Enterprises, tu contrôles en tout soixante-treize pour cent de Devereaux Inc. Personne au conseil d'administration ne peut t'arrêter.

Si son père ne s'était pas trouvé derrière elle, elle se serait effondrée.

Son grand-père, ce génie des affaires, ne s'était pas seulement joué d'elle. Il l'avait sauvée.

— J'ai une dernière exigence, dit Ace. Quand tout sera terminé, tu devras dire la vérité à Jeremiah. La confiance est quelque chose d'important pour lui.

— Il va me haïr.

— Il sera en colère contre toi, mais ça lui passera. Si tu l'aimes, comme je le crois, il faut que tu lui dises avant que quelqu'un d'autre lui apprenne. Ça le détruirait.

— Je sais, murmura-t-elle.

Ace hocha la tête, satisfait.

— Tu as moins d'une heure pour te rendre à cette réunion, Trey. Tu crois que tu as le temps de passer chez toi te changer ?

Elle essuya ses larmes et se redressa fièrement.

— Je suis une Devereaux. Je suis toujours prête.

- 19 -

— C'est une inconnue ! Comment Ace a-t-il pu lui céder la compagnie sans en discuter d'abord avec le conseil d'administration ?

En l'absence de Ace, Jeremiah siégeait en bout de table, observant la marée de costumes noirs, gris ou bleu marine. À ce stade, les membres du conseil se comportaient comme des villageois en colère brandissant des fourches et des torches enflammées, réclamant la mise à mort de la sorcière.

Celui qui s'époumonait de la sorte était Jason Singleton. C'était un homme d'affaires à l'ancienne, qui estimait que le pouvoir et l'argent devaient toujours rester aux mains des plus âgés.

Il était aussi un fervent supporter de Martha, aussi n'était-il pas surprenant qu'il mène la charge contre Trey.

Cela n'en était pas moins contrariant.

— Jason, dit-il posément, aucune décision n'a encore été prise concernant la nomination du nouveau P-DG, mais Trey en a les compétences.

— La nouveauté risque de faire fuir nos actionnaires, répliqua Jason. Il nous faut quelqu'un de familier, qui est là depuis le début. Martha est la mieux placée.

Jeremiah regarda Martha. Élégante et posée, cette dernière affichait un sourire serein. À première vue, elle inspirait confiance, mais il savait qu'elle n'avait pas les capacités pour ce poste.

— Jason, je respecte votre position, cependant je pense que nous devons regarder les faits. Même si Martha fait un travail formidable pour notre marque *lifestyle*, diriger une compagnie internationale comme Devereaux Incorporated exigeait davantage de compétence.

— Nous ne connaissons pas cette fille, et nous ne pouvons pas nous y fier, décréta Martha. Et le fait que tu la défendes confirme ce que j'ai toujours su. C'est que l'on ne peut pas te faire confiance non plus.

Tous les regards s'étaient tournés vers Martha et, à en croire son sourire en coin, elle y prenait beaucoup de plaisir.

— Elle n'a pas prouvé sa loyauté à la famille ou à cette entreprise, poursuivit-elle. D'ailleurs, elle ne s'est même pas donné la peine d'assister à cette réunion.

— Vous n'êtes pas la mieux placée pour donner des leçons de loyauté, Martha.

Les têtes se tournèrent cette fois vers la porte que venait de franchir Trey.

Elle portait une robe portefeuille en soie qui mettait divinement en valeur ses courbes. L'imprimé léopard informait de ses instincts de dangereuse prédatrice. Elle était là pour dominer, et ceux qui ne l'avaient pas compris avaient déjà perdu.

Perchée sur des escarpins vertigineux en cuir verni noir, elle traversa la pièce d'une démarche assurée et vint se placer à côté de Jeremiah qui se leva pour lui céder la place.

— Mesdames et messieurs du conseil, dit-elle, je suis Mme Devereaux, mais mes amis m'appellent « Trey ».

L'issue de cette réunion déterminera de quelle façon vous m'appellerez.

Elle s'assit et, après avoir regardé tous les membres du conseil, reprit :

— Je n'ai pas de temps à perdre en platitudes. Il semblerait que Martha ait convoqué cette réunion pour vous annoncer que je briguais le poste de P-DG. Elle a tout à fait raison.

Comme une chute de dominos, toutes les bouches s'ouvrirent de surprise, de façon presque synchronisée.

— Je suis la dirigeante naturelle de cette entreprise familiale. Dans mon esprit, il n'y a pas de remise en question possible.

Jason Singleton s'éclaircit la voix :

— Avec tout mon respect, jeune demoiselle…

— Je n'autorise personne à m'appeler « jeune demoiselle », l'interrompit sèchement Trey. En outre, je n'ai pas besoin de votre respect. Ni de celui de personne, d'ailleurs.

— Pourquoi ? Parce que tu as Jeremiah dans ta poche ? intervint Martha. Ou, devrais-je plutôt dire, dans ton lit ?

Trey pressa délicatement les doigts sur sa tempe, tandis qu'elle se concentrait sur Martha.

— Ma tante, vous n'êtes jamais fatiguée d'être aussi exaspérante ?

Martha eut une petite moue outrée, mais se tut.

— Je vais répondre aux questions que tout le monde ici se pose, reprit Trey. Oui, Jeremiah et moi détenons la majorité. Non, je ne demande pas d'être nommée P-DG aujourd'hui.

Savourant la surprise générale, elle laissa passer un silence pour marquer son effet avant d'annoncer :

— Je demande une direction conjointe, pour Jeremiah et moi.

Elle se laissa aller contre son dossier et croisa les bras, offrant l'image de la sérénité face aux expressions choquées des membres du conseil.

— Donc, nous pouvons poursuivre cette mascarade de réunion, ou nous pouvons gagner du temps et retourner très vite à nos occupations, en votant pour une codirection, conclut-elle.

Jeremiah retint à grand-peine un sourire de fierté.

Quelques minutes plus tard, Trey et lui savouraient leur victoire dans son bureau.

— Je n'en reviens pas, dit-il. Tu l'as fait. Tu as sauvé les parts de Ace et pris la place qui te revenait dans la compagnie de ton grand-père.

Et elle avait eu l'élégance de reconnaître tout le travail qu'il avait accompli. Pour cela, il lui en serait à jamais reconnaissant.

Après avoir échangé un langoureux baiser avec elle, il la repoussa à bout de bras pour mieux l'admirer.

— Elle est de qui, cette robe ? demanda-t-il.

— Christian Siriano. Pourquoi ?

— Parce que je vais acheter toute sa collection, tellement ses créations te mettent en valeur.

— Ce n'est jamais une mauvaise idée qu'un homme veuille m'acheter de jolis vêtements, mais ce n'est pas une obligation.

— Ah bon ? Et qu'est-ce qui compte, alors ?

— Qu'il sache comment prendre soin de moi quand je ne porte *aucun* vêtement…

Il grommela et se pencha vers le bureau pour presser le bouton de l'intercom.

— Sharon, veuillez annuler tous mes rendez-vous de la journée.

Le lendemain matin, Jeremiah descendait l'escalier en sifflotant. Il avait prévu de faire ses légendaires pancakes pour la femme merveilleuse qui dormait dans son lit.

Après les heures magiques et tendres qu'ils venaient de passer, à tenter de se rassasier l'un de l'autre, ils avaient bien besoin de reprendre des forces.

Il se dirigeait vers la cuisine, quand la sonnette de l'entrée retentit.

Sa bonne humeur vacilla quand il ouvrit la porte.

— Que faites-vous ici, Martha ?

— Puis-je entrer ?

— Non. Que voulez-vous ?

— C'est important, Jeremiah. Je suis venue dès que j'ai eu la preuve.

— De quoi ?

— La preuve que ta petite amie essaie de voler la compagnie de mon frère.

— Vous allez recommencer avec ça ? C'est fini, Martha. Vous avez perdu.

Elle secoua vigoureusement la tête, et se mit à fouiller dans son immense besace, avant de brandir un dossier.

— Tout est là. Regarde ! C'est édifiant.

Avec un soupir, il feuilleta le dossier, le lisant en diagonale, jusqu'à ce qu'une information capitale lui saute aux yeux.

— Où avez-vous eu ça ? demanda-t-il, médusé.

— Peu importe. Ce qui compte, c'est que j'avais raison depuis le début.

Lui fermant sans ménagement la porte au nez, il se

rua dans l'escalier, déterminé à réveiller Trey et à lui demander une explication.

— Elle l'a fait, marmonna-t-il. Elle l'a vraiment fait.

Il tomba quasiment nez à nez avec Trey qui sortait de la chambre.

— De qui tu parles ? C'est encore une entourloupe de Martha.

— Pour une fois, elle n'y est pour rien.

— Alors, qui ?

— Je parle de toi, Trey. Comment as-tu pu me faire ça ?

- 20 -

— Ce n’est pas ce que tu…

— La vérité, Trey !

— Cela ne devait pas se passer comme ça.

— Ah non ? Tu as volé la compagnie de Ace par inadvertance ?

Trey se redressa, s’armant de courage face à la furie de Jeremiah.

On lui avait inculqué depuis sa naissance qu’elle était destinée à contrôler son destin et celui de son entourage. Mais la façon dont le regard de Jeremiah la fixait la faisait trembler.

Pas de peur. Parce qu’elle ne craignait aucun homme. Mais de honte.

— J’avais bien l’intention de m’emparer de l’entreprise de Ace, répondit-elle. Mais je ne pouvais pas savoir que j’allais tomber amoureuse de toi.

Il éclata d’un rire moqueur.

— Ce n’est pas de l’amour, Trey ! L’amour ne ment pas. L’amour ne vole pas. Et surtout, l’amour ne manipule pas ! Et c’est exactement ce que tu nous as fait, à Ace et à moi ! Tu t’es jouée de nous et, le pire, c’est que je t’ai laissée faire.

Le chagrin et la colère déformaient son visage en une grimace amère, et Trey dut lutter contre l’envie de le serrer contre elle pour l’apaiser.

— Laisse-moi t'expliquer, dit-elle. Au début, oui, je voulais venger mon père. Seulement dès que j'ai fait ta connaissance, j'ai su que je ne pourrais jamais mettre mon plan en œuvre.

— Mais tu as quand même acheté les actions.

— Parce que tu m'as demandé de t'aider, et qu'il n'y avait pas d'autre moyen.

— Alors, c'est ma faute, c'est ça ?

— Je n'ai pas dit ça.

Il se mit à faire les cent pas dans le couloir, comme s'il avait besoin de prendre le temps d'analyser ce qu'elle venait de lui dire.

— Même si je te croyais, tu t'es quand même mise dans un beau pétrin. Le Service du renseignement financier pourrait te tomber dessus. Est-ce que la vengeance valait le prix de ta liberté ?

— La vengeance, non. Mais aider l'homme que j'aime, aider le grand-père qui représente tant pour moi aujourd'hui, oui, ça valait tous les sacrifices.

Elle posa une main sur son bras et, voyant qu'il ne la repoussait pas, s'enhardit à poser l'autre sur sa joue.

— Je t'aime, Jeremiah.

Sa voix tremblait tout à la fois de crainte et d'espoir.

— Je ferais n'importe quoi pour te rendre heureux. S'il te plaît, ne doute pas de moi.

Il secoua la tête et la repoussa.

— Désolé, Trey. Je connais tes mensonges, maintenant, et je ne peux plus te faire confiance.

Il la contourna et dévala l'escalier.

Arrivé à la porte d'entrée, il se retourna et, d'une voix distante et glaciale, lança :

— Je sors m'éclaircir les idées. S'il te plaît, ne sois plus là à mon retour.

Il fit le tour du quartier sans parvenir à se calmer.

Son pire cauchemar était arrivé. Il s'était trompé sur Trey.

Pourquoi n'avait-il rien vu ?

La réponse s'imprima dans sa conscience sans le moindre doute.

Parce qu'il n'avait rien voulu voir.

Il la voulait tellement que, dans la brume de son désir avide, il lui avait donné les clés du royaume, et lui avait permis de tout lui voler sous le nez.

- 21 -

Trey entra dans la chambre de Ace, et découvrit que Deuce était assis à son chevet.

Les deux hommes semblaient l'attendre, impatients de lui poser des questions.

Deux semaines s'étaient écoulées depuis que Jeremiah avait découvert sa traîtrise. Même si elle avait échangé avec son père et son grand-père, durant cette période, elle s'était tenue à distance, prétextant qu'elle était très occupée à s'acclimater à son nouveau poste chez Devereaux Inc.

— Grand-père, tu as insisté pour que je passe te voir après le travail. Que se passe-t-il ?

Ace tapota le matelas à côté de lui. Et, comme une petite fille obéissante, elle s'avança vers le lit, s'arrêtant au passage pour embrasser son père.

— Comment vas-tu, Trey ? demanda Ace.

— Bien, affirma-t-elle, affichant son sourire commercial, celui qui dissimulait ses sentiments quand elle ne pouvait pas se permettre de montrer ses faiblesses. Je prends mes marques tout doucement.

— Et avec Jeremiah ? Les choses se passent bien ? s'enquit son père.

Elle ne le regarda pas. Il la connaissait trop bien. Et s'il devinait combien elle souffrait de sa rupture avec

Jeremiah, il se transformerait en papa Ours. Personne n'avait besoin de ça.

— Jeremiah est efficace, répondit-elle. C'est un atout pour Devereaux Inc. Je comprends pourquoi tu l'avais choisi comme bras droit, grand-père.

Souriant à Ace, elle se félicita d'être capable de contrôler le tremblement de sa lèvre inférieure et de sa voix.

Elle se sentait bien. Presque normale, même… jusqu'à ce que son grand-père l'enveloppe d'un regard compatissant et lui ouvre les bras.

En un instant, sa retenue l'abandonna, et elle éclata en sanglots.

— Grand-père, j'ai tout gâché… À moins que ce ne soit professionnel, Jeremiah refuse de me parler.

Suffoquant sous les larmes, elle eut du mal à retrouver son souffle.

— Il est tellement blessé, et je ne sais pas comment faire pour arranger les choses.

— Il souffre, confirma Ace. Il n'est pas venu beaucoup, ces deux dernières semaines. Je me suis dit que vous n'aviez toujours pas fait la paix.

— Il ne veut plus rien avoir à faire avec moi.

Deuce eut un petit rire entendu, avant de donner son avis :

— Ma puce, crois-en quelqu'un qui a fait beaucoup d'erreurs durant son mariage. Les choses ne sont jamais aussi épouvantables qu'elles en ont l'air. Crois-le ou non, ce que tu as fait figure tout en bas de la liste des choses impardonnables. Tu peux te racheter.

D'ordinaire, les paroles de son père lui inspiraient une confiance absolue. S'il le disait, c'est que c'était vrai. Cette fois, elle craignait qu'il ait mal évalué la situation.

Ace rit à son tour, et elle ne put décider si les deux hommes avaient perdu l'esprit, ou si elle était passée à côté d'une information capitale.

Parce que, réellement, il n'y avait rien de drôle !

— Ton père a raison, fillette. Je vous ai observés de près, toi et Jeremiah. Je crois que vous êtes faits l'un pour l'autre. Si tu veux cet homme, il va falloir que tu y mettes du tien.

— C'est facile à dire ! Je fais comment ?

— Tu es une Devereaux, et nous sommes des gens puissants qui peuvent modifier le monde par la force de leur volonté. Mais il y a quelque chose d'autre que nous faisons à la perfection, quand nous sommes amoureux.

Trey faillit perdre patience. S'il y avait un moyen d'arranger la situation, elle était partante.

Encore fallait-il que son grand-père se montre moins énigmatique.

— Quoi ?

Père et fils échangèrent un regard entendu, avant de s'exclamer à l'unisson :

— Supplier.

Jeremiah s'apprêtait à sortir de chez lui quand son téléphone vibra dans sa poche.

— Bonjour Ace, je me rendais au bureau.

— Parfait. J'appelle au bon moment. Écoute, j'ai une envie soudaine de pancakes. Tu ne pourrais pas passer à la maison et m'en préparer ?

Jeremiah retint un soupir. C'était une blague ?

— Écoute, Ace, j'ai un dossier important qui m'attend. Je préférerai passer ce soir, et on fera un petit déjeuner à la place du dîner, comme au début, quand je suis venu vivre chez toi.

Il y eut un silence, puis Ace soupira à fendre l'âme.

— Tu sais, mon garçon, il faut que tu apprennes à travailler moins. Mais ce n'est pas grave. Je me doutais un peu que tu refuserais. C'est pour ça que j'ai demandé à Trey. Elle est en train de s'affairer en cuisine pendant que nous parlons.

Jeremiah songea aux magnifiques plans de travail de marbre blanc et grimaça.

— Trey ne sait pas faire des toasts sans les brûler ! Elle va détruire ta cuisine. Oh ! mais attends… Tu le sais parfaitement. Ce n'est qu'une ruse pour me faire venir.

Ace rit doucement.

— C'est possible, avoua-t-il. Mais peu importe. Si tu ne viens pas immédiatement pour l'arrêter, je ne sais pas dans quel état tu retrouveras ta pièce préférée.

— Tu ne ferais pas ça !

— Fiston, quand m'as-tu vu ne pas tenir ma parole ?

Jeremiah réfléchit quelques instants, et réalisa que Ace ne bluffait pas.

— Tu ne joues pas à la loyale, marmonna-t-il.

— C'est vrai. C'est pourtant une bonne façon de gagner.

— Rien ne nous réconciliera, Ace. Pas même ton intervention.

— Balivernes ! Viens lui parler. Il n'y a rien qui ne puisse se régler devant une pile de pancakes et un café. Ce n'est pas ce que tu dis toujours ?

Jeremiah soupira :

— Est-ce qu'elle sait que tu essaies de jouer les entremetteurs ?

— Elle le découvrira quand tu seras là ! répondit Ace avec un petit rire.

— La barbe !

Trey regarda la fumée s'élever de la poêle. Elle avait encore brûlé un de ces fichus pancakes !

— Que se passe-t-il ici ? Tu veux mettre le feu à la maison ?

Jeremiah.

En tout cas, ça lui ressemblait. Avec toute la fumée qui lui piquait les yeux, elle n'en était pas certaine.

Il passa à côté d'elle et ouvrit une fenêtre pour évacuer la fumée.

— Tu as beau être douée dans beaucoup de domaines, tu es une cuisinière épouvantable.

— Et toi, tu as vraiment le sens du compliment !

La lueur amusée dans le regard de Jeremiah déclencha son propre rire.

Quel soulagement de le voir. Il était magnifique dans son costume Brooks Brothers bleu nuit qui mettait en valeur sa musculature. Non qu'elle ait besoin de ce rappel. Elle revivait en boucle dans son esprit les images du temps qu'ils avaient passé ensemble. Il n'y avait pas une parcelle de son corps qu'elle ne connaissait pas.

— À part venir critiquer mes talents de cuisinière, que fais-tu ici ?

Il haussa les épaules.

— Ton grand-père a pris ma matinée en otage, en me demandant de venir pour t'empêcher de saccager la cuisine.

Elle rougit.

— Je suis désolée, murmura-t-elle. Je ne lui ai rien demandé. Je sais que tu m'évites en ce moment.

— Trey…

— Ne dis rien. Je sais que c'est vrai. Je t'ai blessé,

et maintenant tu es obligé de travailler avec une femme que tu détestes.

— Oui, tu m'as blessé. Et cela me met en colère. Mais te haïr…

Il posa une main sur son cœur.

— … ce n'est pas quelque chose dont je suis capable.

— Il y a donc une chance que tu me pardonnes ? demanda-t-elle, pleine d'espoir.

— Je ne sais pas. Tu as fait beaucoup de mal à notre relation. Mais je n'ai pas ressenti la moindre joie depuis deux semaines.

— Cela veut dire que tu m'aimes encore.

Il passa une main sur son bouc et soupira :

— Je ne sais pas comment faire pour cesser de t'aimer, Trey. Tu as fait ton chemin dans ma vie, et tu t'es nichée sous ma peau. J'ai changé. Je ne peux pas faire un redémarrage système et redevenir celui que j'étais.

Il y eut un long silence. Un fossé empli de tension et de gêne, qui exacerba l'envie que Trey avait de remonter le temps.

Jeremiah n'était pas prêt, et elle ne devait surtout pas lui mettre la pression.

Détachant son tablier maculé de farine et de pâte, elle le jeta sur la paillasse de l'évier.

— J'abandonne, dit-elle. Je vais commander des pancakes chez Grubhub.

Elle arrivait à la porte quand Jeremiah dit :

— Apparemment, toi non plus tu ne sais pas comment revenir en arrière. Parce que la femme dont je suis tombé amoureux ne renoncerait pas aussi facilement.

Elle sentit son cœur se dilater de joie, mais n'osa croire totalement à son bonheur.

Elle se retourna, ne sachant pas quoi dire, fit quelques

pas dans la direction de Jeremiah, et tendit une main hésitante vers lui.

Il la prit dans la sienne.

— Ace et mon père m'ont dit que je devais supplier pour me faire pardonner. Si c'est ce que tu attends, je suis prête à le faire.

— Une reine ne supplie pas, Trey. Surtout pas *ma* reine. Elle dirige. Elle montre la voie.

— Elle assume aussi ses responsabilités quand elle manque à ses devoirs. J'ai eu tort, Jeremiah. Et je ne sais pas comment te faire comprendre à quel point je suis désolée.

— Il ne s'agit pas que de moi. Tu as agi de façon illégale envers Devereaux Inc.

— C'est aussi ce que je croyais. Mais mon grand-père, même malade, est un génie. Il n'a jamais encaissé mon chèque et m'a donné ses parts.

— Je ne comprends pas.

— Ace était au courant des projets de rachat hostile de DD Enterprises. Il les a bloqués, et quand je me suis présentée au manoir, il savait pourquoi je venais.

— Ça, je le sais. Il me l'a dit.

— Et quand je lui ai expliqué que j'ai voulu sauver la compagnie des griffes de Martha, il a compris que j'étais sincère.

— Tu veux dire qu'aucune menace ne plane sur ta tête ?

— Techniquement, aucun délit n'a été commis, donc…

Le reste de sa phrase fut étouffé par le baiser fougueux de Jeremiah.

Épilogue

Deux semaines plus tard.

Une série de coups frappés à la porte détournèrent l'attention de Trey du graphique qu'elle étudiait.

— Désolé pour l'interruption, je voudrais exposer mes griefs contre le nouveau patron de ma femme.

La réclamation de Jeremiah fit rire Trey.

— Veuillez entrer, cher monsieur, et je ferai de mon mieux pour vous aider.

Il traversa la pièce à grandes enjambées et s'assit.

— Tout d'abord, commençons par le plus important. Comment s'appelle votre femme ? s'enquit-elle.

— Trey. Et elle travaille pour un terrible exploiteur du nom de Jordan Dylan Devereaux III.

Trey fit mine de noter la remarque sur son bloc-notes.

— Et quels sont exactement vos reproches à l'encontre de Mme Devereaux ?

Il se cala contre le dossier de son siège.

— Elle impose à ma femme des horaires de travail impossibles. Trey n'a pas le temps de se reposer ou de s'amuser.

Il soupira, affichant une mine pitoyable, et ajouta :

— Elle n'a pas une minute pour moi.

— Ah. Il est donc plus question de vos besoins que de ceux de Trey ?

— Pas du tout. Les besoins de Trey sont ma priorité.

— Elle a beaucoup de chance de vous avoir.

— C'est ce que je me tue à lui répéter.

Leurs yeux se croisèrent, et ils éclatèrent de rire.

— Tu es infernal ! s'exclama Trey. Tu le sais, n'est-ce pas ?

— Mais c'est comme ça que tu m'aimes, non ?

Il se leva, contourna le bureau, et mit un genou à terre devant elle.

— Trey, tu sais que je serai toujours là pour toi.

Son intonation avait changé. Il y avait à présent dans sa voix un mélange de sérieux et d'émotion.

— Blague à part, bébé, tu es tout pour moi.

Trey se pencha et caressa son bouc.

— Le sentiment est partagé, monsieur Benton.

Il leva l'index.

— Puisque l'on en parle, c'est « M. Devereaux » maintenant. Ou plutôt… ça le sera quand tu auras décidé de quelle façon je dois l'officialiser.

Il tira de la poche intérieure de sa veste une liasse de documents qu'il lui tendit.

Elle la déplia, lut en diagonale le jargon juridique.

— Tu veux prendre le nom de Devereaux ? demanda-t-elle.

Fixant les signatures de son père et de son grand-père en bas de la dernière page, elle ajouta :

— Je ne comprends pas ce que tu essayes de me dire.

— Ace est plus qu'un mentor pour moi. Il est ma famille. Je ne savais pas si Deuce et lui se réconcilieraient, et je voulais prendre son nom pour qu'il sache qu'il avait près de lui quelqu'un qui l'aimait, et qui voulait honorer son nom et sa mémoire. Il m'a donné sa bénédiction le jour où il t'a transmis ses parts.

Trey sentit des larmes brouiller son regard.

La loyauté de Jeremiah envers Ace était sans défaut. Et l'amour sincère qu'il portait à ce dernier était une des nombreuses raisons pour lesquelles elle l'adorait.

— Je comprends ta démarche, Jeremiah, mais ce n'est pas rien de renoncer à ton nom de naissance. Tu es sûr de ne jamais le regretter ?

— Ce que j'associe au nom de Benton, c'est la souffrance. Je ne savais pas ce qu'était le bonheur avant que Ace m'offre une famille. Est-ce tellement étrange de vouloir faire perdurer son nom après tout ce que nous avons traversé ensemble ?

Elle secoua doucement la tête.

— Avant de te rencontrer, il n'y avait qu'un seul moyen pour que je puisse changer de nom, expliqua-t-il. Mais puisque tu m'as ensorcelé, j'ai maintenant une autre possibilité.

Il fouilla à nouveau dans sa poche et lui présenta cette fois un petit écrin de velours bleu nuit.

— Je peux remplir ces documents, ou je peux mettre cette bague à ton doigt et prendre ton nom quand nous nous marierons, dit-il.

Il ouvrit l'écrin, et quand elle posa les yeux sur la bague, elle sentit son cœur exploser de bonheur. Le diamant noir en forme de poire était une réplique du bracelet qu'il lui avait offert avant le Legacy Ball.

Bouleversée par la force de l'amour qu'elle éprouvait pour lui, au point d'en trembler, elle cilla pour contenir les larmes qui menaçaient de gâcher le maquillage qu'elle avait appliqué avec tant de soin.

— Jeremiah, je n'ai pas entendu la moindre question dans ce que tu viens de dire. As-tu quelque chose à me demander ?

— Certainement !

Ses yeux brillaient des mêmes larmes contenues, tandis qu'il ôtait la bague de son coussinet de satin.

— Jordan Dylan Devereaux III, veux-tu faire de moi l'homme le plus heureux du monde en acceptant de m'épouser et de me donner ton nom ?

Trey ne se souvint pas d'avoir dit oui. Ni que Jeremiah eût glissé la bague à son doigt. Soudain, elle s'était retrouvée dans ses bras, en larmes.

— Ne t'inquiète pas, je suis là, mon amour, murmura-t-il.

Et au plus profond de son âme, elle savait qu'il serait toujours là.

Retrouvez prochainement,
dans votre collection

PASSIONS

Envoûtée par son rival, de Zuri Day - N°1073

Maeve Eddington assure la défense de l'entreprise familiale dans un retentissant procès qui pourrait faire basculer sa carrière. Si l'enjeu est de taille, l'avocat de la partie adverse lui donne du fil à retordre. Victor Cortez, son camarade à Harvard à la voix grave et profonde, la trouble depuis toujours. Mais pas question pour Maeve de laisser le désir obscurcir son jugement : quoi qu'il lui en coûte, elle restera professionnelle…

Fantasmes défendus, de LaQuette

Influenceuse mode et beauté, Lyric compte bien garder son indépendance professionnelle et sentimentale. Alors quand Josiah, séduisant producteur de télévision, lui propose d'animer une émission, elle hésite à accepter. Est-ce vraiment une bonne idée de travailler avec celui qui lui inspire des fantasmes si enivrants?

Amoureux de sa meilleure amie, de Naima Simone - N°1074

SÉRIE : SÉDUISANTS HÉRITIERS 3/4

Héritier d'un froid milliardaire de Boston, Kenan doit plus que quiconque faire ses preuves en intégrant Farrell International, l'entreprise familiale. Afin de mettre toutes les chances de son côté, il conclut un pacte avec Eve, sa meilleure amie si talentueuse. Elle l'aidera à redynamiser la firme, en échange de quoi Kenan lui présentera son play-boy de frère. Seulement voilà, Kenan n'a aucune envie de remplir sa part du marché, compte tenu des sentiments qu'il éprouve pour Eve en secret…

Une proposition indécente, de Naima Simone

SÉRIE : SÉDUISANTS HÉRITIERS 4/4

Athena est ivre de colère. Nico, son ancien amant qu'elle n'a pas revu depuis trois ans, est entré dans sa boulangerie pour lui faire une proposition indécente. Il épongera ses dettes si elle joue le rôle de sa fiancée auprès de la haute société qu'il veut infiltrer. Désespérée, Athena finit par accepter cette offre si dangereuse pour son cœur…

HARLEQUIN PASSIONS

Un ennemi si charmant, de Maisey Yates - N°1075

SÉRIE : IRRÉSISTIBLES RANCHERS 1/3

Jade voue une haine féroce à Chance Carson, dont la famille a usurpé les terres de la sienne. Il est arrogant, insupportable… et trop charmant. Aussi, quand elle le découvre blessé et amnésique après une chute de cheval, décide-t-elle, après l'avoir sauvé, de se venger de lui en lui faisant croire qu'il est son employé. Dans ce jeu de rôles, Jade découvre alors un homme si attentionné qu'elle sent naître pour lui un désir irrésistible. Un désir auquel elle s'abandonne, tout en redoutant le moment où le rancher découvrira la vérité…

Nouveau départ pour Taryn, de Rochelle Alers

Déçue par l'amour, Taryn a besoin d'un nouveau départ. Son déménagement à Wickham Falls et ce nouveau poste de préceptrice auprès de deux adorables fillettes sont la chance qu'elle attendait. À un détail près : le père des enfants, Aiden Gibson, lui fait perdre la raison avec ses beaux yeux turquoise. Pourtant, Taryn ne doit pas se bercer d'illusions : cet homme envoûtant et sa famille resteront à jamais pour elle un rêve inaccessible…

Une vengeance si douce, de Maureen Child - N°1076

L'océan turquoise, une plage de sable fin et une végétation luxuriante. C'est sur l'île de Tesoro que Rico King a bâti son palace. Alors, quand il apprend que Teresa Coretti et sa famille de voleurs de bijoux ont osé refaire surface chez lui, Rico est fou de rage. Il brisera celle qu'il a passionnément aimée, et qui, en plus d'un trésor inestimable, lui a ravi son cœur en prenant la fuite le lendemain de leurs noces…

Un Ballantyne pour père, de Joss Wood

Un véritable cauchemar. Afin d'obtenir de Linc Ballantyne qu'il l'aide à retrouver la mère de la petite Ellie dont elle a hérité la garde, Tate doit accepter de s'installer chez lui pour jouer la nourrice de son fils. Elle qui rêvait de se débarrasser du rôle de mère de substitution qui lui va si mal, va se retrouver avec deux enfants sur les bras ! Bien loin de la vie trépidante qu'elle aime tant, et qu'elle craint de ne pas retrouver de sitôt…

Retour à Sunset Ranch, de Charlene Sands - N°1077

SÉRIE : SECRETS ET RIVALITÉS 1/4

De retour à Sunset Ranch, après douze ans, Sophia est aussi émue qu'inquiète. C'est là que Logan Slade lui a offert son premier baiser – un instant de rêve qui s'est vite transformé en cauchemar quand il l'a rejetée aussitôt après... Hélas, revoir Logan est un nouveau choc pour Sophia. Non seulement sa beauté la trouble toujours autant, mais cet homme, furieux qu'elle ait hérité des terres de sa famille, semble résolu à lui mener la vie dure...

Une nuit à Sunset Ranch, de Charlene Sands

SÉRIE : SECRETS ET RIVALITÉS 2/4

C'est le cœur battant qu'Audrey parcourt la route qui doit la conduire à Sunset Ranch. Enfin, elle va pouvoir s'expliquer avec Luke. Lui dire combien elle regrette d'avoir quitté son lit après la nuit d'extase qu'ils ont partagée un mois plus tôt. Luke comprendra qu'elle ait paniqué. Hélas, lorsque Audrey retrouve Luke, la réaction de ce dernier la plonge dans une profonde détresse. L'homme qu'elle aime en secret depuis l'adolescence a tout oublié de leurs ébats...

AZUR

GLAMOUR. INTENSE. IRRÉSISTIBLE.

Poussez les portes d'un monde fait de luxe, de glamour et de passions. Ici, les hommes sont beaux, riches et arrogants ; les femmes impétueuses, fières et flamboyantes. Entre eux, le désir est immédiat… et l'amour impossible.

11 romances à découvrir tous les mois.

DIVERTIR • INSPIRER • ÉMOUVOIR

HARLEQUI

RESTEZ CONNECTÉ AVEC HARLEQUIN

Harlequin vous offre un large choix de littérature sentimentale !

Sélectionnez votre style parmi toutes les idées de lecture proposées !

www.harlequin.fr

- **Découvrez** toutes nos actualités, exclusivités, promotions, parutions à venir...
- **Partagez** vos avis sur vos dernières lectures...
- **Lisez** gratuitement en ligne
- **Retrouvez** vos abonnements, vos romans dédicacés, vos livres et vos ebooks en précommande...

L'application Harlequin

- Des **ebooks gratuits** inclus dans l'application
- **50 nouveautés tous les mois** et + de 7 000 ebooks en téléchargement
- Des **petits prix** toute l'année
- Une **facilité de lecture** en un clic hors connexion
- Et plein d'autres avantages...

Téléchargez notre application gratuitement

Télécharger dans l'App Store

DISPONIBLE SUR Google Play

SUIVEZ-NOUS !

facebook.com/HarlequinFrance
twitter.com/harlequinfrance

VOTRE COLLECTION PRÉFÉRÉE DIRECTEMENT CHEZ VOUS

Vous souhaitez découvrir nos collections ? Une fois votre 1er colis à prix mini reçu, si vous souhaitez continuer à recevoir nos livres, cela se fera automatiquement. Vous n'avez aucune obligation d'achat et cette offre est sans engagement de durée !

Dans votre 1er colis, 2 livres au prix d'un seul
+ en cadeau le 1er tome de la saga *La couronne de Santina*.
8 tomes sont à collectionner !

☛ COCHEZ la collection choisie et renvoyez cette page au
Service Lectrices Harlequin – CS 20008 – 59718 Lille Cedex 9 – France

Collections	Prix 1er colis	Réf.	Prix abonnement (frais de port compris)
❑ **AZUR**	4,75€	AZ1406	6 livres par mois 31,49€
❑ **BLANCHE**	7,30€	BL1603	3 livres par mois 25,15€
❑ **LES HISTORIQUES**	7,30€	LH1202	2 livres par mois 17,69€
❑ **PASSIONS**	7,80€	PS0903	3 livres par mois 26,79€
❑ **BLACK ROSE**	7,90€	BR0013	3 livres par mois 27,09€
❑ **HARMONY***	5,99€	HA0513	3 livres par mois 20,76€
❑ **SAGAS***	7,99€	SG2303	3 livres tous les 2 mois, 29,46€
❑ **VICTORIA**	7,80€	VI2115	5 livres tous les 2 mois 42,59€
❑ **GENTLEMEN***	7,50€	GT2022	2 livres tous les 2 mois 17,95€
❑ **NORA ROBERTS***	7,90€	NR2402	2 livres tous les 2 mois prix variable**
❑ **HORS-SÉRIE***	7,70€	HS2812	2 livres tous les 2 mois 18,65€

*livres réédités / **entre 18,45€ et 18,85€ suivant le prix des livres

F23PDFM

N° d'abonnée Harlequin (si vous en avez un) |_|_|_|_|_|_|_|

Mme ❑ Mlle ❑ Nom : ____________________

Prénom : ____________________ Adresse : ____________________

____

Code Postal : |_|_|_|_|_| Ville : ____________________

Pays : ____________________ Tél. : |_|_|_|_|_|_|_|_|_|_|

E-mail : ____________________

Date de naissance : ____________________

Date limite : 31 décembre 2023. Vous recevrez votre colis environ 20 jours après réception de ce bon. Offre soumise à acceptation et réservée aux personnes majeures, résidant en France métropolitaine, dans la limite des stocks disponibles. Prix susceptibles de modification en cours d'année. Vous pouvez demander à accéder à vos données personnelles, à les rectifier ou à les effacer. Il vous suffit de nous écrire en nous indiquant vos nom, prénom et adresse à : Service Lectrices Harlequin CS 20008 59718 LILLE Cedex 9. Service Lectrices disponible du lundi au vendredi de 9h à 17h : 01 45 82 47 47.

Harlequin® est une marque déposée du groupe HarperCollins France – 83/85, Bd Vincent Auriol – 75646 Paris cedex 13. SA au capital de 1 149 680€ – R.C. Paris. Siret 31867159100069/APE5811Z.